대하역사소설 ②

암행어사 박문수

김 선 지음

이회문화출판사

「암행어사 박문수」를 펴내며

　요즈음 판관 '포청천'이 우리나라에서도 매우 높은 인기를 끌고 있다고 한다. 청렴결백한 관리로서 공명정대하게 약자의 편에 서서 억울함을 풀어주기 때문일 것이다.
　권선징악을 선호하는 대중 심리는 동서고금이 크게 다를 바 없다.
　우리나라 박문수의 경우를 보자면 '포청천'을 능가하는 일화와 비화가 지금까지 널리 회자되고 있다.
　그러나 토막 이야기로 흩어져 야담 수준으로 구전될 뿐 정사(正史)를 바탕으로 제대로 씌어진 경우가 없다는 점에 대해 나는 늘 아쉽게 여겨왔다.
　그러던 터에 박문수 후손들의 도움을 받아 오랜 기간 수집해온 귀중한 문헌과 각종 자료를 제공받고 작가적 사명감을 느끼며 집필하게 되었다.

우리는 대부분 '암행어사'라는 왕조시대의 관직을 거론할 때면 으레히 박문수라는 인물을 떠올리게 된다.

그러면서도 그가 설화나 전설 속의 허구적 인물로 잘못 알고 계시는 분들이 많다.

박문수가 살다간 시대적 배경과 그에 관한 숱한 일화, 드라마틱한 생애는 「홍길동」이나 「일지매」처럼 짓밟히고 억눌린 민중들에게 장쾌한 호협심 및 후련한 대리 충족감, 흥미진진함을 안겨줄 것이다.

항상 정의의 편에서 생명의 위협을 받아가면서도 악의 세력을 물리치는 데서 독자들은 후련한 청량감을 느낄 것이다.

박문수는 「암행어사」 직책을 맡았을 때 곳곳을 떠돌며 억울하게 짓밟히는 민권(民權)을 옹호하고 구제하기에 힘썼으며 숱한 업적을 남겼다.

양역(良役)의 폐단을 개혁했을 뿐만 아니라 탁지정례(度支定例) 제도를 만들어 국가의 재정을 튼튼히 했으며 오로지 고통받는 백성을 위해 살신성인의 자세로 초지일관 하였다.

옳다고 생각하면 임금 앞에서도 굽히지 않는 강직한 성품으로 인하여 모함을 받고 파직되기도 했으며 온갖 고초를 겪기도 했다.

박문수가 당시를 비롯하여 지금까지 널리 회자되고 있는 원인 중에 하나는 항상 정의의 편에서 약자를 돕고 진실을 규명하는 데 있다고 볼 수 있다.

실제로 박문수가 암행어사 임무를 수행했던 기간은 일 년 남짓하다고 한다. 그러나 당시를 비롯하여 후세 사람들이 으레히 '암행어사 박문수'라고 호칭하는 데서 필자도 책 제목을 그렇게 붙이기로 했다.

그러기에 1, 2, 3권 중에서 1권은 그가 암행어사를 지내던 때이기에 주로 구전되는 일화나 야사를 근거로 삼고 집필하였다.

1권은 문학적 가치보다는 독자에게 부담없이 박문수라는 한 인물상을 전달하는 데 치중하였다.

2권과 3권은 '조선 왕조 실록' 및 각종 문헌을 수집, 상고하여 지금까지 일반에게 거의 알려지지 않은 내용 위주로 집필하게 되었다. 필자는 되도록이면 누가 읽어도 이해하기 쉽게 쓰고자 했다.

'비자금'이니 '떡값'이니 하면서 뇌물받아 먹는데 이골난 불가사리족, 양심이 마비된 큰도둑들이 득시글거리는 이 시대에 있어 위정자를 비롯한 우리 모두는 박문수의 참뜻을 본받아야 할 것이다.

부정부패가 만연된 오탁한 이 시대에 있어 '암행어사 출도!' 산천초목도 벌벌 떠는 사자후를 터뜨리며 탐관오리를 응징하는 그의 모습이 그리워진다.

그런 관점에서 '역사 바로 세우기'를 주도하는 대통령을 비롯하여 감사원, 사정의 칼을 부여받은 위정자들이 누구보다도 이책을 먼저 읽어주었으면 한다.

부디 이 저서가 '정의와 도덕을 숭상하고 민족 기상을 드높이며 장쾌하고 의협심을 좋아하는 의식 있는 독자' 모두에게 좋은 벗이 되기를 희망하며 조심스럽게 붓을 놓는다.

저자 金 仙

차 례

◆귀신붙은 종이/9
◆미녀와 추녀의 정/27
◆음탕한 여자와 돌중/42
◆산도적 딸의 순정/51
◆열녀인가? 악녀인가?/64
◆선인을 만나 비결을 배우다/80
◆이인좌의 난과 박문수/89
◆드디어 난리는 터지고/98
◆반란군과의 싸움/108
◆적을 소탕하고 백성을 구하다/125
◆경상도 관찰사/138
◆수재민을 구제 했으나/148
◆비극의 씨앗/156
◆궁중 여인들의 한/169
◆임금 앞에서도 꺾이지 않는 소신/180

- ◆상과 벌은 공정하게 시행되어야/189
- ◆선단의 효험/197
- ◆박문수로 인하여 눈물 흘리는 영조/203
- ◆청나라에 가서 외교 수완을 떨치다/214
- ◆사도세자의 탄생과 성장/229
- ◆영욕으로 얼룩진 나날/235
- ◆함경도 관찰사/243
- ◆박문수와 금패령에 관한 전설/257
- ◆모함을 받고 벼슬길을 물러나다/266

귀신 붙은 종이

　박문수는 진양의 윤기수(尹基洙) 대감을 찾아보기로 했다. 그는 청렴결백한 성품이었다.
　전에 조정에서 참판 벼슬을 지냈는데 박문수의 부친과 예전에 동문수학(同問修學)한 사이었다.
　박문수가 관직에 나갈 무렵 그분은 건강이 안좋아 낙향했던 것이다.
　낙향하기 전에 박문수를 각별히 배려해 준 분이다.
　그는 조정의 고관대작들과도 막역한 사이였다.
　박문수는 모처럼 칠복이를 데리고 지나치던 중에 색향촌(色鄕村)을 지나게 되었다. 어느덧 어두워진 시간이다.
　곳곳에 청사초롱이 내걸리고 여인들의 간들어진 교성과 거문고, 장구치는 소리도 들려왔다.
　어느집 창문에는 계집과 사내가 초저녁부터 부둥켜 안고 있거나,

농탕질을 하는 난봉꾼들의 모습도 보였다.
 갑자기 칠복이가 아랫도리를 움켜쥐며 이렇게 볼멘 소리를 내뱉는다.
 "아이구, 이놈의 팔자…… 언제쯤이면 저렇게 흥청망청 놀아볼 수 있을까?"
 박문수가 이렇게 면박을 주었다.
 "이놈아, 대장부 사내가 고작 색주가에서 환락이나 탐해서 되겠느냐. 할일이 태산 같은데……"
 "나으리는 참, 소인도 목석이 아닙니다요."
 "이놈아, 알겠다. 내가 나중에 너에게 고운 색시를 얻어 주마."
 "그때를 기다리다가 명 짧은 놈은 죽겠습니다요. 소인은 당장 급한데"
 "허어, 이놈이 똥마려운 강아지 나대듯 왜 끙끙대느냐. 우물가에서 숭늉 달라고 할 놈이로구나."
 박문수와 칠복이가 손님을 이끌어들이는 여자들을 피해 걸음을 옮길 때이다.
 젊잖게 생긴 선비 하나가 박문수 앞으로 다가오더니 이렇게 말한다.
 "말씀 좀 여쭙겠소."
 "무슨 말씀이시오?"
 "이 근처에 화월(花月)이란 무당을 아시오? 점 잘친다고 소문났던데……"
 "글쎄요. 이곳이 초행이라서 잘 모르겠소."
 그말을 듣고 젊은 선비는 휑하니 그냥 지나쳐간다.
 박문수가 칠복이에게 말했다.
 "저 선비의 태도를 보니 무척 급한 사정이 있나보다, 천천히 그 뒤를 따라가보자."

"예, 나으리."

'서당개 삼 년이면 풍월을 읊는다'더니 칠복이도 이제는 제법 이 골이 나서 박문수의 눈치만 보고도 손발이 척척 맞았다.

박문수는 칠복이와 함께 천천히 앞서간 선비의 뒤를 따랐다.

선비는 도중에 어느 지나가는 사람에게 무어라고 묻더니 어느 퇴락한 기와집으로 가서 대문을 들어선다.

박문수는 칠복이와 눈짓을 한후 그집의 담을 뛰어넘었다.

선비가 들어간 방에 이르러 안쪽에 귀를 기울였다.

"자네가 점을 잘친다기에 부탁하러 왔네. 점을 쳐주게."

"점을 치기는 어렵지 않습니다만 어느댁에서 왔는지를 말씀해 주셔야 점괘가 나옵니다."

"그것은 묻지 말고 이것이 누구의 소행인지, 또 무슨 뜻인지 풀어주게."

"좌우지간 신분을 밝히셔야 합니다."

"아주 지체 높은 집안에 얽힌 문제기에 말할 수 없네…… 복채는 넉넉히 줌세."

"어느 댁에서 오셨는지 그것을 신주(神主)에게 상주하지 않으면 점괘가 나오지를 않습니다."

"그렇다면 그냥 가겠네"

선비는 무슨 종이쪽을 꺼냈다가 그냥 품에 넣었다.

그것을 엿보던 박문수는 칠복이의 소매를 잡아 당기며 그집을 나왔다.

그리고 선비가 지나칠 길목을 지키고 서성거리고 있었다.

얼마후 그 선비가 무엇인가 골똘히 생각하면서 천천히 걸어나왔다.

박문수가 나서면서 말을 붙였다.
"여보시오. 아까 무당네 집을 찾았소이까?"
선비가 힐끗 쳐다보더니 귀찮다는 듯이 말했다.
"아니오. 찾지 못해서 그냥 갑니다."
박문수가 다시 말했다.
"보아하니 점을 칠 일이 있으신가 본데 내가 맞추어 볼까요?"
"지금 농담할 겨를이 없소"
"농담이 아니오. 나는 알아낼 자신이 있소. 복채는 필요 없으니 물을 것이 있으면 무엇인지 말하시오."
"정말 당신이 점쟁이요? 믿기지 않는데?"
"좌우지간 맞추면 될 게 아니오. 잠시만 계시오."
박문수는 전에 선도술을 익힌대로 눈을 감고 단전에 진기(眞氣)를 모으고 영안(靈眼)이 열리도록 주문을 외우다가 조금후 눈을 번쩍 뜨면서 이렇게 말했다.
"허허, 이거 낭패로다. 귀한 가문에 종이 귀신이 끼어 들었구나."
"바……방금 무엇이라고 했소? 종이 귀신이라고요?"
"그렇소이다."
"참으로 용하시구려. 복채는 넉넉히 드릴 테니 어디 조용한 곳으로 가시지요."
"알겠소이다. 우리가 묵고 있는 객사가 여기에서 가까우니 그리로 안내 하겠습니다."
박문수는 속으로 쾌재를 부르면서 앞장서서 걸었다.
객사에 따라와서 자리에 앉은 후 선비가 어떤 종이를 꺼내 놓으며 말했다.
"이것이 도대체 무엇인지 알 수가 있어야지요. 이것을 풀어주시

귀신 붙은 종이 13

면 복채를 넉넉히 드리리다."
 박문수는 종이에 무엇이라고 쓰여있는지 눈여겨 살폈다.
 다섯자 다섯줄로 언문(한글을 당시에 부르던 호칭)으로 또박또박 씌어져 있었다. 그러나 도대체 무슨 말인지 종잡을 수가 없다.
 쪽지에는 이런 글씨가 적혀 있었다.

리	뺏	아	가	주
빨	도	령	님	시
루	은	젊	의	옵
하	을	숨	목	소
여	이	신	천	서

 박문수가 선비에게 물었다.
 "이 쪽지는 어디서 난 것이오?"
 "뒤뜰의 사당 앞에 놓여 있었소."
 "이것이 처음이오?"
 "아니오. 이것이 세번째지요. 그런데 도무지 이것이 무슨 뜻인지 알 수 있어야지요."
 "첫번째와 두번째도 이것과 같은 내용이었소?"
 "그렇소, 판에 박은듯 똑같았소. 처음에는 웬놈이 장난하느라고 그러는가 보다, 주워서 쓰레기와 함께 태워버렸소. 그런데 다음날 사랑에 가보니까 똑같은 쪽지가 또 놓여 있었소. 그것을 아무리 훑어봐도 모르겠더이다. 그래서 그냥 태워버렸소. 그런데 오늘 아침에 다시 이런 것이 놓였기에 예감이 좋지 않았소. 대감 마님께 고할까 하다가 연로하고 몸도 불편한 어른이기에 그만 두었소. 그대신 대감마님 댁에서 서사일을 하는 민태홍(閔泰興)과 상의했으나 역시 풀지 못했소."

박문수가 속으로 뇌까렸다.

'참으로 묘한 인연이로다. 내가 찾아가는 윤참판댁의 사람들을 만나다니……! 좌우지간 이 문제를 해결해야지!'

박문수는 태도를 바꾸어 이렇게 물었다.

"선비는 이곳 윤참판 댁에서 오셨지요?"

"예에? 그걸 어떻게 아시오?"

선비는 박문수의 말에 놀라서 멍하니 바라보았다.

박문수는 빙그레 웃기만 한다.

박문수가 짐작한 것은 '대감마님'이란 칭호 때문이었다.

그곳 일대에서 그런 칭호를 들을만한 대상은 윤참판 뿐일 것이기 때문이다.

"참으로 놀랍소…… 그런데 이 종이에 적힌 것이 무슨 뜻인지 풀 수 있겠소?"

"그야 어렵지 않소. 이 종이에 적힌 내용은 집안에서 누군가가 그댁 도령을 저주하는 것이오."

"저주라고요?"

"자아, 이것을 보시오. 연지로 쓰여져 있소."

"연지라고요? 그래서 무슨 관계가 있어요?"

"내가 손가락을 짚는대로 따라 읽어보시오."

"젊…… 은…… 도…… 령…… 님…… 의…… 목…… 숨…… 을

……하……루……**빨**……리……**뺏**……아……가……주……시……옵……소……서……천……신……이……여……"

소리내어 읽고난 선비가 몸을 부르르 떨면서 내뱉는다.

"아아, 큰일이다! 누가 이따위 저주문을 썼을까? 이게 저주로만 끝난다면 다행이겠거니와 정말 그런 사건이 터지면……어이구 끔찍해라."

박문수는 전에 처음 벼슬살이를 할 때 윤참판의 배려에 힘입은 바 컸다.

그리고 평소에 늘 존경하던 분이었다.

청렴강직하기로 소문난 분이었기 때문이다. 박문수는 이번 기회에 조금이라도 도움이 되고 싶었다.

잠시 생각하다가 선비에게 말했다.

"윤대감댁 집안의 가족 사항에 대해서 좀 말씀해 주시오."

"그대의 가족으로는 대감마님, 상처하신 후 후취로 맞아들인 안방 마님이 계십니다. 그리고 갓스물난 도령님, 아까 말씀드린 서사 민태홍, 그리고 내가 있습니다. 하인으로는 철쇠와 삼돌이, 계집종 유월이와 삼월이가 있소이다. 제발 이 문제를 풀어 주시오. 사례를 톡톡히 하리다."

"알겠소. 나는 사례는 바라지 않소. 나는 박서방이라고 하오. 이곳저곳 유람차 떠도는 몸이라오."

"나는 서경수(徐京壽)라고 합니다."

"서공은 내가 여기 객사에서 지내는 동안 집안에서 일어나는 일들을 수시로 소상히 알려 주시오. 그러면 반드시 이번 일의 진상을 규명하겠소."

"예, 꼭 부탁합니다."

서경수가 돌아간 후 박문수는 깊은 생각에 잠겼다.

사흘째 되는 날이었다.
서경수가 헐레벌떡 달려왔다.
"박공, 안에 계시오? 큰일났소. 이를 어쩌면 좋소?"
"어서 오시오. 무엇 때문에 그러시오?"
"나는 그날 돌아가서 대감마님께 저주문에 관하여 아뢰었소. 그것이 문제의 발단이었소. 신경이 날카로와서 그런지 대감마님께서는 후실인 김씨 부인을 의심하고 심히 문초하였소 그러자 자신이 의심받는 것이 너무나 억울하다고 울면서 호소했지만 대감마님께서는 여전히 혐의를 풀지 않고 닥달했지요. 그러니 자신의 결백을 증명하려고 그랬는지, 글쎄 목매어 죽은 시체로 발견 되었다오. 대감마님은 지금 안방마님의 주검 앞에서 매우 상심하고 계십니다. 그런데 이 사건을 관가에 알리자니 대감마님의 체면이 말이 아니지요. 그런데 괜히 좋지도 못한 일을 두고 널리 소문이 나는 것을 꺼려 조용히 해결 하려는 것이지요. 내가 박공에 대해서 대감마님께 여쭈었더니 어서 모셔 오라고 하셨습니다."
"그래요? 그렇다면 어서 가서 문후를 여쭈어야지요."
박문수는 선비의 뒤를 따라갔다.
윤참판을 대하는 자리에서 박문수가 먼저 무릎을 꿇고 절을 하였다.
"대감마님, 소인 문후 여쭈옵니다."
서경수가 채 거래를 하기도 전에 박문수가 인사를 하니 윤참판이 눈을 지긋이 감고 앉았다가 눈을 떴다.
"아니, 이게 누군고? 자네가 예까지 어떻게 왔나?"
윤참판은 경황이 없는 중에도 매우 반갑게 대한다. 다시 거듭 되묻는다.
"자네가 어쩐 걸음인고?"

"예, 소인은 벼슬을 그만두고 유람차 다니던 중에 대감께서 전에 배려하시던 은공을 못잊어 불시에 찾았습니다."

"마침 잘 왔네. 자네는 전부터 총명한 데다 학식이 풍부하고 재치가 있었어. 그래서 나도 큰 기대를 했었네."

"대감께서 과찬하시니 송구스럽습니다."

"기왕 왔으니 내 집안에서 일어난 일을 좀 해결해 주게…… 내가 공연한 일로 안사람을 의심하여 저렇게 자진 하였네."

"얼마나 상심이 크시겠습니까!"

"콜록…… 콜록……"

윤대감은 기침을 하면서 괴로운 표정을 짓는다.

"대감마님, 소인이 최선을 다하여 해결할 것이니 우선 자리에 누우시지요."

윤대감은 기력이 쇠하여 자리에 누웠다.

박문수는 숨진채 반듯이 누워있는 윤대감 소실의 시신을 눈여겨 살폈다.

시체의 손톱도 살펴보았다.

손톱이 몹시 손상된 되었고 굵은 머리칼 몇점이 잡혀 있었다.

부인은 비록 숨이 멎어있으나 매우 아름다웠다.

손톱에서는 피가 흘러나와 응고된 상태였다.

박문수는 서경수에게 집안의 인적사항에 대해 자세히 캐물었다.

그리고 이렇게 물었다.

"요즘 누군가 집안 사람들 중에서 며칠씩 어디론가 다녀온 적이 있소?"

"예 철쇠란 종이 고향집에 다녀온 적이 있습니다."

박문수는 다시 물었다.

"집안 식구 중에 누가 몸에 상채기가 났다던가, 고약 등을 바른 사람이 있었소?"

"글쎄요. 서사 민태홍이 얼핏 약을 찾는 걸 본 것 같은데……"

박문수는 잠시 고개를 갸웃거리다가 칠복이에게 시켜 철쇠의 소지품을 뒤지게 했다.

얼마후 꼭꼭 챙겨놓은 고리짝 속에는 철쇠의 옷감이 쌓여 있었는데 모두 깨끗하게 잘 손질되어 있었다.

옷갈피 속에서 연지가 나왔고 시퍼렇게 날선 비수도 한 자루 나왔다.

"연지와 비수가 나왔으니 철쇠가 범인이 아닐까요?"

칠복이가 박문수를 쳐다보며 물었다.

그말에 모두들 철쇠를 범인으로 여기는 눈치였다.

그때 철쇠가 어디선가 씨근거리며 나타나 항변하였다.

"왜들 이래요? 무엇 때문에 남의 방을 함부로 뒤지는 거요?"

"너 이놈, 무슨 짓이냐? 조용하지 못해?"

박문수가 철쇠를 나무랬다.

"흥, 남의 방을 함부로 뒤지면서 누구보고 되레 큰소리야."

철쇠가 박문수에게 악을 쓰며 대들었다.

그때 칠복이가 철쇠의 멱살을 움켜잡고 사납게 밀치니 방구석에 나가 떨어진다. 칠복이가 엄포를 놓았다.

"잠자코 있어. 안그러면 목아질 비틀어 버릴테야."

철쇠는 칠복이의 엄청난 힘에 질렸는지 잠잠해졌다.

박문수가 철쇠에게 심문하였다.

"철쇠, 너는 이 집안에서 일어난 일들에 대해 알고 있지?"

"알고 있소. 그러나 나와는 상관이 없어요."

철쇠가 퉁명스럽게 내뱉았다.

"이놈아, 그런데 이 연지통은 무엇 때문에 감추어 두었느냐? 그리고 이 비수는?"

"그 연지는 고향에 있는 누이를 주려고 샀소. 그리고 그 비수는 만약에 대비해 호신용으로 간직했을 뿐이오. 그게 어쨌다는 거요?"

박문수는 속으로 혼자 뇌까렸다.

'이놈은 종놈치고 매우 당돌하고 지능이 뛰어났구나. 제법 논리적으로 항변하고 있다.'

철쇠가 박문수에게 대하는 태도는 당장 매맞을 행동이다.

그러나 박문수는 무슨 생각에선지 잠시 침묵하였다.

그때 그옆에 서 있던 민태홍이 박문수에게 말한다.

"박공, 나는 안방 마님 장례 준비를 위해 나갔다 와야겠소"

"무엇 때문에 그렇게 서두르시오. 이번 사건의 진상을 밝히기 전에는 함부로 매장해서는 아니되오."

"뭐요? 그럼 시체를 언제까지 그냥 놓아둘 셈이오?"

"아니오. 곧 사건을 해결할 것이오."

"흥, 별게 아닌 게 남의 일에 끼어들어 간섭을 하려 드네. 쳇!"

민태홍이 옷깃을 신경질적으로 추켜 올리는 순간 목 언저리에 상채기가 언뜻 드러났다.

박문수는 짧은 순간에도 그것을 놓치지 않고 포착하였다.

민태홍이 돌아서 나간후 다시 철쇠에게 심문을 계속하였다.

"네가 아까 연지를 누이에게 주려고 샀다고 했지?"

"그래요. 그게 뭐가 나빠요?"

"네가 정말 누이가 있느냐? 내가 곧 사람을 보내 알아보겠다."

박문수의 말에 철쇠는 이내 태도가 변한다.

성난 독사대가리처럼 고개를 빳빳이 쳐들고 대들더니 이내 시든 푸성귀처럼 축 쳐진다.

그러면서도 묻는 말에 잘 응하지 않았다. 박문수는 일부러 큰소리로 칠복이에게 말했다.

"칠복아, 너는 어서 말을타고 철쇠가 살던 고향에 가서 그 가족을 몽땅 잡아오너라. 무엇 때문에 이댁에 들어왔는지 소상히 탐문해 오너라."

"알겠습니다요. 나으리."

칠복이가 막 나서려고 할 때이다.

철쇠가 박문수의 팔을 끌면서 다급하게 소리쳤다.

"나으리, 사람을 보내지 마소서. 이놈이 사실대로 털어 놓겠습니다."

"오냐, 어서 말해 보아라."

"예, 소인은 솔직히 말씀 드리자면 이댁 도령님에게 원한이 있습니다."

"그래? 그렇다면 잠시만 있어라. 내가 칠복이를 내보내고 혼자만 듣겠다."

박문수는 칠복이를 밖으로 데리고 나가서 무어라고 귓속말을 하고 다시 들어왔다. 칠복이는 곧 어디론가 서둘러 갔다.

방으로 다시 돌아온 박문수에게 철쇠가 털어놓는 사연은 이런 것이었다.

3년 전이었다. 윤참판이 늦게 얻은 아들 승민(承敏)이는 전처 소생으로서 당시 나이 17세였다.

그는 말타기를 매우 좋아하였다.

가을 어느날 말을 타고 급히 달리다가 볏단을 이고 지나던 아낙과 부딪쳤다. 쓰러진 아낙은 크게 다쳤으나 윤승민은 그냥 못본채 지나쳤다.

그 아낙네는 다리를 심하게 다쳐 고생하면서 의원을 부르고 약을 쓰느라고 가산을 모두 날렸다.
 그러다가 결국 죽었다고 한다. 그가 바로 철쇠의 어머니라는 것이다.
 철쇠는 복수를 하고자 일부러 윤참판 댁으로 종이 되어 왔다는 것이다.
 그런데 윤참판 아들이 그일에 대해 반성하는 뜻에서인지 그후로는 말을 타지 않더란다.
 하루 이틀 기회를 엿보느라고 지금까지 이르렀다는 것이 철쇠의 말이었다.
 "그래? 그렇다면 그 저주문은 분명히 네가 썼겠구나?"
 "아닙니다."
 "그래?"
 박문수는 서경수에게 다가가서 말했다.
 "이제부터 계집종들의 방을 조사 하겠소이다."
 그말을 들더니 갑자기 철쇠가 말했다.
 "나으리, 그 저주문은 제가 썼습니다."
 "알겠다. 잠시만 기다려라."
 박문수는 건성으로 대답하면서 유월이의 방을 뒤지니 역시 연지가 나왔다.
 박문수가 서경수에게 물었다.
 "유월이와 철쇠가 이댁에 들어온 시기가 언제였소?"
 "예, 작년인가, 비슷한 시기에 들어왔지요."
 박문수는 윤참판의 방으로 갔다.
 "대감, 얼마나 상심이 크시겠습니까? 안방 마님께서도 이렇게 되셨으니……"
 "내가 지나치게 흥분하여 판단을 그르쳤네. 태흥이의 말을 듣고 그만……"
"그가 무어라고 했는데요?"
"저주문을 쓴 것은 아마도 계모의 짓일 거라고, 지나치는 말로 지껄이기에……"
"알겠습니다. 너무 상심 마소서. 소인은 이만 물러가서 객사에서 쉬고 내일 오겠습니다."
"자네까지 수고를 끼쳐서 미안하네."
"아닙니다. 편히 쉬십시오."
박문수는 윤대감의 방에서 나온 후 서경수에게 이렇게 말했다.
"서공, 내일은 아랫 것들의 짐을 다시 뒤져야겠소."
"오늘 조사하지 않았소?"
"아니오. 대충 보았으니 자세히 보아야지요."
"알겠소이다."
그말이 떨어지자 문쪽에서 숨어 엿들던 어떤 그림자가 어디론가 숨어버린다.
'으음, 곧 증거가 드러나겠지!'
박문수는 철쇠를 데리고 객사로 갔다. 이런저런 이야기를 꺼내며 그를 안심시켰다.
그때 칠복이가 박문수의 심부름을 갔다가 돌아왔다.
박문수는 밖으로 나가 칠복이에게서 새로운 정보를 들었다.
철쇠의 어머니가 부상을 당할 때 그 자리에는 또 한 명의 아낙이 있었단다.
그 아낙도 그때 심히 다쳐서 앓다가 죽었다는 것이다.
박문수는 사건의 윤곽을 파악한 후 철쇠를 살살 구슬렀다.
"철쇠, 나는 너의 처지를 이해한다. 그러니 내가 묻는대로 대답하여라. 안방 마님이 살았을 때 서경수나 민태흥의 태도가 어떠했느냐?"

"예, 서경수 서방님은 그댁을 위해 충성을 다바치고 있습니다. 그런데 민태흥 서방님은 돌아가신 안방 마님을 유혹하려고 치근덕거렸지요. 그러나 안방 마님은 정숙하셨고, 또 대감 마님에게 그런 사실을 고하지 않았습니다. 아마도 평지풍파를 일으키지 않으려고 그랬을 것입니다."

"너 혹시 민태흥 서방님이 요즘 옷갈아 입는 것을 보았느냐? 그때 어딘가 할퀸 생채기가 생기지 않았더냐? 그리고 손수 옷을 빨았다던가?"

"예예, 나으리…… 안방 마님이 돌아가신 날 밤에 손수 옷을 세탁하는 것을 보았습니다."

"알겠다. 너는 일찌기 쉬어라."

박문수는 추리를 거듭하였다.

다음날 박문수는 다시 윤대감 댁으로 갔다. 집안 식구들이 모인 곳에서 박문수는 유월이의 방으로 들어섰다.

그리고 사람들이 보는 앞에서 고리짝을 뒤져 연지가 묻은 붓 한 자루를 찾아냈다.

"이것으로 네가 저주문을 썼느냐?"

"아니옵니다. 쇤내는 모르옵니다."

박문수는 그붓을 찬찬히 살피다가 냄새를 맡았다.

바로 그때 관망하던 서경수가 유월이의 머릿채를 잡아채면서 호통을 쳤다.

"이년, 네년의 짓이지? 네년이 이 붓으로 얼굴에 연지칠을 해가며 도령님을 유혹하려다가 받아주지 않으니까 그 따위 흉한 저주문을 썼지?"

"아닙니다요. 쇤내는 정말 모릅니다요."

그때 박문수가 조용히 말했다.
"나는 네가 이댁 도령 때문에 말에 다쳐서 세상을 떠난 아낙의 외동딸이라는 것을 이미 알고 있다. 그래서 원수를 갚고자 이댁에 들어왔지?"
"나으리, 사실은 그렇습니다. 그러나 제가 저주한 것이 아닙니다."
바로 그때이다. 갑자기 민태홍이 들이 닥치며,
"이년 닥쳐라. 이년이 바로 범인이다."
유월이의 머릿채를 잡아채며 사납게 질질 끌었다.
그때 박문수가 눈짓을 하며 칠복이에게 명령하였다.
"칠복아, 너는 어서 진짜 범인은 묶어라. 범인은 바로 저 민태홍이다."
그말이 떨어짐과 동시에 칠복이가 번개같은 솜씨로 민태홍을 결박지웠다.
"여보시오. 이, 이게 무슨 짓이야, 엉?"
민태홍이 묶인채 고래고래 소리 질렀다.
박문수가 태도를 바꾸어 엄숙하게 말했다.
"나는 어제 너의 방을 조사했다. 그때 너의 방에 있었던 연지문은 붓이 오늘은 유월이의 고리짝 속에 들어 있었다. 그것은 자신의 죄를 유월이에게 덮어 씌우려는 것이었다. 이 붓을 코에 대고 냄새를 맡으면 당먹 냄새가 난다."
"좋다. 그것이 어쨌다는 것이냐?"
"너를 살인죄로 체포한다. 너는 음심을 품고 마나님을 겁탈하려다가 뜻을 이루지 못하니 불안했지? 그래서 저주문을 써서 집안의 관심을 쏠리게 한 후 다시 안방 마님을 겁탈하려다가 저항하니까 입을 막고 목을 눌러 죽인 것이다. 그때 안방 마님이 반항하느라고 손톱이 상했지. 그렇게 죽은 후 목매어 죽인 것으로 위장시키려 했지. 윤대감댁 재산을 빼돌리고자 안방 마나님을 손아귀에 넣으려고 꾸민 짓이지."

"아니다, 아니야, 증거를 대라, 증거."

"오냐, 증거를 대겠다. 칠복아 당장 저놈의 윗옷 목부분을 젖혀 보아라. 손톱자국이 심히 나있을 것이다."

칠복이가 옷을 잡아헤치자 손톱에 긁힌 깊숙한 상채기가 선명하게 나있었다.

"자아, 죽은 마님, 손톱에 끼인 이 머리카락, 이놈 이래도 잡아 뗄 테냐?"

박문수의 추상 같은 호통에 힘없이 고개를 푹 떨구었다.

박문수가 그간의 사건 개요에 대해 설명하자 서경수가 다시 묻는다.

"박공, 저 철쇠와 유월이가 서로 자기가 범인이라고 뒤집어 쓰려는 것은 무슨 까닭입니까?"

"그것은 두 사람이 원수를 갚으려는 공동 목표를 실행하려는 과정에서 서로 사랑하게 되었던 것이지요. 그래서 서로를 감싸고자 했던 것이오. 철쇠의 고리짝에 빨래가 깨끗했던 것도 저 유월이의 정성 때문이었소."

박문수는 그렇게 설명한 후 곧 안방으로 들어가서 그간의 사건 전후에 대해 자세히 설명하였다.

"민태흥이 그런 놈일 줄이야. 그놈이 고아나 다름 없는 것을 내가 길러 줬는데 그 은공도 모르고……"

윤참판은 한숨을 크게 내쉰 후 이렇게 말했다.

"박어사, 나는 이미 이번에 자네가 어사가 되어 내려온 줄 알았네. 내 자식이 잘못했으니 내가 유월이와 철쇠에게 사죄 하겠네.

그리고 종의 신분에서 풀려나게 하고 약간의 밑천을 마련해 주어 어디론가 자유롭게 가서 살라고 하겠네."

"대감, 참으로 너그러우신 은덕을 베푸십니다. 그아이들도 고마워 할 것입니다. 범인 민태흥은 법대로 처리하소서. 그리고 돌아가신 안방 마나님의 원통한 넋을 위로하는 제문도 지어 장례에 소홀함이 없도록 하소서."

"알겠네, 참으로 고맙네."

박문수는 곧 철쇠와 유월이를 불렀다. 윤대감 앞에 꿇어 앉은 두 사람에게 박문수가 대감의 뜻을 전달하니 그저 감격스러워 눈물만 흘릴 뿐이었다.

박문수는 슬그머니 구렁이 담넘어 가듯 그자리를 벗어나 칠복이를 데리고 다시 어디론가 서둘러 걸음을 옮겨 놓기 시작했다.

박문수의 눈가에도 까닭모를 이슬이 맺힐 때 어디선가 멀리 개짖는 소리가 들린다.

미녀와 추녀의 정

　진주 쪽으로 들어서는 박문수에게는 나름대로의 감회가 깊었다.
　지난날 박문수는 당쟁의 소용돌이에 휘말리기 싫어 과거에 응시하지 않고 글공부만 하였다.
　그러던 중에 심사가 답답하여 세상 바람을 쐬일겸 나그네 길에 올랐다.
　이곳저곳 다니면서 선비들이 모여 시회(詩會)를 하는 곳이 있으면 함께 어울려 글도 짓고 술도 마시기도 했다.
　발길 닿는대로 흐르다 보니 경치 좋고 색향(色鄕)으로 이름난 진주까지 닿았다. 그곳에서 우연히 윤수빈(尹秀彬)이란 벗을 사귀었다.
　그날 진주의 촉석루에서 시회에 참가했던 박문수는 장원으로 뽑혔다.

윤수빈은 차석을 하고 기분이 매우 좋아서 박문수와 서로 시를 화답하면서 흥겨워 하며 운치를 즐겼다.
때마침 꽃 피고 새우는 화창한 봄날이다. 취흥이 오른 윤수빈이 이렇게 제의했다.
"오늘 모처럼 서울에서 온 벗을 사귀었으니 내가 오늘 좋은 곳으로 모시리다."
"좋은 곳이라니요?"
"좌우간 나를 따라갑시다. 이 좋은 날 그윽한 봄밤의 정경을 마음껏 즐겨야지. 내가 한 잔 사겠오."
윤수빈이 박문수의 옷소매를 잡아 끌었다. 그날 따라간 곳은 기방이었다.
진주는 예로부터 미인이 많은 곳이다.
그날 그들이 찾아간 곳은 진주에서 이름난 화초기생 일지홍(一枝紅)의 집이었다.
일지홍은 빼어나게 아름다운 기생으로서 숱한 풍류 남아들의 가슴을 들뜨게 하는 선망의 대상이었다. 일지홍의 자태는 이슬 머금고 피어나는 산도화처럼 화사한 데다 춤과 노래 솜씨가 일품이었다. 숱한 한량들, 벼슬아치, 부잣집 자제들이 일지홍과 즐기려고 찾아들었다.
일지홍은 몹시 콧대가 높고 도도 하였다.
그러한 일지홍도 인물이 출중한 박문수를 보고 첫눈에 반했다.
윤수빈이 일지홍을 박문수에게 소개하였다.
"박공, 여기 일지홍은 우리 진주의 자랑이라오. 지난날 황진이의 자태가 제아무리 곱고 가무에 능했다 해도 아마 일지홍만은 못했을 것이오."
"하하하……"

"하하하……"
동석한 친구들도 맞장구를 친다.
윤수빈이 이번에는 다시 박문수에 대해서 소개하였다.
"여기 박공으로 말씀 드리자면 서울에서도 알아주는 문벌인 데다 학문이 출중하여 오늘 시회에서도 일등을 한 수재이오. 뿐만 아니라 보다시피 인물이 준수하니 이런 분은 처음 보았을 것이네."
윤수빈의 말이 떨어지자 일지홍이 곱게 단장한 모습으로 날아갈 듯 인사를 올린다.
"천기 일지홍 인사 올립니다. 이토록 훌륭하신 분을 뵙게 되어 더없는 광영이옵니다."
박문수도 한창 나이인 데다 아리따운 십칠팔 세의 미인이 인사를 하니 매우 기분이 좋았다.
그날 함께 어울려 놀면서 서로 시를 화답하기도 했다.
그날밤 박문수는 일지홍과 단둘이만 남았다. 때마침 봄밤인데 달이 몹시 밝았다. 난사향기 그윽한 분통같은 방안에 달빛이 창으로 흘러들었다.
그날 박문수와 일지홍은 짧은 기간에 만리성을 쌓았다.
그날 이후 두 사람은 한 시도 떨어져 살 수 없는 정인이 되었다.
그러나 계속 마음대로 만날 수는 없었다. 박문수는 아직 과거에도 오르지 않았는 데다가 일지홍을 찾는 사람이 많았다. 일지홍도 나름대로의 고충이 있었다. 한낱 가난한 서생인 박문수와 계속 지낼 수가 없었다.

박문수는 어느날 일지홍을 찾아갔다.
그러나 일지홍은 관아에서 잔치가 있어 불려갔다고 했다.
늦도록 기다려도 오지를 않았다.

박문수는 심사가 울적하여 정신을 못차릴 정도로 술을 마시고 숙소로 돌아오던 길에 어느집 울타리에 기대어 잠이 들었다. 얼마나 시간이 지났을까, 잠결에 누군가 자기의 몸을 어루만지는 것 같았다.

누군가 자신을 껴앉는, 뭉클하면서도 풍만한 여자의 젖가슴이 느낌으로 전달되었다.

흡사 남정네가 여자를 애무 하듯이 박문수를 애무하고 있었다.

박문수는 술취한 상태에서 그 여인이 일지홍인 줄 착각하였다.

여자는 능동적으로 박문수를 탐했다.

여인의 몸은 유난히 뜨거웠고 몸짓이 격렬하였다.

비몽사몽간에 여자와의 정사가 끝났다.

박문수는 목이 말라 물을 찾았다.

얼마후 물을 떠온 여인이 말한다.

"여기 물이 있습니다."

전혀 못듣던 목소리다.

박문수가 놀라 물었다.

"대······ 댁은 누구요?"

"예, 지는 수······ 순심(順心)이라고 합니다. 서방님이 술취해 쓰러졌기에 안으로 모시고 옷을 벗기고 수건으로 깨끗이 닦다가······."

"아아, 이거 낭패로구나. 내가 큰 실수를 했구나!"

박문수가 일어나려고 하니 순심이란 여자가 방에 눕히면서 말했다.

"서방님, 잠깐만 계시소. 시원하게 주물러 드릴끼라예."

여자가 박문수의 팔다리를 골고루 주물렀다. 뼈마디까지 시원해졌다.

"내가 어쩌다 여기까지 왔소?"
박문수가 궁금하여 물었다.
"예, 지는 워낙 못생겨서 시집도 못갔십니다. 늙은 홀어머니와 둘이 사는 데 어머니는 등너머 친척집에 가서 사흘 후에 옵니다…… 용서 하이소. 서방님이 너무 잘생겨서……"
박문수는 참으로 묘한 기분이었고 어처구니가 없었다.
"아니오. 술취해 정신없이 남의 문앞에 쓰러져 잠든 내탓이오. 그나저나 여자의 몸으로 어떻게 나를 방으로 안아 눕혔소?"
"저는 못생겼지만 쌀 한 섬은 충분히 들 수 있심더, 잘생긴 서방님께 안겼으니 죽어도 원이 없어요."
여자가 감격스러워 울면서 자신에 대해서 이렇게 말했다.
여자의 나이는 스물둘, 워낙 못생겨서 혼인할 나이가 훨씬 지나도록 중매가 들어오지 않았다.
다행히 손재주가 있어서 바느질 솜씨가 빼어났다.
그래서 일감은 늘 많이 들어왔다.
"얼굴은 꼭 뭣같이 생겼는데 바느질은 어쩌면 이렇게 곱담."
"그러게 말이야. 코는 들창코에다 뻐드렁니, 게다가 허리는 절구통인데도 한가지 재주는 있어. 우렁이도 논두렁 넘는 재주가 있다더니……"
"어쩌면 저렇게 지지리도 못났을까. 저러니 거지나 불구자도 안 쳐다 보지."
"저런 괴물이 왜 태어났을까?"
"듣자니 애 배고 샛서방을 보거나 산신에게 노여움을 사면 저런 게 생긴다네."
남정네들은 징그러운 괴물 보듯 했고 아낙네들도 손가락질 하면서 비웃었다.

순심이는 한없이 서럽고 한스러웠다.

사실 겉모습은 그래도 마음씨는 한없이 고왔다.

그러나 누가 말조차 붙이기를 꺼려하는 처지였다. 그러니 스스로 시집 간다는 것은 엄두도 내지 못했다.

그렇다고 남정네 생각이 안나는 것은 아니었다.

그도 본능적으로 이성이 그리웠다.

남의 일을 해주고 돌아오다가 자기네 문앞에 누워서 잠든 박문수를 번쩍 안아서 방으로 끌어들였다.

수건으로 손발을 고이 닦아주면서 바라보니 너무나 잘생긴 남자였다.

'아아, 이렇게 잘난 남자에게 단 한 번이라도 안겨 봤으면 죽어도 원이 없겠다!'

맨정신으로 자신을 안아준다는 것을 바라는 것은 어림도 없다고 판단했다.

'좋다. 저분이 술취해 잠든 지금이야말로 못생긴 나에게 하늘이 내려준 절호의 기회다. 만일 맨정신이 돌아와서 그의 손에 맞아죽는 한이 있더라도 그 품에 안겨야지!'

순심이는 자신이 먼저 옷을 벗고 박문수의 옷을 벗긴 후 그옆에 누웠다.

그리고 온몸을 어루만졌다.

박문수가 몸을 뒤채이자 불을 껐다.

행여 자신의 추한 모습을 보면 놀라서 거부할 것을 염려해서였다.

그간에 있었던 일에 대해서 순심이의 말을 듣고서야 박문수는 알 수 있었고 한편으로는 동정심이 일어났다.

"서방님, 저는 세상에 태어나서 처음으로 남정네를 알았습니다.

이젠 서방님에게 맞아 죽어도 원이 없습니다."
 박문수가 들으니 측은하기도 했다.
 "서방님 제발 부탁입니다. 한 번만 더 힘껏 안아주세요."
 '에라, 모르겠다. 이 여자는 너무 못생겨서 다시 남정네를 대하기가 어렵겠지. 기왕 내킨 김에 적선하는 셈 치자.'
 박문수는 얼굴을 부비면서 안겨드는 추녀를 안아주었다.
 순심이는 뜨거운 콧김과 신음을 내뿜으며 절정에 달하여 황홀감에 진저리를 쳤다.
 다음날 날이 샐 무렵이었다.
 박문수가 도망치듯 그곳을 벗어나려는데 여자가 어느새 머리를 틀어올린채 다소곳이 앉았다가 박문수에게 말했다.
 "서방님, 비록 추물이오나 서방님을 단 하루라도 모셨으니 서방님 함자라도 가르쳐 주십시오."
 술이 깨어 바라보니 과연 박색이었다.
 "이름을 알아서 무엇하려나? 나는 곧 서울로 가서 과거를 보아야 한다. 그러니 모두 잊어버려라."
 "서방님, 저같은 추물이 어찌 장래가 유망한 서방님의 앞길을 막겠습니까. 다만 이 목숨 다하는 날까지 오로지 천지신명께 서방님 잘되라고 소원을 빌고자 합니다."
 "굳이 알려 달라면 감출 것 있나. 내 이름은 박문수라고 하네."
 박문수는 그말을 남기고 도망치듯 그집을 서둘러 나와 버렸다.
 며칠 후 박문수는 모처럼 일지홍과 만나서 석별의 정을 나누었다.
 다음날이면 서울로 떠나야 하기 때문이다.
 일지홍을 보면 볼수록 아름다웠다.
 순심이와는 너무나 상반되었다.

일지홍과 그날밤 만리장성을 쌓으면서 후일의 상면을 기약하였다.

"서방님, 부디 일지홍을 잊지말고 다시 찾아주소서. 하루가 천추같이 성공하고 오실날 기다리겠습니다. 일편단심으로 수절하며 살겠습니다."

"염려마라, 내 어찌 너를 잊겠느냐. 반드시 과거에 급제한 후 너를 다시 찾아오마."

이별을 앞둔 봄밤은 너무나 짧았다.

다음날 박문수는 일지홍의 전송을 받으며 아쉬운 작별을 맞이했다.

갓 피어난 산도화처럼 고운 얼굴에 눈물 젖은 일지홍의 모습을 보면서 쓰라린 이별을 했다.

지난날을 회상하던 박문수는 슬그머니 호기심이 발동하여 일지홍을 찾아보기로 했다.

지금 박문수는 거지차림이었다.

그러나 품에는 마패가 들어 있었다.

박문수는 지난날을 회상하면서 일지홍의 집을 찾았다.

일지홍의 집은 예전보다 더 말끔하게 단장되어 있었다.

거지 차림으로 대문을 두드리니 개가 달려나오며 사납게 짖어대기 시작한다.

바로 그때 부엌에서 어떤 노파가 달려 나오면서 담밖으로 얼굴을 내밀고 바라본다.

"거기 누구요? 밥 얻으러 왔소?"

박문수가 보니까 전에 일지홍의 집으로 드나들 때 부엌일 하던 할머니였다.

"할머니, 나를 모르시겠소? 전에 일지홍에게 드나들던 서울 박서방이오."

"아, 그러고 보니 생각나는구먼, 어서 안으로 들어오시오."

박문수는 방으로 들어가 앉으면서 이렇게 물었다.

"요즈음 일지홍은 잘 있소? 지금 어디로 갔소?"

"매일 이곳 저곳 불려 다니느라고 바쁘지요."

노파는 박문수의 차림새를 보고 행색이 거지나 다름없으니 혀를 끌끌 차면서 묻는다.

"쯧쯧쯧, 어쩌다 행색이 이리 되었소? 이곳을 떠난 후 우리는 과거에 급제할 줄 알았는데……"

"휴우, 세상일이 맘대로 안되더군요. 과거에 거듭 낙방한 후 살림도 거덜이 나서 이꼴이 되었소. 그래서 이곳저곳 떠돌며 밥이나 얻어먹는 신세요. 이곳에는 예전 놀던 정을 생각하고 노잣돈이나 좀 얻을까 하고 이렇게 불시에 들렀소. 우선 배가 고프니 먹을 것이나 좀 주구려."

"쯧쯧, 참으로 안됐군. 잠깐만 기다리시오. 내가 밥을 차려 드릴테니까……"

노파는 얼마후 밥상을 차려왔다.

박문수는 몹시 시장했던 터이라 밥 한 그릇을 게눈 감추듯 했다.

바로 그때 일지홍이 들어오더니 방문을 드르륵 열었다.

"아니……?"

일지홍은 놀란 표정으로 박문수를 잠시 바라보았다.

일지홍은 여전히 아름다웠다.

전보다 더욱 몸매가 풍만하고 농염해졌다. 일지홍은 박문수를 보고 태도가 돌변했다.

방문을 '쾅' 닫으면서 일하는 노파에게 신경질을 부린다.
"할멈은 도대체 정신이 있소 없소? 뭐하려고 저런 거지를 방으로 들여놓아 밥까지 주는 거요?"
"옛날 정을 봐서라도 찾아온 손님을 어떻게 박절하게 내쫓아요. 그래서……"
"듣기 싫어요. 꼴보기 싫으니 어서 내쫓아요."
그때 박문수가 일지홍에게 말했다.
"여보게, 참으로 오랜만일세. 보시다시피 나는 이꼴이 되었네. 잠시 앉아서 이야기나 하세."
"흥, 기생년에게 순정이 어딨어. 성공해 왔으면 반갑게 맞아줄지도 모르지. 내 주변엔 잘난 남자가 넘쳐나니 어서 나가요. 밥값은 안받을 테니……"
"이 사람아, 옛정을 생각해서라도 너무 그러지 말게. 사람 팔자 모르는 법이네."
"자꾸 귀찮게 치근덕대면 사또께 일러 혼을 낼 테니 어서 가요."
일지홍은 신경질을 내면서 나가다가 이렇게 한마디 내쏘았다.
"난 사또님 수청 들어야 하니 어서 나가요. 안그러면 혼나게 할 테니까……"
박문수는 쓴웃음을 지으며 중얼댔다.
"허허, 아무리 염량 세태라지만 역시 계집이란 믿지 못하겠구나."
박문수는 일어나 돌아서면서 노파에게 인사를 했다.
"할머니 옛정을 생각해서 더운 밥이라도 차려주니 너무나 고맙소이다."
"아니오. 이 늙은 것이 의지할 곳 없어 이렇게 지내오마는 아씨는 너무한 것 같습니다. 내가 엽전 몇잎이라도 드릴 테니 갖고 가

시우."

"아닙니다. 할머니…… 너무 용기를 잃지 말고 사세요. 오늘은 그냥 갑니다."

박문수는 그길로 일어나서 또 다른 곳으로 걸음을 옮겼다.

박문수가 이번에 찾아간 곳은 바로 못생긴 여자 순심이네 집이었다.

마침 순심이는 집에 있었다.

울타리 안으로 들어서면서 박문수가 불렀다.

"안에 누가 없느냐?"

그러자 곧 문이 열리더니 잠시 후 순심이가 버선발로 뛰어나와 반가이 맞는다.

그동안 어찌 지냈나?"

"서방님, 이게 얼마만입니까? 그동안 너무니 보고팠어요. 서방님은 어떻게 지내셨습니까?"

"나는 그동안 과거에 거듭 낙방하여 보다시피 거지가 되었다. 이곳저곳 떠돌다가 이곳까지 와서 밥이나 좀 얻어먹으러 왔다."

"그동안 얼마나 고생이 심하셨어요? 어서 안으로 들어가셔요."

박문수가 방으로 들어가 앉자 순심이는 정성껏 밥과 술을 함께 차려왔다.

박문수는 일지홍의 집에서 밥을 먹은 후이기에 배가 불렀으나 정성이 고마와서 몇숟갈 뜨는체했다.

"그래, 너의 어머니는 무고 하시냐?"

"이미 이태전에 돌아가셨습니다요."

"내가 이꼴이 되었는데도 너는 나를 반겨 주는구나."

"서방님, 저에게는 평생을 두고 잊을 수 없는 하늘같은 분이십니다. 저에게 사람으로서의 정을 일깨워 주셨는데 어찌 반갑지 않겠습니까?"
 순심이는 장롱 안에서 새옷을 한 벌 꺼내어 박문수에게 내밀었다.
 "서방님, 어서 이옷으로 갈아입으세요. 쇤내는 잠시 나가 있겠습니다."
 "아니다. 나는 이옷을 그냥 입겠다."
 "그옷은 제가 빨았다가 서방님 떠나신 후 매일 품에 안고 자겠습니다. 이 새옷은 행여나 서방님이 오시면 드릴려고 제가 바늘 한 땀 한 땀에 온갖 정성을 쏟아서 지은 것입니다."
 순심이는 그말을 하고나서 뒤안으로 갔다.
 "우지끈, 뚝딱!"
 잠시후 무슨 질그릇 깨지는 소리가 났다. 박문수가 내다보니 순심이가 뒤안 장독대에 주저앉아 울고 있었다.
 그옆에는 사기그릇이 산산조각이 나서 흩어졌다.
 박문수가 나가서 순심이에게 물었다.
 "너는 왜 그러는지 어서 말해라."
 순심이는 더욱 서럽게 울면서 내력을 말한다.
 "서방님, 저는 서방님이 떠나신 그날부터 하루도 쉬지 않고 이곳에서 서방님이 소원성취하시고 과거에 급제하시게 해달라고 수없이 빌고 빌었습니다. 지성이면 감천(至誠感天)이라는데, 그것도 아닌가 봅니다.
 그러니 이까짓 치성을 드린들 무엇하겠습니까. 으흐흑······흐흐흑······."
 순심이는 얼마 후 울음을 그치고 박문수에게 말했다.
 "서방님, 아무 걱정 마시고 어디 조용한 곳으로 가셔서 글공부를 다시 하세요. 제가 끝까지 뒷수발을 할 테니까요······ 그동안 제 정성이 부족했나 봅니다. 오늘부터 다시 매일 기도를 올리겠습니다."
 박문수는 순심이의 말을 듣고 속으로 감격하였다.
 "너는 비록 용모는 추하지만 마음씨가 한없이 곱구나. 너무 상심 말고 지내라. 사람 팔자 알 수 없느니라. 내가 급히 갈 데가 있다. 나중에 다시 만나자."
 박문수는 그말을 남기고 순심이네 집을 나왔다.
 박문수는 이사람 저사람 만나서 진주목사에 대해 물으니 아주 원성이 높고 평판이 매우 좋지 않았다.
 남의 유부녀나 처녀를 강제로 욕보이는가 하면 무고하게 죄를 뒤집어 씌우거나 온갖 악랄한 방법으로 재산을 가로채기도 했다.
 거기에 관한 증거를 낱낱이 입수했다.
 얼마후 진주목사가 잔치를 벌이는 자리에 거지차림으로 나타난 박문수는 그곳에서 사또를 보고 바른소리를 한다.
 그때 박문수는 사또 옆에서 온갖 아양을 부리는 일지홍을 보고 이렇게 말했다.
 "일지홍아, 너는 절개를 지켜야지. 아무리 기생이라도 그래서야 되겠느냐?"
 "흥 별꼴이야."
 그때 일지홍에게서 술잔을 받던 진주목사가 일지홍에게 물었다.
 "너는 저 거지놈과 아는 사이냐?"
 "아니옵니다. 사또, 미친놈이니 당장 쫓아내소서."
 그때 진주목사가 박문수에게 호통을 쳤다.
 "여봐라. 저놈을 당장 내쫓아라. 흥겨운 잔칫판에 술맛 떨어지니까."
 그때 관졸들이 우르르 달려왔다.
 양쪽팔을 잡는 관졸들을 박문수가 세차게 뿌리치며 소리쳤다.

"진주목사, 너에 대한 원성이 하늘에 사모치니 어찌 응답이 없겠느냐, 선량한 백성들의 고혈을 빨고 가렴주구 했으니 네죄를 네가 알렸다?"

"저런, 저 무엄한 놈, 저놈을 당장 박살내어라."

다시 한떼의 관졸들이 몰려왔다.

바로 그때였다.

"암행어사 출도!"

"암행어사 출도!"

순식간에 지붕에서도 담장 넘어서도 장한들이 떼지어 몰려와 닥치는대로 때려 부수고 사또를 비롯하여 육방관속들을 잡아 무릎을 꿇게 했다.

순식간에 잔치 장소는 난장판으로 변했다. 박문수는 사또의 죄를 일일이 나열하고 증거를 대면서 준열히 꾸짖었다.

"여봐라. 이자를 당장 잡아다 하옥하라. 상감마마께 장계를 올려 비답을 받은 후 법대로 처리하겠다."

박문수의 추상열일 같은 호통 앞에 진주목사는 너무나 놀라서 바지에 오줌을 쌌다.

"서방님, 용서 하옵소서. 쇤내가 한때나마 눈이 멀어서 옛 정인을 홀대했습니다. 제발 거두어 주소서."

일지홍은 박문수 앞에 무릎을 꿇고 빌었다.

"하하하…… 간사한 계집 같으니…… 너는 깨어진 그릇에 엎질러진 물을 다시 담을 수 있겠느냐. 내 너에게는 아무런 추궁도 않을 것이니 돌아가라."

일지홍은 서럽게 울면서 어디론가 갔다.

일지홍은 다음날 진주 남강 푸른물에 시체로 발견 되었다.

박문수는 그 소식을 듣고 후히 장사 지내주도록 했다.

그리고 의지할 곳 없는, 일지홍의 부엌일을 하던 노파에게 찾아갔다.
그 노파를 데리고 순심이에게로 갔다. 그간의 사정을 모두 말한 후 이렇게 제의했다.
"순심아, 너도 외로운 몸이니 앞으로 이분을 어머니로 삼아 지내거라. 마음씨가 고우신 분이다."
박문수는 노파에게 제의했다.
"이 사람이 비록 용모는 추하지만 마음씨가 고우니 여생을 의지하고 모녀처럼 지내시오. 내가 생활할 밑천은 마련해 줄 테니……"
두 사람은 기꺼이 서로 환영하였다.
"내가 항시 외로웠는데 이젠 딸이 생겼으니 한결 든든합니다."
"저도 늘 외로웠는데 어머니가 생겼으니 너무나 기쁩니다. 어머니, 절 받으세요."
박문수가 보기에도 한없이 흐뭇하고 보람을 느끼었다.
위의 내용은 '춘향전'과 유사한 면이 있다.
사실 국내의 저명한 고전문학 연구가들은 '암행어사 박문수'가 춘향전에 나오는 이몽룡(李夢龍)의 모델이라는 주장을 하고 있다.
그리고 박문수의 후손에게는 지금도 '춘향전' 이야기와 비슷한 고전문(古典文)이 집안에 전해지고 있다고 한다.
소설의 본질에서 일탈할까봐 여기에 대해서는 더이상 언급을 생략하기로 한다.

음탕한 여자와 돌중

황혼녘 새재(鳥嶺)를 넘어가는 초라한 행색의 나그네가 있었다.
영남에서 손꼽히는 큰고개는 추풍령, 죽령(竹嶺) 조령(鳥嶺)이다.
추풍령은 그다지 높지 않지만 앞뒤로 겹친 산세가 험악하여 대낮에도 산짐승의 울음이 들리는 곳이다.
죽령은 충청도와 경상도 사이에 병풍처럼 뻗어있는 소백산의 첫머리에 위치해 있다. 충주로 가는 길목인 문경의 새재, 즉 조령은 예로부터 험하기로 소문이 났고 박달나무가 많기로도 유명하였다.
당시에는 대낮에도 사나운 맹수들이 출몰하는 곳이기에 혼자서 고개를 넘기는 꺼리는 곳이었다.
뱀처럼 구불구불한 고갯길에 올라서 눈아래 펼쳐진 중첩된 산줄기, 비단처럼 펼쳐진 수려한 달래강을 바라보는 나그네, 그는 바로 박문수였다.
 이미 날이 저물녘이었다.
 "아아, 이거 서둘러야지, 자칫하다가는 산중에서 뜬눈으로 지내겠는 걸."
 서둘러 산길을 내려갔으나 이미 어두워지기 시작했다. 충주 고을에 거의 이르렀다. 계속 걸었으나 아직도 마을까지는 거리가 너무나도 멀었다.
 길을 잃고 헤메던 끝에 박문수는 마침 조그만 암자를 발견하고 그곳으로 다가갔다.
 "저 암자에는 중이 있겠지. 오늘은 그들 신세나 져야겠구나!"
 박문수가 조심스럽게 다가가니 인기척이 없어 잠시 주위를 기웃거렸다.
 달빛이 낮치럼 밝은 밤이었다.
 그런데 뜻밖에도 암자 어디에선가 여인의 간드러진 웃음소리가 들려왔다.
 '이상하다? 내가 무엇에 홀렸나?'
 박문수는 만약의 사태에 대비하여 가슴에 지닌 비수를 확인한 후 조심스럽게 다가갔다.
 소리는 천연적으로 생긴 동굴 쪽에서 들려왔다.
 박문수가 동굴 속을 들여다보니 그 안에는 조그만 불상이 모셔져 있고 향이 피워져 있으며 제삿상이 차려져 있었다.
 그런데 실은 그것이 제삿상이 아니고 술상이었다.
 달빛이 밝은 데다가 동굴안에 촛불을 환히 밝혀놓아 대낮처럼 밝았다.
 동굴 입구는 통나무로 짠 튼튼한 문으로 닫혀져 있다.
 박문수는 통나무 틈으로 동굴안을 엿보았다. 굴은 웬만한 집에 비유할 정도의 크기였다.
  그런데 뜻밖에도 동굴 안에는 놀라운 광경이 벌어지고 있었다.
  소복한 여인이 건장한 중의 품에 안긴채 술상을 대하고 수작을 벌이고 있었다.
  "자아, 어서 술을 드시고 이몸에게 극락세계를 보여주세요."
  "하하하…… 참으로 욕심이 많구나. …… 언제봐도 귀엽단 말이야……"
  "벌써 몸이 달아올라요. 어서 좀더 여기를…… 으으음…… 더 세게……"
  "으흐흐…… 기분이 어떠냐. 극락이 따로 없느니라."
  "아이참…… 대사님은 악마여요. 사람을 이렇게 바람들여 놓고……"
  "왜, 내가 어때서? 사내가 그리운 여자에게 육보시를 베푸는데……"
  "사람을 죽였다 살렸다 하니 그게 악마지요."
  "요것아 입이나 맞춰보자."
  건장한 중이 술을 마셔서 불그레한 얼굴을 여자의 얼굴에 부비다가 입을 맞추었다.
  중은 여자를 다루는데 이골이 난 것 같았다.
  입을 맞추면서 한손으로 여자의 젖가슴을 주무르고 한손으로는 치마를 걷고 속곳마저 벗겼다.
  드디어 알몸이 된 여자가 중의 목을 감고 매달리자 중은 여자를 자리에 눕히더니 옷을 벗었다.
  장대한 남근이 박문수의 시야에 들어왔다.
  "어서요…… 빨리…… 으으음……"
  여자가 보채면서 손으로 성난 중의 남근을 잡아끌었다.

그들은 드디어 하나가 되어 격렬한 몸싸움을 벌이기 시작했다.
'으음, 저놈은 분명 파계승이거나 돌중일 것이다. 그런데 소복한 저 여인은 누굴까? 여기엔 반드시 어떤 사건이 배후에 숨겨져 있을 것이다. 내가 기어이 밝혀내리라!'
박문수는 잠시 그곳을 벗어나 암자 주위를 살폈다.
암자 옆에는 깨끗한 방이 두 개 달려 있었다.
방안을 들여다 보니 열 살이 갓넘을 것으로 보이는 상좌아이가 자고 있었다.
박문수는 어떻게 할까 망설이다가 다시 동굴 쪽으로 다가갔다.
그때까지는 음탕한 계집과 돌중은 알몸으로 서로 얽혀 짐승처럼 신음을 뱉으며 그짓을 계속하고 있었다.
얼마후 그들은 얼마나 그짓에 탐닉했던지 곧 서로 껴안고 잠에 곯아 떨어졌다.
"저런 연놈들, 당장 잡아다가 물고를 낼까? …… 아니 옛사람들의 말에도 잠자는 짐승에게는 사냥꾼도 활이나 창을 겨누지 않는다 했는데…… 이 일을 어떻게 처리할까? …… 행여 저것들에게도 동정의 여지나 어떤 피치 못할 사정이 있을지도 모르니 날이 밝거든 알아본 후 어떤 조치를 해야지!"
박문수는 암자에 딸린 상좌가 자는 방 옆에 들어가서 잠을 청했다.
박문수의 눈에는 연놈들의 음탕한 수작들이 자꾸만 떠오르고 잠 넘이 들었다.
자리에서 벌떡 일어나서 단전 호흡을 한 후 진기(眞氣)를 모은 후 정신을 집중 시켰다.
무념무상(無念無想)의 자세로 심안(心眼)이 열리는 순간이었다.
선풍도골의 선인이 나타나서 이렇게 말했다.

"공은 듣거라. 이곳 암자 뒤쪽의 구멍바위 밑에 원통하게 죽은 자의 원성이 신명계(神明界)에 사무치니 외면할 수가 없도다. 예로부터 일부 함원 오월비상(一婦含怨五月飛霜)이라고 했다. 음탕한 계집과 파계승에 의해 육신이 죽은 자의 원한을 그대가 풀어주고 그 혼백을 위로해 주기 바라노라."

그말을 끝낸 후 홀연히 사라졌다.

박문수는 뜬눈으로 밤을 세웠다.

새벽녘이 되자 밖으로 나가서 마당가를 서성거릴 때 상좌아이가 일어나서 밖을 내다보면서 물었다.

"거기 뉘시오?"

박문수가 조심스럽게 다가가며 대답했다.

"나는 지나가던 과객이다. 잠시 물어 볼 말이 있다."

박문수는 방으로 들어가서 이런저런 말로 상좌아이를 안심시킨 후 자신이 궁금한 사항에 대해 캐묻기 시작했다.

박문수가 묻는 질문에 대해 상좌아이는 이렇게 대답했다.

"저는 부모가 누군지도 모릅니다. 전에 계시던 노스님께서 저를 주워다 키우셨다고 합니다. 그런데 작년부터 해법(海法)이라는 스님이 이 암자에 와서 함께 지내게 되었습니다. 해법 스님은 병을 잘 고친다고 소문이 나서 부녀자들이 많이 몰려 들었습니다. 그런데 그후로 나쁜 소문이 점차 퍼지자 노스님이 자주 해법 스님을 꾸짖었습니다. 그러더니 얼마 전부터 노스님이 어디로 가셨는지 행방이 묘연합니다. 저는 갑자기 갈곳도 없어 우선 이렇게 지냅니다. 다른 절로 찾아갈 생각도 있지만 행여 노스님이 돌아오실까봐 이렇게 기다리고 있습니다."

"그래? 해법스님은 어디 있느냐?"

"어느 부인이 찾아와서 불공을 올린다고 해서 저는 피곤해 먼저 잤습니다."
 "그래? 그 부인은 언제부터 이곳에 왔느냐?"
 "한 달전부터 이곳에 와서 지냈습니다."
 "암자 뒤쪽에 있는 구멍바위가 어디에 있느냐?"
 "예, 저를 따라 오소서."
 박문수는 상좌아이를 따라 한참 암자 뒤쪽으로 올라가다가 한곳에 멈췄다.
 박문수의 시선이 한곳에 오랫동안 머물렀다. 그곳으로 다가가니 심한 악취가 코를 찔렀다.
 '으음, 이곳에 가매장 되었나 보다'
 박문수는 급히 지필묵을 꺼내어 급히 무엇인가를 쓴 후 상좌에게 말했다.
 "애야, 너는 갈곳이 없다고 했지? 내말만 들으면 내가 좋은 곳으로 보내주마."
 "선비님, 그렇게만 된다면 더 바랄 것이 없습니다. 무슨 말씀인지요?"
 "너는 급히 이 서찰을 충주 목사에게 갖다 주어라. 그러면 곧 병사들이 너를 말에 태워 이곳으로 다시 올 것이니라."
 박문수가 서찰을 주자 상좌아이는 곧 받아서 품에 넣고 날다람쥐처럼 빠르게 걸음을 옮겨 놓았다.
 박문수는 느긋한 태도로 암자 주위로 다가갔다.
 동굴 속에는 여전히 촛불이 밝혀져 있다. 간밤에 음탕한 계집과 돌중은 얼마나 여러차례 서로가 몸싸움을 벌였던지 그때까지 서로 껴안은채 세상 모르게 잠에 떨어져 있었다.
 박문수는 다시 상좌아이가 돌아올 길목을 바라보며 서성거렸다.
 얼마후 관졸 십여 명이 상좌아이의 안내를 받으며 몰려오더니 박문수 앞에 이르러 넙죽 꿇어 엎드려 절을 한다.
 "너희들 다섯 명은 나를 따라 오고 나머지 다섯 명은 동굴안에서 벌거벗은 채 자고 있는 음탕한 계집과 돌중을 끌어내어 결박지은 후 암자의 마당에 무릎 꿇려라. 내가 그들의 죄를 추궁하리라."
 박문수의 명령이 떨어지자 각자 부지런히 움직였다.
 박문수가 관졸들을 시켜 구멍바위 주위를 파보게 한 결과 늙은 중과 젊은 사내의 시체가 발견되었다.
 "얘들아, 그 시체를 저 암자의 마당에 옮긴 후 우선 거적이라도 덮어 두어라. 곧 처리할 것이니라."
 얼마후 박문수는 거의 알몸 상태에서 결박된채 마당에 이끌려온 돌중과 계집을 보고 호통을 쳤다.
 "이놈, 네 죄를 네가 알렸다?"
 "무엇을 말씀하시는 겁니까?"
 돌중은 의외로 유들유들 하였다.
 "나무아미타불…… 소승은 산승(山僧)으로서 잘못한 일이 없소이다."
 "이놈, 출가한 승려로서 간음(姦淫)을 자행하여 패륜부덕(悖倫不德)의 죄를 범하고도 반성하기는 커녕 뻔뻔스럽게 죄가 없다고 하느냐?"
 "소승은 결코 죄지은 적이 없소. 외로운 여자에게 육보시를 한 것이 무슨 죄가 된단 말이오."
 "무엇이? 네놈은 저 계집의 남편을 죽이고 이 암자의 주지승마저 죽여 암장했지 않느냐?"
 "결코 그런 적이 없소이다."
 "이놈, 자, 이것을 보아라. 이래도 계속 버틸 터이냐?"
 박문수가 관졸들에게 거적을 걷으라고 명령했다.

곧 주지승의 시체와 젊은 남자의 시체가 드러났다.
이미 날이 환히 밝을 때이다.
돌중은 더 이상 대꾸도 못하고 고개를 푹 수그렸다.
박문수는 음탕한 계집에게도 호통을 치면서 그 죄를 추궁하였다.
음욕에 눈이 멀었던 돌중과 계집은 스스로 체념한 듯 자신들의 죄를 실토하였다.
돌중은 원래 뿌리가 없는 고아였다.
이곳저곳 머슴살이로 떠돌아 다니다가 우연히 절에 갔는데 공양하고 돌아오는 남의 부녀자를 겁탈한 적이 있었다.
그는 상습적으로 이곳저곳 떠돌며 가짜 중노릇을 하였다.
그러던 중에 작년부터 그곳 암자에 머물면서 주지승을 속여 가짜 중노릇을 하였다.
그러나 그의 근본이 달라질 리기 없었다. 어느날 아이를 못낳는 새댁이 불공을 드리러 왔다.
그때 온갖 감언이설로 꼬여 그를 품에 넣었다.
두 연놈이 불공을 핑계대고 자주 만나서 음락을 즐기던 중에 그것을 눈치챈 계집의 남편이 그곳으로 찾아왔다.
돌중과 계집은 공모하여 그 남편을 먼저 죽인 후 커다란 웅덩이처럼 뚫린 돌구멍에 쳐넣고 바위를 덮어 놓았다.
얼마후 다시 주지승에게 음탕한 행동이 탄로나자 그도 마저 죽여 역시 구멍바위에 넣고 그 위를 돌로 덮었다.
그들은 주위의 의심이 풀릴 즈음에 함께 먼곳으로 달아나기로 했다.
그러나 그동안도 못참고 음탕한 짓을 계속 하다가 우연히 박문수에게 걸려든 것이다.
박문수는 관졸들을 시켜 주지승의 시체는 화장(火葬)을 시켰고,

젊은 사람의 시체는 집안에 알려 곧 장례를 치루게 하고 손수 제문을 지어 그 혼백을 위로했다.
 돌중과 음탕한 계집은 곧 충주 관아로 보내어 법대로 처리하도록 했다.
 충주 목사는 그들의 죄상을 판자에 크게 써서 연놈의 등에 지도록 하고 곳곳에 널리 알린 후 처형, 산천에다가 버려 까마귀 밥이 되게 하였다.
 상좌아이는 특별히 청주목사에게 부탁하여 공부를 시키도록 당부하였다.
 그곳의 백성들은 모두가 박문수의 시원스러운 척결에 칭송을 금치 못했다.

산도적 딸의 순정

　죽령(竹嶺)은 충청도와 경상도 사이에 소백산맥의 첫머리에 위치한 곳이다.
　무더운 여름날 저녁무렵이 가까와지는 때였다.
　울창한 숲이 우거진 죽령을 거지나 다름없는 남루한 길손 하나가 맹호연(孟浩然)의 시를 읊으며 고개를 넘고 있었다.

　　태을산 봉우리는 하늘 끝에 닿았고
　　이어진 산줄기는 바다로 뻗었구나
　　멀리 흰구름은 서로 합치고
　　푸른 안개는 갑자기 자취를 감추네.

　　太乙近夫都
　　連山到海隅

白雲廻望合
靑霧入看無

  비록 입성은 초라하고 때꾹이 줄줄 흘렀으나 훤칠한 키, 인물도 준수하였다.
  오라는 곳 없어도 갈곳은 많다는 불청객처럼 괴나리 봇짐을 메고 지친 기색도 없이 산고개를 넘고 있었다.
  길손이 고개에 올라 외진곳에서 괴나리 봇짐을 내리고 잠시 쉬어 가려 할 때이다.
  "이놈, 목숨이 아깝거든 가진 것 다 내놔라."
  벽력같이 고함 치면서 험상궂게 생긴 자가 시퍼런 장검을 빼들고 천둥벌거숭이 날뛰듯 길손에게 칼을 겨누었다.
  그러나 길손은 태연하게 바라 보다가,
  "네놈은 누구냐?"
  이렇게 묻는다.
  "허어 이놈보게? 보면 몰라. 나는 이곳을 지키는 녹림호걸이시다."
  "오오라. 네놈은 산도적이구나!"
  "입닥쳐. 어서 가진 것이나 내놔."
  "미안하다. 가진 것도 없거니와 너 같은 놈 줄 것도 없네."
  "이놈이 간이 부었구나. 칼맛을 보아야 알겠느냐."
  "허허 그놈 웬 엄포가 그리 심하냐."
  길손이 여유있게 이죽거렸다.
  "도저히 못참겠다. 에잇!"
  험상궂게 생긴 텁석부리가 장검을 휘두르며 길손을 덮쳤다.
  칼솜씨가 대단하였다.

사나운 기세로 몇차례 산도적이 칼을 휘둘렀다.
'으아악' 갑자기 단말마의 비명이 터지더니 기세 등등하게 달려들던 산도적이 사타구니를 감싸쥔채 눈을 까뒤집고 태질당한 개구리처럼 나가 뻗었다.
덮쳐드는 산도둑의 칼날을 몇번 피하다가 길손이 회룡호족(回龍虎足) 신형(身形)으로 상대의 낭신을 걷어찼던 것이다.
그런데 산도둑이 휘두른 칼에 길손도 장딴지 부위에 약간의 상처를 입었다.
길손은 수건으로 자신의 상처를 싸맨후 게거품을 뿜으며 나가 떨어진 산도둑에게 다가가서 품에서 침(鍼)을 꺼내더니 인중(人中) 백회(白會) 사관(四關) 혈(穴)에 침을 놓았다.
얼마후 정신을 차린 산도둑이 길손에게 넙죽 엎드리면서 살려 달라고 애걸복걸 하였다.
"이놈, 무엇 때문에 함부로 사람을 해치려 드느냐? 너 같은 놈은 절대로 용서할 수 없다."
"아이구 나으리, 이놈이 해태 눈깔이라서 몰라 뵈었습니다. 제발 용서 하시면 앞으로 착하게 살아가겠습니다."
"이놈아 사지육신이 멀쩡한 놈이 무엇 때문에 노력하지 않고 강도질을 하고 사람을 해치려 했는지 사실대로 고하여라. 만약 거짓말일 경우에는 네놈을 결박지워 관가로 끌고가겠다."
"아이고 나으리…… 제발 사정좀 봐 주십시오. 이놈에게도 절박한 사정이 있습니다오."
산도둑이 무릎을 꿇고 눈물을 흘리면서 털어놓는 사정은 이러하였다.
"이놈은 임삼규(林三圭)라고 합니다. 아내와 딸, 그리고 장가 안 간 동생놈과 그럭저럭 지냈습니다. 그런데……"

임삼규 형제는 힘이 장사였다.
그런데 어느날 나물 캐러 갔던 삼규의 아내가 고을원의 자제가 노는 곳을 지나다가 붙잡혀 능욕을 당할 처지에 놓였다.
그때 마침 산에서 사냥을 하고 돌아오던 삼규의 동생이 그 광경을 목격하고 급히 달려갔다.
"도대체 이게 무슨 짓들이오?"
형수를 쓰러뜨리고 그위에 덮치고 있는 놈의 뒷덜미를 잡아챘다.
"아이구 이놈이 사람 죽인다!"
그순간 삼규의 아내가 급히 벗겨진 아랫도리를 추스르며 시동생 뒤쪽에 몸을 숨겼다.
"이놈아, 이거 놓지 못해. 엉!"
"양반이면 다야? 왜 남의 유부녀를 겁탈하려 들어……"
"얘들아, 어서 이놈을 혼내줘라"
그러자 종놈들 서넛이 몽둥이를 들고 달려들었다.
힘이 센 삼규의 동생 삼기(三起)는 달려드는 자들을 닥치는대로 차고 주먹으로 갈기고 내던졌다.
잠깐 사이에 고을 원의 종들 서너명이 다치거나 나가 뻗었다.
삼기는 무사히 형수를 데리고 집으로 왔으나 그 다음이 문제였다.
그날밤 관가에서 관졸들이 몰려와 그들은 다짜고짜로 삼기와 그 형수를 잡아갔다.
고을 원님은 자기 아들의 잘못은 생각지도 않고 오히려 적반하장으로 죄를 뒤집어 씌우려 했다.
온갖 고문을 당하면서도 삼기가 굴하지 않자 무지막지 하게 곤장을 쳤다.
삼규의 처는 옷을 벗기고 고문하니 수치심을 견디다 못해 혀를

깨물고 죽었다.
 삼기도 심한 곤장을 맞은 후유증으로 죽고 말았다.
 삼규는 미친듯이 통곡하며 두 사람을 장사지낸 후 복수의 기회를 노렸다.
 그러던 어느날 관가에 불을 지르고 어린 딸을 데리고 야반도주를 했다.
 그후 이곳 산골로 와서 숨어살면서 강도질을 하면서 지냈다는 것이다.
 당시 열한 살이던 딸이 지금은 열일곱 살이 되었다고 했다.
 "나으리, 이놈의 팔자는 참으로 기구합니다요. 숨어 살자니 이따금 강도질로 연명할 수 밖에요…… 으으흑…… 제발 살려 주십시오. 이놈 죽는 건 괜찮으나 이 산중에서 홀로 처녀로 늙어죽을 딸 아이가 불쌍합니다요."
 "네 소행은 괘씸하다마는 사정을 듣고보니 일말의 동정이 가는구나. 내가 너를 용서할 테니 다시는 나쁜 짓을 말고 착하게 살아라."
 "아이고 나으리…… 죽을 목숨을 살려주시니 참으로 감사합니다요……"
 어느덧 해가 저무는 시각이었다.
 길손은 괴나리 봇짐을 지고 일어서다가 얼굴을 찌프렸다.
 산도둑이 휘두른 칼에 다친 상처에 통증이 왔기 때문이다.
 "나으리, 이미 날이 어두워집니다. 이곳 산속에는 유숙할 곳이 없습니다. 소인의 집이 비록 누추하오나 나으리를 모시겠습니다요."
 "하하하…… 이번에는 네집으로 데려가서 나를 해칠 셈이더냐?"
 "나으리, 이놈도 사람인데 어찌 재생지은의 은인을 해치겠습니까요. 어서 이놈을 따라오소서."
　산도적과 길손은 언제 싸웠느냐는 듯이 마치 오랜 친구처럼 걸었다.
　길손은 앞서가는 산도적의 뒤를 절룩거리며 따라갔다.
　꼬불꼬불 산길을 돌고돌아 숲을 지나서 드디어 어느 바위앞에 다달았다.
　그곳에서 주위를 살피더니 막대기로 바위를 세 번 두드렸다.
　그러자 바위덩이가 옆으로 열리면서 동굴이 나타났다.
　"아부지, 왜 늦었나?"
　동굴 속에는 커다란 등잔불이 타오르고 있는데 처녀아이가 문앞에 나타났다.
　"오늘은 귀한 손님이 오셨다."
　임가라는 산도적은 길손에게 어서 들어가자고 이끌었다.
　동굴 속은 상당히 넓어 십여 명이 기거할 수 있을 정도였다.
　통나무로 잇대어 바닥을 깔고 그위에 짐승의 가죽을 몇겹으로 덮은 곳이 방으로 사용되고 맨바닥은 부엌으로 쓰이는 곳이었다.
　굴밖으로 적당한 구멍이 뚫려 있어서 연기도 차지 않았다.
　바짝 마른 나무를 때면 연기도 보이지 않고 더구나 주위가 바위와 숲으로 가려져 있어 숨어 지내기에는 안성마춤이었다.
　짐승의 기름으로 채워진 커다란 등잔불이 낮처럼 밝게 주위를 비추었다.
　"아부지, 저사람 누구야, 응?"
　말만한 처녀는 머리가 엉덩이까지 치렁치렁 늘어졌다. 불빛에 바라보니 드물게 빼어난 미인이었다.
　"얘야, 어서 인사 올려라."
　그러자 처녀가 바짝 다가와서 빤히 쳐다보더니,

"아저씨는 어디서 살아? 참 잘생겼다. 나하고 동무하고 지내자."

길손은 어처구니가 없어 픽 웃고 말았다.

그때 산도둑이 이렇게 말했다.

"나으리, 용서 하십시오. 이 산중에서 에미 없이 혼자 자라서 버릇이 없습니다요. 그래도 저것이 마음은 곱답니다."

길손은 산도둑 딸아이 보는 앞에서 해라를 하기가 망설여져서 '하오'를 했다.

"나는 괜찮으니 염려 마시오."

"애야 곱단아, 어서 저녁상 차려 오너라. 술도 좀 가져오고……"

길손이 주위를 살펴보니 별것이 다 있었다.

아마도 도둑질 강도질 해서 모은 것이리라, 짐작이 갔다.

얼마후 밥상을 차려 왔는데 고기 말린 것, 소금에 절인 산짐승 고기, 산나물 등, 길손으로서는 별미였다.

시장하던 김에 배부르게 먹고난 길손은 산도둑과 술을 마시면서 이런저런 이야기를 나누었다.

밤이 깊어지자 그자리에 누웠다. 곳곳에서 산짐승 우는 소리가 들려왔다.

길손과 산도둑은 나란히 누워 정다운 벗처럼 이야기를 나누다가 그대로 잠이 들었다.

다음날 아침에 일어나 동굴밖으로 나오니 장엄하게 솟아오르는 햇덩이, 웅혼한 대자연의 신비가 한눈에 들어왔다.

길손은 넋을 잃고 한동안 그 모습을 바라보았다.

아침을 먹고 떠나고자 했으나 어제 다친 곳이 쑤셔서 걸을 수가 없었다.

산도둑이 쑥을 태워 연기를 쐬이고 짐승의 기름덩이를 덮혀 상처에 싸매어 주었다.
 "나으리, 상처가 나을 때까지라도 이곳에서 쉬다가 가십시오. 노루피를 마시면 회복이 빠르다고 합니다. 그래서 사냥을 다녀올까 합니다. 저 아이와 말벗이라도 하십시오."
 "고맙소. 그런데 내가 부탁이 있소. 어디서 지필묵을 좀 구할 수 있소?"
 "예예, 이놈이 곧 구해 오겠습니다."
 산도적은 어디론가 길을 떠나기에 앞서 이렇게 말했다.
 "이 산중에 우리 곱단이를 처녀로 늙힐 수는 없습니다. 저 아이가 처녀귀신을 면할 수 있게 해주시면 더욱 고맙겠습니다. 은인에게 부탁드리는 제 소원입니다."
 길손은 아무런 대꾸도 없이 빙그레 웃기만 했다.

 산도적이 길을 떠난 후이다.
 곱단이가 옆에 앉아서 이렇게 말했다.
 "아저씨, 굴밖으로 나가면 사람키 중간에 오는 샘물이 있다. 그 물은 참 시원하고 맛있다. 나하고 가자, 응?"
 처녀애가 스스럼 없이 길손의 손을 잡아끌었다.
 길손은 빙그레 웃으며 자리에서 일어섰다.
 다리를 절룩거리며 처녀애를 따라나섰다.
 동굴 뒷편에 조그만 폭포수가 있었다.
 밝은날 바라보니 처녀는 눈부시게 아름답고 성숙하였다.
 "아저씨 우리 목욕하자, 응?"
 "아니야, 난 다리가 아파 못해."
 "어쩌다 다쳤어?"
 "…… 글쎄……"

길손은 말끝을 얼버무렸다.

"곱단이라고 했지, 너는 사람들이 많이 사는 곳을 구경한 적이 있나?"

"아니야. 내가 어렸을 때 본것 뿐이야."

"너 그런 곳에 살고 싶자 않아?"

"그래, 여기는 나혼자 심심해, 아저씨가 날 데려다 줄래? 나 아저씨 잘 생겨서 좋아. 따라 갈거야."

"으하하……"

"오호호호……"

두 사람은 흡사 소꼽놀이 하는 어린아이들 같았다.

폭포가에 이르러 곱단이는 스스럼 없이 옷을 훌러덩 벗더니 실오라기 하나 걸치지 않고 물에 풍덩 뛰어들었다.

"아아, 시원하다."

곱단이는 천진난만한 아이와 같았다.

잘 발달된 풍만한 몸매가 그대로 길손의 눈에 들어와서 고개를 돌렸다.

"아저씨 물장구치고 같이 놀자. 응?"

"아니야. 나 먼저 간다."

"싫어, 나 안그럴께 그냥 거기 있어."

곱단이는 혼자서 물장구를 치면서 마냥 즐거운 표정이었다.

그날 밤이었다. 곱단이의 정성은 지극했다.

상처가 덧나지 않게 짐승의 기름덩이를 덥혀 상처에 싸매주고 피묻은 길손의 옷을 벗기고 피묻은 곳을 닦아주고 다른 옷을 입혀 주었다.

처녀는 수치와 부끄러움을 모르는 것 같았다.

"아저씨, 나랑 이곳에서 살자, 응?"

"아니야 나는 할일이 따로 있는 걸."
"그럼 나 아저씨 따라 갈거야."
"곱단이는 좋은 사람에게 시집가야지."
"난 아저씨가 좋은 걸."
"나는 이미 장가를 갔단다……"
"그러면 어때, 난 같이 살거야."
육체는 성숙했으나 천진난만한 철부지였다.
그날 밤늦도록 곱단이의 아버지는 돌아오지 않았다.
"아저씨, 우리 껴안고 신랑각시처럼 같이 잘래?"
"아니야. 시집갈 사람과 그래야지."
"난 아저씨에게 시집 갈꺼야."
"그런 말하면 못써."
깊은 산중의 동굴에는 일반인들에게서는 상상하기조차 어려운 이상한 만남이 있었다.
그날밤 처녀가 몇번씩이나 품으로 파고들어도 길손은 조용히 물리쳤다.
"곱단아, 내가 좋은 사람에게 시집 보내마, 어서 자자. 아이 착하지."
길손이 자장가를 부르듯 다둑거리자 젖달라고 보채던 아이가 잠들듯 곱단이는 어느새 소르르 잠이들었다.
다음날에도 다음날에도 그와 비슷한 관계가 계속 되었다.
사흘째 되는날 산도둑이 돌아왔다.
그는 큰 노루를 산채로 잡아왔다.
"나으리, 이놈의 피를 마시면 한결 회복이 빠르옵니다. 이놈을 산채로 잡느라고 늦었습니다."
"고맙소. 그러나 그놈을 그냥 놓아주시오. 나는 이미 벌써 나았소. 그런데 지필묵은 구해 왔소?"

"예예, 여기 갖고 왔습니다."

길손은 곧 그것을 받아서 먹을 갈더니 일필휘지 하였다.

"여보시오 주인. 산으로 내려가서 살 생각이 없소?"

"그런 생각이야 간절하지요. 그러나 죄인의 몸으로 어떻게 그럴 수 있겠습니까. 다만 저 아이를 시집보낼 수만 있다면…… 부족 하지만 은인께서 거두어 주십시오"

"나를 믿으시오. 내일 내가 하산할 것이니 곱단이와 같이 가도록 해주시오."

"고맙습니다. 이미 죽을 목숨을 살리신 은인을 믿지 않으면 누굴 믿겠습니까?"

다음날이었다. 길손은 곱단이를 앞세우고 산길을 내려갔다.

그날 길손은 청주의 감영으로 곱단이를 데리고 들어갔다.

다음날이었다. 관졸 이십여 명이 산도적이 사는 동굴을 찾아갔다.

마침 술에 취해 자던 산도적에게 포승줄을 지웠다.

그리고 청주 감영으로 압송하였다.

죄인으로 잡혀온 산도둑은 모든 것을 체념하고 고개를 숙이고 있었다.

"네놈이 산도적질을 했던 놈이냐? 순순히 이실직고 하렸다."

"예, 그러하옵니다."

"네놈이 저지른 죄를 달게 받아야지."

"사또의 뜻대로 하옵소서."

"네놈을 누가 고발했다고 생각하느냐?"

"그건 말할 수 없습니다."

"저런 저 고얀놈"

"소인이 어찌 은인에게 신의를 버리겠습니까. 이 한 몸 죽으면 그만인 것을……"
그때였다.
"죄인은 고개를 들라."
산도둑이 고개를 들었다.
"내가 누군지 자세히 보라."
"아이구, 나으리……"
"하하하…… 안심하게, 나는 너희 부녀에게 죄를 사하겠도다. 이곳 사또에게 특별히 부탁했노라. 너는 이제 하산하여 자유롭게 살아도 된다. 네 딸도 좋은 짝을 구해 줄 것이다."
"네에, 나으리 고맙습니다요."
그때 곱게 차려입은 곱단이가 오랏줄에 묶인 산도둑에게 달려가며 울었다.
"아부지이……"
"곱단아……"
그때 사또가 관졸에게 명령하였다.
"어서 저 포승줄을 풀어주어라."
산도둑은 곧 자유의 몸이 되었다.
두 부녀는 얼싸안고 울고 또 울었다.
사또가 상석에 앉은 길손을 가리키며 물었다.
"너희들은 이분이 뉘신줄 아느냐?"
"……?"
"이분이 바로 그 유명하신 박문수, 암행어사이시다."
"예에?"
산도둑은 기절초풍할 듯이 놀란 입을 다물지 못했다.
그제서야 박문수가 위엄을 갖추고 말했다.

"내가 너희 부녀의 사정을 알고 있노라. 사람을 억울하게 둘 씩이나 죽인 원을 잡아다가 법대로 처리할 테니 앞으로는 안심하고 산에서 내려와 착하게 살아라."

"감사합니다요, 어사또 나으리……"

임삼규는 감격에 겨워 울음을 터뜨린다.

임삼규의 억울한 한을 풀어주고 악질 원님을 잡아다가 법대로 처리하고 박문수는 또다시 길손이 되어 떠났다.

"아저씨, 어사또 아저씨…… 날 데려가. 난 딴데 시집 안가……"

"아이고 이런 철없는 것아……"

임삼규가 곱단이를 붙잡고 만류하였다.

곱단이가 몸부림치며 우는 것을 힐끗 한 번 바라본 후 박문수는 손을 흔들며 점점 멀어지고 있었다.

열녀인가? 악녀인가?

　기나긴 여름해도 서산으로 숨은지 두어시각 되었다.
　그러나 무더위는 여전히 계속 기승을 부리고 있었다.
　이곳은 상주에 속한 외딴 마을 허름한 주막집이다.
　종일 먼길을 걸었던 박문수는 주막에 들러 막걸리와 국밥을 곁들여 먹었다.
　해가 설핏해질 때부터 이웃의 농사꾼이나 머슴들이 서넛씩 몰려들어 술을 마시기 시작했다.
　술을 마시던 옆방에서 떠꺼머리 총각 중에 땅달막하고 코가 주먹코인 자가 음담패설을 늘어놓기 시작했다.
　문이 트여있어 보이는 곳이었다.
　그들은 이웃에 사는 남의집 머슴들이었다.
　처지가 그런 형편이니 늦도록 장가를 못갔다.

그러니 고작 주막에 들러서 신세가 비슷한 사람끼리 술이나 마시고 음담패설을 늘어놓는 것을 심심풀이로 살고 있었다.
한 녀석이 걸쭉하게 되는 말 안 되는 말 지껄이던 끝에,
"하여간 낯빤데기 반반한 것들일수록 그걸 더 밝히는 벱이여."
그말을 받아서 이번에는 개구리처럼 눈알이 튀어나온 녀석이 이렇게 반론을 제기하였다.
"니눔은 몰라서 하는 소리야. 세상 여자들이 다 그런 건 아니야. 아, 저 아랫말 최부자 후처를 보라니까……정말 열녀고 정녀(貞女)지 않아."
"하긴 그래……."
"아니야. 열 길 물속은 알아도 한길 사람의 맘속은 모르는 거야. 누가 알아. 뒷구멍으로 호박씨 까는지…… 열녀전 끼고 서방질 한다는 말도 있잖아."
"이새끼, 너 아가리 조심해, 그런 열녀를 함부로 말해도 되는 거야?"
"아따, 그자식 그 과부가 니 마누라라도 되는거야?"
"무엇이 어째 이자식!"
개구리 눈이 벌떡 일어서면서 주먹코의 멱살을 잡자 서로 시비가 벌어졌다.
주위에서 말리는 바람에 더이상 충돌은 없었으나 말싸움은 계속되었다.
얼마후 술에 취해 게걸거리던 자들이 자리를 뜬 후 박문수는 슬그머니 호기심이 발동하여 주모를 불렀다.
"여보게 주모. 여기 술 한 되만 더 갖다 주게. 안주는 아까 먹던 나물이면 되네."
주모는 심성이 곱고 착해 보였다.

"여보게, 내가 오늘 하룻밤 유숙할 테니 이것을 받아두게."
박문수가 엽전을 더 얹어주니 고마와 어쩔 줄 모른다. 주모는 충청도 말씨를 썼다.
"아이구, 이걸 받아도 되는지유……"
"그냥 받아 두게. 그런데 잠시 거기앉게. 내가 물어 볼 사항이 있네 듣자니 아랫마을에 홀몸으로 사는 최부자댁이 있다고 하던데……"
"예 있습지유. 그런 왜 묻나유?"
"그 청상과수가 열녀이고 정녀라고 소문이 났는데 정말 그런지 알려고 그러네. 이곳 상주목사는 나와 동문 숙학한 사이라네. 요즘 세상에 그렇게 행실이 바르다면 내가 상주목사에게 품신하여 상을 주려고 그런다네. 내력을 아는대로 들려주게나."
"그런 일이라면 워찌 망설일 필요가 있겠습니까유. 지도 홀몸으로 이런 장사를 하지만 여자가 혼자 산다는 게 얼마나 심든지 몰라유…… 그런데 그 최부자댁 청상과부는 정말 본받을만한 여자라고 생각해유……"
주모의 이야기는 이런 내용이었다.
십여 년 전에 경상도 청송 어디에선가 최돌석이라는 부자가 이사를 왔다.
그의 신분은 어떤지 몰라도 알부자로 소문이 났다.
최부자는 곡식을 가난한 사람에게 빌려주고 가을철에 많은 이자를 붙여 받았다.
그러고 돈을 빌려주고 이자도 받아 챙겼다.
그가 부자이기에 모두들 굽신거렸지만 얼마나 인색한지 사람들은 돌아서서 손가락질 하기 일쑤였다.
어느해 최부자는 상처(喪妻)를 했다.

열녀인가? 악녀인가? **67**

그에게는 슬하에 남자아이 하나만 있었다. 상주 고을 일대에 이 태 전부터 가뭄으로 인해 흉년이 들었다.

그러자 곡식을 빌려간 사람들이 갚지 못하는 사례가 많았다.

최부자는 미리 땅문서 등을 잡았다가 못갚으면 사정없이 자기 것으로 만들었다.

빚을 못갚은 사람 중에는 김첨지라는 사람이 있었다.

그에게는 20세가 넘는 노처녀 딸이 있었다.

인물이야 그 일대에서 단연 빼어나게 아름다웠다.

그러나 워낙 가난하여 시집을 못보냈던 것이다.

김첨지는 병든 아내와 딸 하나만 데리고 살아가는 처지였다.

곤궁한 처지에 손바닥만한 땅문서마저 빼앗기면 살아갈 길이 없었다.

그러던 터에 최부자가 끈질기게 김첨지의 딸을 요구하였다.

빚을 탕감해주고 웃돈도 주겠다는 조건이었다.

김첨지는 차마 나이 많은 최부자에게 딸을 주기가 싫었다.

고민을 거듭하던 터에 딸이 아버지에게 이렇게 자청하였다.

"아버지, 뭘 그렇게 고민 하세요. 전 이미 결심했어요."

"어떻게……?"

"최부자에게 시집가면 되잖아요. 그러면 문제가 해결 되잖아요."

"얘야, 널 나이 많은 늙은이에게 어찌 보낼 수 있겠느냐?"

"저는 가난이 정말 싫어요. 짧은 인생 돈많은 사람에게 가서 호강이나 하고 싶어요."

한동안 김첨지는 결정을 못했다.

그러나 최부자가 자꾸만 독촉하고 딸이 시집 가겠다고 우기니 그냥 보내기로 했다.

달덩이처럼 젊고 고운 새아내를 맞아들인 최부자는 기뻐서 어쩔 줄 몰랐다.
 애지중지 보물단지보다 소중하게 여기며 원하는대로 들어주었다.
 새댁과 늙은 신랑이 워낙 나이 차이가 나서 처음에는 주위에서 비웃고 흉을 보았다.
 그러나 늙은 신랑을 끔찍이 위하고 주위 사람들에게도 후하게 인심을 써서 칭송하는 사람들이 늘어났다.
 최부자는 고목나무에 꽃이 피듯이 늘 싱글벙글 웃고 다녔다.
 전에 너무 야박하게 굴어 이웃에서 인심을 잃었는데 새댁의 말을 따라서 남의 사정도 봐줄 줄 알아 새댁을 모두 칭송하였다.
 그런데 새장가를 든지 이태 되던 봄부터 최부자가 시름시름 앓기 시작했다.
 새댁은 남이 보기에도 지극한 정성을 쏟아 병구완에 힘썼다.
 유명한 의원을 부르고 좋은 약을 구해다 달여 먹였다.
 그러나 결국 세상을 떠나고 말았다.
 새댁은 땅을 치면서 통곡을 했다.
 한동안 식음을 전폐하다시피하였고 장례식날 입관을 할 때 관을 붙들고 슬피울다가 무덤에 같이 들어가겠다고 몸부림쳐서 주위 사람들이 겨우 말렸다.
 새댁은 날마다 죽은 남편의 무덤가로 가서 슬피 울었다.
 그러면서도 전실의 자식을 끔찍이 위했다.
 새댁은 죽은 최부자의 명복을 빈다고 절에 불공을 올리러 다녔다.
 새댁이 불공을 올리러 간 사이 전실의 자식은 머슴을 따라서 산소에 갔다가 독사에 물렸다.
 머슴이 늦게사 발견하고 집으로 들쳐 업고 와서 치료하려고 했으나 이미 독이 퍼져서 죽고 말았다.

불공을 올리러 갔다가 돌아온 새댁은 아이가 죽었다는 것을 알고 남편 산소를 찾아가 죽으려고 목을 맸는데 마침 머슴이 보고 급히 구하여 생명을 건졌다는 것이다.
 듣고 있던 박문수가 한마디 했다.
 "그 청상과부는 정말 열녀나 정녀인 것 같네. 그러나 내가 직접 가서 시험해야 알겠네."
 "손님은 그런 소리 아예 꺼내지도 마세요. 얼마전에도 어느 음흉한 돌중이 야밤에 과수댁을 덮치려다가 그집 머슴에게 몽둥이 찜질을 당했답니다. 중놈을 헛간에 가두고 이튿날 관가로 넘기려 했는데 새벽에 보니 어디론가 달아났더랍니다."
 "호오. 그 주인에 그 머슴이로군! 아 피곤하다."
 박문수가 하품을 하자 주모가 옆방에 자리를 펴주면서 쉬라고 하고 나갔다.
 박문수는 잠이 오지 않아 자리에 누워 뒤척거리다가 소피를 보러 나갔다.
 달이 밝아서 뒷짐을 짚고 한동안 서성거리다가 이상한 소리가 나서 귀를 기울였다.
 저쪽에서 누군가 다투는 소리가 났다.
 "야 임마, 니만 재미보지 말고 내게도 좀 넘겨줘 임마. 서로 ○○동서하고 잘 지내면 누이 좋고 매부 좋잖아."
 "뭐야, 이자식아. 니가 왜 헷아가릴 놀려."
 "임마, 내가 다 알아……그 과부하고 재미보는 줄……내말 안 들으면 소문내 버릴 테니까……"
 "뭐야? 이새끼, 에잇!"
 "으악!"
 박문수는 비명소리가 나는 곳으로 달려갔다. 그때 검은 물체 하나가 후다닥 저만치 달아나고 있었다.
 급히 뒤쫓았으나 이미 어둠 속으로 달아났다.
 박문수는 달아나는 자의 뒤를 미행하였다.
 그놈은 어느 큰 기와집에 이르러서 주위를 살핀 후 담장을 훌쩍 넘었다.
 박문수도 그자가 눈치를 못채게 살금살금 따라갔다.
 그자는 어느 방문 앞으로 가더니 부엉이 울음소리를 냈다.
 그러자 문이 스르르 열리면서 여인의 자태가 나타났다.
 그자가 안으로 들어간 후 문이 닫혔다.
 박문수는 수상스럽고 호기심이 나서 그방 가까운 곳의 툇마루 속으로 들어 가서 가만히 귀를 기울였다.
 남녀가 웅얼거리는 소리가 나더니 잠시 아무런 기척이 없었다.
 그리고 얼마 후 묘한 신음이 새나왔다.
 "아씨…… 사랑해요. 정말 언제봐도 고와요."
 "아이, 술냄새…… 그렇지만 좋아. 내가 정말 그렇게 이뻐?"
 "제 목숨보다 소중하다니까요. 아씨를 위해서라면 지옥도 좋아요……."
 "아아…… 거기…… 거기 좀더……."
 "으흐흑…… 헉헉……."
 남녀의 이상한 신음이 흘러 나오고 있었다.
 얼마후 그들은 절정에 이르렀는지 짐승같은 기성을 지르며 헐떡거리다가 한순간 호흡조차 멈추었다.
 얼마나 시간이 지났을까 다시 두런거리는 말소리가 흘러나왔다.
 "언제까지 날 사랑할꺼야?"
 "죽을 때까지…… 아씨를 위해서라면 물불을 안가리겠어요. 난 누가 아씨를 보기만 해도 질투가 난다니까요. 그런데 그자식이

……"
"무슨 일이 있었어?"
"아……아니라구요."
"어서 말하라니까……"
"아씨, 무슨 말을 하더라도 놀라지 마셔요."
"무엇인데 그래……"
갑자기 귓속말을 하는지 박문수에게는 들리지가 않았다.
"으음, 분명히 무슨 곡절이 있구나. 우선 이집의 위치를 눈여겨 살핀 후 주막으로 돌아가야지"
박문수는 사내놈이 벗어놓은 신발을 품에 넣고 그길로 담을 넘어서 다시 주막의 방으로 찾아들었다.
다음날 아침이었다. 어제 늦게 잠들어 박문수는 자리에서 채 일어나기 전이다. 일대 소동이 일어났다.
"어마낫! 저게 무어야?"
"사……사람이 죽었다."
"아유, 저 피 좀 봐. 끔찍해."
이른 새벽 송이버섯을 따러 산에 올랐다가 돌아오는 길에 아낙네들이 일제히 비명을 질러댔다.
외딴 바위 뒤에 얼굴이 짓이겨진채 피를 쏟고 죽어자빠진 시체가 눈에 띠었기 때문이다.
그 일대에 일대 소동이 일어났다.
박문수는 자리에서 일어나 나가보니 어제 밤중에 비명소리가 났던 그 부근에 참혹한 몰골의 시체가 있었다.
누군가 급히 관가에 알렸기에 곧 십여 명의 관졸들이 들이닥쳤다.
그들은 가까운 곳에 위치한 주막으로 몰려와서 무조건 주모를 죄인처럼 닥달하였다.
 그중에 대표로 보이는 자가 주모에게 물었다.
 "주모, 이집에 어제 자고간 사람이 누구냐?"
 "아이구 나으리, 왜들 그러셔유?"
 "지금 살인이 났다는 걸 몰라? 어서 사실대로 말해. 조금이라도 기휘하면 죽을 줄 알아."
 "아이구 나으리…… 쇤내는 가슴이 떨려서…… 쇤내가 무얼 압니까요."
 "어제 이집에 유숙한 사람이 몇명이냐?"
 "두 명입니다유. 한 분은 전부터 잘 아는 장돌뱅이 단골손님이구유. 또 한분은 처음 보는 분이예유."
 "알겠다. 얘들아, 너희들은 그 두 사람을 관가로 끌고가자."
 박문수는 죄인 대하듯 하는 관졸들을 따라서 관가로 갔다.
 그곳에 가서 박문수는 원님에게 넌지시 자신의 신분을 밝혔다. 원님은 놀라서 몸둘바를 몰랐다.
 "어사또, 소인이 다스리는 이 고을에서 살인사건이 났으니…… 그저 관대히 봐주소서. 어사또 존전에 그저 넓으신 아량을 구하옵고 반드시 범인을 잡겠습니다."
 "허허, 나는 다만 이 사건의 범인을 잡아서 법대로 처리하려는 것이지 딴 뜻이 없으니 안심하오."
 "소인은 그저 몸둘바를 모르겠습니다. 하교만 바랄 뿐입니다."
 "이번 사건으로 인해 만에 하나라도 억울한 혐의를 받는 피해자가 없어야 하오. 내가 시키는대로 하오. 잠시 귀를 좀……"
 박문수는 무어라고 귓속말을 건네자 원님이 즉각 고개를 끄덕거린다.
 원님은 즉시 관졸들을 불러 무어라고 은밀한 지시를 했다. 박문수는 관졸들에게 암행어사 신분을 밝히지 않고 그냥 원님과 동문수학한 친구로 행세하기로 했다.

박문수는 거지 차림으로 관졸 한 명을 데리고 어제 자신이 눈여겨 보았던 기와집으로 갔다.

"얘야, 저집이 뉘집이냐?"

"예예, 저집은 최부자네 집입니다. 그집에 지금 누구누구가 같이 사는지 아느냐?"

"소인이 곧 알아보고 오겠습니다."

관졸이 그집 행낭채로 들어갔다가 돌아오더니 이렇게 보고했다.

"지금 저집에는 행낭채에 오갈데 없는 노인부부가 살고 있습니다. 본채에는 청상과수가 기거하고 늙은 하인이 두 명, 열 두 살된 계집종, 그리고 그집일을 도맡아 하는 젊은 머슴 덕쇠가 산다고 합니다.

"알겠다. 너는 지금부터 금은방을 찾아다니며 청상과수나 그 하수인들이 패물을 많이 사들였는지 알아 보아라. 그리고 혹시 땅을 팔았거나 팔려고 내놓은 사실이 있는지 자세히 알아보아라."

"네네 알겠습니다요."

얼마후 박문수의 명령을 받은 관졸이 돌아와서 자세히 보고하였다.

박문수가 짐작한 그대로였다.

그날 저녁 무렵 원님의 명령을 받은 관졸들이 최부자네 머슴인 덕쇠를 잡아왔다.

"아이구, 왜 이러십니까요. 이놈은 아무런 죄가 없습니다요."

"얘들아, 저놈의 품을 뒤져라. 금패물이 잔뜩 나올 것이다."

박문수의 예상대로 덕쇠의 품에서는 담배쌈지 크기의 주머니에서 금패물이 가득 쏟아져 나왔다.

박문수가 다가가서 그에게 호통을 쳤다.
"이놈, 나를 알겠느냐?"
"모릅니다요."
덕쇠란 놈은 새 신발을 신고 있었다.
"너는 사실대로 이실직고 하여라. 너는 과수댁과 불륜의 관계를 맺어 오다가 친구에게 탄로나니 소문날까 두려워서 사건 현장에서 돌로 쳐죽이고 얼굴을 짓뭉갰지."
"아, 아닙니다요, 절대로……"
"이놈, 내가 뒤를 쫓아가 두 연놈이 수작하는 것도 확인했다. 이 신발이 네놈 것이지?"
"아, 아닙니다요."
덕쇠는 사색이 되어 벌벌 떨었다.
"얘들아, 그 신발을 그놈에게 신겨 주어라."
신발을 강제로 신기니 그대로 들어 맞았다.
"여봐라. 이래도 실토를 않을 테이냐. 저놈을 형틀 위에 올려놓고 바른말 할 때까지 심히 쳐라."
결국 매에는 장사가 없었다.
견디다 못해 덕쇠란 놈이 박문수가 추궁하는 혐의를 그대로 인정하고 자백하였다.
"너는 과수댁과 짜고 최부자 아들마저 죽였지?"
"아……아니옵니다……"
"이놈이 아직 정신을 못차렸구나……"
박문수가 호통을 치니 이미 포기했는지 모든 사실을 자백하였다.
사건의 내막은 이런 것이었다.
비록 돈 때문에 시집갔으나 처음에는 최부자에게 나이 젊은 새댁이 별다른 불만이 없이 지냈다.

그러나 차츰 노인은 쇠약해지는데 비해 새댁은 점점 강렬한 욕구를 느꼈다.

새댁은 명민한 편이었다.

일부러 주위에 보기엔 다정한 것처럼 위장하고 어린애 같은 노인이 된 최부자를 사로 잡았다.

그러던 어느날이었다.

덕보에게 제물을 짊어지워 돌아가신 친정아버지 산소를 다녀오던 중에 소나기를 만났다.

비를 피하여 사람이 살지 않는 농막을 찾아들었다.

한창 무르익은 새댁의 몸매가 비에 젖어 그대로 들어났다.

그것을 본 젊은 총각 덕쇠의 아랫도리가 뻣뻣하게 일어섰다.

젊은 두 남녀는 신분차이도 잊고 누가 먼저인지도 모르게 욕정에 빠져 들어 몸부림쳤다.

새댁은 쇠약한 노인에게서 느끼지 못한 불만을 젊은 덕쇠에게서 풀 수 있었다.

한창 힘이 넘치는 덕쇠는 꽃처럼 고운 미인을 품에 안는 것이 꿈만 같았다.

그날 이후 그들은 남의 눈을 피해가며 계속 불륜의 관계를 맺었다.

그러나 최부자가 방해가 되는 것이 불만이었다.

욕정에 눈먼 두 사람은 은밀히 짜고 최부자를 없애기로 했다.

그 방법으로서 먼저 새댁이 쇠약한 최부자에게 무리할 정도로 밤마다 정기(精氣)를 상실하도록 의도적으로 요구하였다.

젊은 아내에게 시달리던 최부자는 무리한 끝에 드디어 병이났다.

새댁은 최노인의 의심을 피하고자 의원을 부르고 약을 지었다.

그러나 실은 몸에 좋은 것은 주지 않고 오히려 해로운 것을 바쳤다.

 그러니 결국 최부자는 서서히 죽어갔다.
 그후 그들은 전보다 더욱 자주 음탕한 야합을 즐겼으나 최부자가 전실의 몸에서 늦게 얻은 열서너 살 난 아이가 눈에 거슬렸다.
 그래서 새댁이 남의 이목을 속이고자 불공을 올리러 간날 덕쇠는 도련님을 산소로 가자고 이끌었다.
 덕쇠는 원래가 땅꾼 출신이었다.
 그리고 그곳에 가서 산소에 술을 부어 절을 하도록 했다.
 "도련님, 산소에 술을 올린 후 반드시 술을 음복해야 돌아가신 분이 흡족해 하십니다요."
 이렇게 권하여 어린 도련님에게 술을 먹였다.
 술을 마신 도련님은 곧 잠이 들었다.
 땅꾼 출신인 덕보는 도련님을 안고 뱀구멍을 찾아 그 앞에 갖다놓고 일부러 멀찍이 떨어져서 산소에 벌초를 하는체 하면서 자꾸만 그쪽으로 눈길을 주었다. 그런지 얼마후이다.
 "아아앗 따거!"
 잠자던 도련님이 벌떡 일어서다가 다시 주저 앉는다.
 덕쇠는 일부러 시간을 끌었다.
 뱀에 물린 독이 퍼지기를 바랬던 것이다.
 "으아아……나 살려줘."
 얼마후에야 덕보가 달려가서 독사를 잡아 죽였다.
 "도련님 큰일났군요. 어서 제 등에 업히세요."
 덕보가 도련님을 업고 마을로 돌아왔을 때 이미 눈동자가 풀리고 말도 잘못했다.
 의원이 와서 약을 지어 먹였으나 소용이 없었다.
 결국 열네 살 나이로 세상을 떠났다.

덕쇠는 항시 불안하였다. 아씨가 워낙 빼어난 미인이라서 주위에서 눈독을 들이기 때문이다.
새댁은 겉으로는 정숙한 열녀처럼 행세했지만 실은 천하의 색녀였다.
불공 올리러 간다는 핑계로 중놈과도 불륜의 관계를 맺었다.
그리고 이따금 집으로도 불러 들였다.
어느날 아씨와 돌중이 정사를 벌이기 시작할 때 마침 그 광경을 목격했다.
눈에 쌍심지를 켜고 작대기로 두들겨 패고 광속에 가두었다. 그런데 새댁이 달아나게 풀어주었던 것이다.
그런 연후에 오히려 정숙한 열녀이기에 정절을 지켰다고 사실과 다르게 소문을 내었다.
덕쇠와 새댁은 남의 눈을 피하여 재산을 정리한 후 먼곳으로 가기로 했다.
만약에 대비하여 값비싼 패물을 사들였다. 그러는 한편 땅을 팔아서 재산을 정리하던 때이다.
어느날 산소에 간다는 핑계로 새댁과 외딴 곳에 가서 또 그짓을 즐기다가 주먹코에게 들킨 것이다.
주먹코는 쇠꼴을 베려왔다가 두 사람의 행동을 보았다.
그나마 다행인 것은 행위를 끝내고 바짓춤을 추스릴 무렵이었다.
"저기 주먹코가 꼴짐 지고 지나가서 납작 엎드려 숨으세요."
그들은 주먹코가 못보고 지나간 줄 알았다.
그러나 주먹코는 두 사람을 보았다.
이미 행위는 끝난 후이지만 수상쩍다고 여겨져 그 다음 날부터 술을 마시면 친구인 덕쇠를 협박했던 것이다.
"너희 주인 아씨, 나도 같이 재미 좀 보자. 안그러면 소문내겠다."
　덕쇠는 그놈의 입을 막고자 술을 사거나 적당히 돈도 주었다.
　그러나 주먹코는 끈질기게 큰 약점이라도 잡은 듯이 수시로 괴롭혔다.
　아씨와 재산을 정리하여 먼곳으로 떠날 때까지 놈의 입을 막고자 했다.
　그날도 놈을 구슬러 술까지 사서 먹였다.
　그런데 또다시 '재미 좀 같이 보자', '구멍 동서 하자'고 괴롭히니 다투던 끝에 돌로 면상을 쳐서 쓰러 뜨린후 얼굴을 마구 짓이겼다.
　그리고 달아날 때 박문수가 미행했던 것이다.
　덕쇠의 자백은 박문수가 추리했던 그대로였다.
　원님이 박문수에게 이렇게 물었다.
　"어사또께 여쭈옵니다. 소관이 듣기로는 최부자네 과수댁이 최부자가 죽었을 때, 그 아들이 죽었을 때도 목매어 죽으려 했다던데요?"
　"하하하, 간악한 천하의 독부가 잔꾀를 부린 것이오. 저 덕쇠 놈과 짜고 꾸민 짓이오. …… 저놈을 족치면 실토할 것이오."
　이미 모든 것을 체념한 덕보는 모두 털어 놓았다.
　천하의 악녀는 미리 연극을 꾸미고 자기가 목을 맬 장소와 시간을 알려주었다. 덕보는 의도적으로 장꾼들과 어울려 그 주위를 지나고 있었다.
　그때 새댁이 미리 올가미를 해두었다가 목을 걸었다.
　"아아! 저기 누가 목을 매었다. 저기!"
　덕보가 소리치며 달려갔다.
　그때 다른 사람들도 그리로 몰려갔다.
　"아앗! 주인 아씨, 아씨께서 …… 여보시오 큰일났소. 아씨마님이……"
 덕보가 일부러 축 늘어진 새댁의 밧줄을 풀면서 소리쳤다.
 독부는 일부러 기절한체 꾸몄다.
 사람들은 깜빡 속아서 천하의 악녀가 남편이나 전실의 아들의 죽음을 슬퍼한 나머지 함께 죽으려 했다고 소문을 내었다.
 청상과수를 잡아들인 후 덕쇠와 대질시키고 박문수가 증거를 대면서 날카롭게 추궁하니 결국 자백하고 말았다.
 박문수는 두 죄인의 죄를 낱낱이 열거하고 준엄하게 꾸짖은 후 원님에게 법대로 처리하라고 일러주었다.

선인(仙人)을 만나 비결을 배우다

　박문수는 틈틈이 명승고적을 찾고 숨은 이인(異人)이나 기인(奇人), 뛰어난 승려(僧侶)를 만나고 싶었다.
　그림자처럼 따라다니던 칠복이조차 서울로 보내버리고 미투리를 신고 죽장(竹杖)을 짚고 태백산(太白山) 소백산(小白山) 청화산(青華山) 등 곳곳을 찾아 다녔다.
　궁벽한 마을까지 찾아다니며 민심을 살피고 억울한 사람을 구제하기에 힘썼다. 그러나 암행어사의 힘만으로는 숱한 백성들의 고충을 덜어주는 데 한계를 느꼈다.
　박문수는 명산대찰을 찾을 때마다 마음속으로 지극한 기도를 올렸다.

　천지신명이시여 굽어 살피소서. 이나라 강토에 기거하는 수많은 생령들의 고통을 덜어주고 축복을 나리소서. 이몸은 암행어사 직책을 맡아 그동안 곳곳을 살피면서 백성들의 고충과 애로사항을 숱하게 보았습니다. 그러나 위정자들이 제대로 실상을 파악하지 못하고 잘 받아들이지 않아 안타깝습니다. 바라건데 이몸의 처신에 대해 밝고 바르게 깨우치도록 계시를 내려 주소서.

이곳저곳 유람하며 기도를 올린지 백일이 되던 날이다. 때는 무더운 여름철이다.
박문수는 풍기(豊基)를 지나 죽계(竹溪)의 명승지를 답사했다.
안동의 광흥사(廣興寺) 쪽으로 피서겸 문서를 정리하려고 발길을 옮겼다.
절에 이르기 십 리쯤 이르렀을 때이다.
갑자기 하늘이 어두워지더니 장대같이 소나기가 쏟아지기 시작했다.
박문수는 등에 중요한 문서가 있어서 매우 당황하였다. 그때 박문수의 앞쪽으로 비승비속(非僧非俗) 차림의 이상한 노인이 걸어가고 있었다.
"여보시오 노인장, 이곳에 비를 피할 주막이 어디 있는지 아시오?"
"나를 따라 오시오."
박문수가 급히 노인을 따라가니 어느 주막으로 들어간다.
노인은 먼저 손님이 앉는 평상에 단정히 앉았다.
옷차림이 특이했고 선풍도골(仙風道骨)이어서 박문수는 저절로 존경심이 솟아났다.
"으음, 저분은 예사분이 아니로구나. 더구나 이상한 것은 빗속을 걸어 왔는데도 옷이 하나도 젖지 않았구나. 행여 하늘이 백 일 기도를 올린 정성을 받아들여 도선(道仙)을 보내주신 것이 아닐까?"
　박문수는 시장했기에 술과 밥을 노인의 몫까지 주문하고자 이렇게 말했다.
　"노인장께서는 시장하지 않으신지요? 저와 음식을 함께 드시지 않으시렵니까?"
　"아니오. 나는 생각이 없으니 어서 드시오."
　박문수가 그를 관찰했으나 말이 없이 저녁이 지나서 한밤 중이 되도록 단정히 앉아 있기만 했다.
　그러다가 잠자리에 들었는데 코곯아 대는 소리가 우뢰와 같이 요란하였다. 박문수도 몹시 피곤 했으나 그 소리가 요란하여 잠을 잘 수가 없었다.
　다른 방으로 갈 수도 있었지만 노인장을 관찰하고 싶어 그냥 자는체 하다가 비몽사몽간에 졸았다.
　갑자기 선풍도골의 신선이 백발을 휘날리며 나타났다.
　'너의 정성이 신명계(神明界)에 닿았기에 내가 대리 선인(仙人)을 보냈노라. 앞으로도 계속 숭천애민(崇天愛民) 정신을 길이 간직하여라.'
　그말을 남긴 후 신인(神人)이 홀연히 사라졌다.
　"아아, 참으로 이상하다. 전에 과거보러 갈 때 내게 나타나 시제(詩題)를 일러주던 바로 그분 같구나. 그렇다면 대리 선인이 누구란 말인가."
　박문수는 잠이깨어 누운 상태에서 잠시 생각하다가 비로소 깨달았다.
　"등잔 밑이 어둡다더니 바로 옆에 누운 저분이 맞구나. 잠자코 저분의 동정을 살펴야겠다!"
　박문수는 계속 잠든체 하면서 옆에 누운 노인을 주시하였다.

첫닭이 울 때가 되자 노인이 자리에서 일어나더니 밖으로 나간다.

도인은 동쪽 담장으로 가더니 하늘을 향해 무어라고 중얼거린 후 심호흡을 하고 있었다. 전날 내리던 비는 이미 그쳤다.

'아아, 저분은 수련도기(修鍊道氣)를 취하고 계시는구나! 며칠전 내가 권방숙(權方叔)이란 사람에게서 듣기를 이곳 운학산(雲鶴山)에 수도(修道)하는 선인(仙人)이 있다더니 저분이 아닐까?'

박문수는 그분의 행동을 눈여겨 주시하였다. 그분이 방으로 다시 들어와 벽에 기대어 똑바로 앉았다.

마침 새벽달이 낮처럼 밝고 고요하여 주위는 적막감에 싸였다.

박문수는 자리에서 일어나서 용모와 옷매무새를 가다듬고 정중한 태도로 물었다.

"선생님은 어디에 사시는 분이지요?"

그말에 노인은 잔잔한 웃음을 머금고 이렇게 대답했다.

"나는 집도 절도 없이 운수행각(雲水行脚)으로 떠도는 몸이지요."

"춘추(春秋)는 얼마나 되시는지요? 존함도 여쭙고 싶습니다만……"

"나는 신라(新羅)의 종친성(宗親姓)으로 일찍 부모를 잃고 떠도는 몸이라서 나이도 모르고 이름도 없다오."

"선생님, 속인으로서 감히 외람됨을 무릅쓰고 여쭙겠습니다. 선생님은 우뚝한 소나무 같은 풍채와 학(鶴)같은 골격으로 의표가 출중하고 당당하니 반드시 세속을 초월한 고상(高尚)한 표본(標本)이십니다. …… 이몸은 간밤에 꿈을 꾸었는데 신인께서 나타나셔서 선생님께 가르침을 구하라고 하셨습니다. 이몸은 모든 면에서 부족합니다만 왕의 은총을 입어 암행어사가 되어 백성의 고통을 살피러

다니는 중입니다. 그러나 스스로의 부족함을 느끼고 있습니다. 선생님께서 가르침을 베풀어 주소서."

"공은 나를 잘못 보셨소. 아무런 재주도 학식도 없는데 무엇을 가르칠 수 있겠소."

"이몸이 이미 암행어사라는 신분까지 밝혔습니다. 그러니 더 숨기지 마시고 깨우쳐 주시기를 거듭 바랍니다. 금상께서 보위에 오르신지 오래지 않아 아직 민심이 안정되지 않아 앞으로 무슨 변이 일어날지 염려스럽습니다."

"공이 국왕의 뜻을 받아서 노심초사 나쁜 것을 없애고 원한을 풀어주어 그 은덕이 백성에게 미치고 있음을 나도 이미 알고 있소. 내 비록 숨어 지내는 처지이지만 몇마디 도움말을 드리고자 하오. 내가 하늘의 천기를 살피고 인심을 살펴본즉 곧 역적이 남방에서 일어날 것이오. 그때 공은 크나큰 공을 세울 수 있을 것이오. 그러나 명심할 것은 당쟁으로 인한 화가 끊이지 않으니 공이 그것을 적극적으로 막는데 최선을 다하시오. 그런 뜻에서 내가 시를 한 수 읊을테니 두고 두고 평생을 기억하시오."

도인이 낭랑한 목소리로 시를 외웠다.

궁중에 밤이 깊어 궁직이가 한가한데
바람과 학의 소리 산인가 의심하네

王에게 아뢰옵기를 늦게하지 말라
화(禍)와 복(福)의 전망이
이 사이에 맺혔도다.

宮漏深深禁直閒

風聲鶴唳總疑山

天門奏對体遲晩
禍福前頭係此間

노인의 시를 급히 받아 적은 후 박문수가 다시 말했다.
"읊어주신 시의 내용을 깊이 명심하고 실행하겠습니다. 앞으로 나라의 운명은 어떠한지 말씀해 주십시오."
"한양은 금국(金局)으로 이루어져 있어 바야흐로 왕성한 운을 띠고 있으니 앞으로 백 년간은 화평을 유지할 것이오."
"백 년 후에는 어떤지 알고 싶습니다."
"한 때를 다스리면 다시 한 때가 어지러워지는 것이 천기도수이오. 백 년 후에는 권세를 잡은 신하가 왕권을 뺏아서 태아(太阿, 칼이름)의 자루를 거꾸로 잡으리니 역적질 하고 죽이는 변과 중신(重臣)들에게 화(禍)가 대대로 이어질 것이오. 나라의 형세가 점점 쇠하여 백사십년 후 갑자년(甲子年)에는 종친(宗親)들이 정권을 잡고 간신들이 권세를 도적질 할 것이오. 역적들이 외국의 세력을 이끌어들여 화를 불러들이게 되오. 적병(敵兵)들이 각 고을에 쳐들어와서 재앙이 여군(女君)에게 미칠 것이오. 천명(天命)이 이미 다가서 인심(人心)이 이반되어 5백년의 왕업이 이때에 다할 것이오. 국가의 흥망이 한이 있으랴마는 그때에 백성들의 고통이 혹심할 것이오."
도인이 예언했던 말은 훗날 역사가 여실히 입증한다.
왕의 처가 쪽에서 권력을 휘두른다거나 여군(女君, 명성왕후 민씨)이 재앙을 당하고 역적이 외세와 결탁하여 나라가 망한다는 내용도 한말의 역사 현실을 그대로 담고 있다.

박문수는 그 말을 듣고 나라의 장래를 걱정하고 눈물을 흘렸다.
"공은 과히 슬퍼마오. 그것이 천기도수인 걸 어쩌겠소. 그때가 되면 우리나라 뿐만 아니라 온 천하가 같은 지경에 이르게 되오. 흥망이 무상하여 땅에서도 능히 배가 다니며 쇠거미줄이 땅을 얽으며 날개달린 사람이 공중을 날을 것이오. 북쪽 오랑캐가 한 번 나오면 천하가 피비린내가 날 것이오. 남쪽에는 불교가 다시 일어나고 만국(萬國)이 뒤집히어 모두 당하는 대동지환(大同之患)이 일어나게 되오."

박문수가 이렇게 물었다.
"그때 어느 방향이 화를 심히 입겠습니까?"

도인이 곧 대답했다.
"백 년 이전의 운은 서쪽에서 일어나기 때문에 건주(建州-中國)의 화가 있고 백 년 이후의 운은 동쪽(일본)에서 화가 일어날 것이오."

"선생님께서는 선견지명이 있으셔서 경세지재(經世之才)를 지녔습니다. 그러니 흉한 것을 피하고 길한 것으로 바꿀 수는 없는지요?"

"그때가 되면 아침에 발생하여 저녁에 없어지는 화가 아니고 지리(地理)의 승(勝)과 천택(天澤)의 이(利)는 다 적에게 넘어갈 것이오. 그때는 바로 일월명치(日月明治)의 정정지운(井井之運)이라. 기근이 거듭되고 백성들은 외적에게 농락당할 것이오. 대정지운(大正之運, 一人一止)은 기근이 거듭되어 백성이 굶주리고 재물을 뺏겨 살기 어렵소. 또 삼남지방과 경기지방, 함경도 지방이 병화(兵火)를 입을 것이오. 강원도의 일부는 도적의 난리가 전쟁보다도 극심할 것이오. 지각(知覺)이 있는 자는 살고 없는 자는 죽으리다. 선을 쌓은 자는 살고 악을 쌓은 자는 죽을 것이오. 부지런하고 검소한 자는 살고 안일한 자는 죽을 것이오. 좋은 땅을 얻는 자는 살고 그렇지 못한 사람은 죽을 것이오."

"선생님, 그러한 불운을 피할 수는 없겠습니까?"

박문수가 탄식하듯 물었다.

"그것이 천리(天理)의 순환이니 어쩔 수 없소. 다만 인위적으로 어느 정도 화를 덜 수는 있소."

두 사람의 대화는 끝없이 이어졌다.

날이 밝아 주위가 시끄러워지니 도인이 밖으로 나갔다.

박문수가 뒤따라 가면서 다시 가르침을 구하였다.

"선생님, 떠나시기 전에 몇 말씀만 더 들려 주십시오."

"이렇게 멀리 나와서 전송을 하다니…… 공은 항시 완급을 삼가해 아까 내가 준 시를 잊지 마시오. 적선(積善)의 보답은 반드시 따르는 법이오. 공의 후손들이 부지런하고 성실하여 어려움을 이겨내고 이름을 떨치게 될 것이오. 자아, 이것은 백 년후에 일어날 일이 적혀 있는 수첩이니 잘 보관했다가 후손에게 물려 주시오."

"선생님, 가르침을 길이 명심하고 시행하겠습니다."

박문수는 정중히 큰 절을 올린 후 일어섰다. 참으로 놀라운 일이 벌어졌다.

잠깐 사이에 도인은 온데간데 없이 사라졌다.

앞의 부분에 대해 박문수는 훗날에 스스로 이러한 기록을 남겼다. 의역을 한 일부분만 간추려 옮긴다.

무신년(戊申年)에 역적의 난리가 호남과 영남에서 일어나 나라가 시끄러웠다……. 그해 봄에 나는 정원(政院)에서 당직 중이었는데 집의 종이 깊은 밤에 뛰어와서 급히 이렇게 보고하였다.

'지금 청주가 역적에게 넘어가고 병사가 죽었다고 합니다.'
나(박문수)는 그말을 듣고, 전에 도인이 준 시구(詩句)를 생각했다. 곧 임금에게 즉시 보고하기로 했다. 왕에게 고하기를 더디하면 안된다는 것을 떠올렸다.
나는 한밤중이지만 대신들을 통하여 어렵사리 보고를 했다.
그리하여 난리를 조기에 평정하는 대책을 세울 수 있었다. ……
그 이후에도 나(박문수)는 그 도인의 뜻을 명심하고 실행 했기에 참으로 도움이 많았다…….
그 도인의 선견지명에 거듭 감탄하면서 그 내용을 간추려 기록으로 남기는 바이니 후세에 참고하기 바란다…….

이인좌(李麟佐)의 난과 박문수

영조 4년(1728) 3월이었다.

암행어사로서 숱한 공적과 일화를 남기고 박문수는 임금의 소명을 받고 내직으로 돌아왔다.

그런데 또다시 중요한 임무를 맡는다. 이른바 '이인좌의 난'이 일어났기 때문이다.

이 사건에 앞서 당시의 시대적 배경과 정치적 상황에 대해 약간의 논급이 필요할 것 같다.

선조 8년에 비롯된 당파 싸움은 숙종 초년에 이르러 남인이 몰락되고 서인 김수항(金壽恒)이 영상의 자리에 올랐고 민정중(閔鼎重) 김석주(金錫胄)가 우의정 좌의정까지 도맡아 서인의 세상으로 판도가 바뀌었다.

숙종 9년에 이르러 서인 중에서 송시열(宋時烈)을 대표하는 노론

(老論)과 박세채(朴世采), 윤증(尹拯)을 대표하는 소론(小論)이 계속 치열하게 대립하였다.

숙종 15년에는 원자(元子) 정호(定號) 문제를 둘러싸고 남인 남치훈(南致薰), 이현기(李玄紀), 윤빈(尹彬) 등이 서인을 탄핵하였다.

그후에도 엎치락 뒤치락 당파싸움은 계속되었다.

훗날 송시열, 김수항이 당파 싸움의 와중에서 귀양가거나 사사된다.

그 후 숙종이 재위 46년에 승하한 후 경종이 즉위한 그해 왕세제를 봉하는 문제를 놓고 노론과 소론이 다시 싸우던 끝에 영조가 보위에 오른다.

영조는 출신이 미천한 무수리 최씨의 소생이었다. 그 무렵 남인이나 몰락한 세력들과 불만을 품은 자들은 호시탐탐 자신들이 다시 득세할 기회를 노리고 있었다.

그들 중에 조덕징(趙德徵), 이유익(李有翼) 등은 승하한 인조의 맏아들 소현세자의 맏손자인 밀풍군 단(担)의 처소로 자주 드나들었다.

조덕징은 밀풍군의 처조카(妻姪)였다. 그 즈음 정치적으로 불안한 데다가 불만 세력이 의외로 많다는 것을 알고 엉뚱한 야심을 품었다.

어느날 그는 밀풍군(密豊君)을 밤에 찾아가서 세상 돌아가는 이야기를 하던 끝에 이렇게 넌즈시 밀풍군의 의향을 떠보았다.

"아저씨, 요즘 세상 돌아가는 꼴 눈꼴 시어서 못보겠습니다. 그런데 가만히 앉아서 수수방관 하시렵니까?"

"나도 답답하고 한심할 때가 없지 않지, 그러나 어쩌겠나, 굳이나 보고 떡이나 먹어야지."

"돌아올 떡이 어디 있답니까? 아저씨, 저는 그동안 여러 곳을 돌아다니며 민심의 동향을 살폈습니다. 그런데 한결같이 불만 투성이었어요. 그들은 경종임금이 독살된 줄 알고 있으며 금상(今上, 英祖)이 보위에 오른 것은 경우가 잘못되었다고 수군거렸습니다. 금상은 사실 승하하신 숙종임금의 후손이 아니고 그 어머니인 무수리 최씨가 외간 남정네와 사통해서 낳았다는 소문이 자자합니다. 그러니 경종임금의 손이 끊긴 상태에서 가장 합당한 인물은 바로 아저씨(밀풍군)라고 말하고 있습니다. 이젠 아저씨가 나서서 용상에 오르셔야 합니다."

"허어, 이사람 입조심 하게. '낮 말은 새가 듣고 밤 말은 쥐가 듣는다'고 하지 않든가. 그런말 함부로 하다가 자칫하면 목이 남아나지 못하네."

"아저씨, 제가 지금 어린애 입니까? 아무런 계획도 없이 막연히 지껄이는 게 아닙니다. 이미 동지들과 상당한 세력을 규합했다니까요. 아저씨는 우리의 뜻만 아시고 계시면 됩니다."

조덕징은 처삼촌인 밀풍군이 비록 겉으로는 주의하라고 하지만 은근히 내응할 용의가 있다는 인상을 받았다.

"아저씨, 저를 믿어주세요. 매일 이렇게 숨도 못쉬고 눌려 지내느니 차라리 한 판 큰 도박을 벌입시다."

"어허, 이 사람 입조심 하라니까……"

조덕징은 처삼촌의 묵시적 내응에 한결 고무되었다.

그후 조덕징은 자신과 뜻을 같이하는 이유익, 정행민(鄭行民), 이사주(李思周)와 자주 모여서 거사에 대해 모의를 거듭하였다.

그들은 다시 한세홍(韓世弘)을 끌어들이고, 자신들의 스승이자 지도자 격인 이인좌(李麟佐)를 찾아 가기로 했다.

당시 이인좌는 청주에 살았는데 그는 몰락한 남인 세력의 대표로서 그를 추종하는 무리들이 대단히 많았다.

모처럼 청주까지 이인좌를 찾아간 조덕징 및 그 일행들은 은밀히 만나서 자신들이 방문한 목적을 털어놓았다.

"선생님, 그동안 자주 문안 올리지 못해 죄송합니다. 그러나 우리는 장차 거사하고자 준비를 했던 것입니다."

조덕징의 말을 이어서 이번에는 이유익이 말했다.

"선생님, 지금 조정이 말이 아닙니다. 소론놈들이 제멋대로 국사를 농단하고 있습니다. 그놈들이 경종을 죽이고 적통도 아닌 왕세제를 보위에 오르게 했습니다. 그러니 왕대비 어씨(魚氏-경종의 왕후)는 우리에게 은밀히 밀지를 내렸습니다. 밀풍군을 옹립하고 금상을 폐하라는 내용입니다. 그러니 선생님과 의논하여 동지들을 규합하여 거사를 성공시켜야 하겠습니다."

"하하하, 거 소리만 들어도 묵은 체증이 단번에 가시는 것 같구나! 이제 오랫동안 기다리던 기회가 왔다. 이참에 아예 대들보부터 갈아치우고 새 세상을 만들어야 한다."

이번에는 정행민이 나서며 말했다.

"선생님! 이제 서로간의 의사가 합치 되었으니 선생님, 측근의 세력을 규합하여 거사를 성사시키는데 대한 작전을 하달해 주소서."

"알겠네, 쇠뿔은 단김에 빼랬다구, 내가 곧 밀서를 써줄 것이니 그대들은 즉각 내 지시에 따라서 행동하라. 서울의 총융사(摠戎使) 김중기(金重器)와 금군대장 남태징(南泰徵)도 나와 절친하니 곧 내응할 것이다. 그리고 평안병사 이사성(李思晟)도 내가 은밀히 기통만 하면 반드시 내응할 것이야. 그대들은 나름대로 따로 세력을 규합하여 거사에 대응하게."

조덕징이 이렇게 제안 하였다.
"선생님! 듣자니 김일경의 아들 김영해(金寧海)가 전날 자기 아버지가 억울하게 모함을 받아 죽었다고 이를 갈며 복수의 기회를 노리고 있답니다. 그를 통하여 뜻을 같이 하는 세력을 끌어 들이는 것도 좋겠습니다."
"알겠네, 지금부터 내가 지시하는 대로 즉각 시행해야 하네, 우선 유언비어를 퍼뜨려 민심을 소란시키고 곳곳에 격문을 내붙이고 방(榜)을 내붙여라. 그러면 동요하는 백성들이 남부여대하여 사방으로 흩어질 것이다. 그런 틈을 이용하여 우선 청주 관아를 습격하여 병장기와 군수 물자를 취한 후 무장한 세력들을 규합하여 불시에 대궐을 들이친다. 그러면 미리 내응하기로 했던 총융사 및 금군대장이 곧 대궐문을 열어주고 호응할 것이다. 그러면 조정은 일시에 우리 손아귀에 들어올 것이다. 특히 김일경의 아들은 원한이 맺혔을 것이니 그를 자극하여 합세시키면 큰 역할을 할 것이네."
이인좌가 거론한 김일경에 관한 사건은 노론과 소론이 병약한 경종이 승하하기 전에 왕세제 문제를 놓고 세력다툼을 벌이던 과정에서 당쟁이 발생하였다.
당시에 참화를 당한 후손들은 앙앙불락하며 기회를 노리고 있었다.
"선생님, 하시라도 명령만 하시면 우리가 즉각 행동 개시를 하겠습니다."
"우선 곳곳에 괘서(掛書=쓴 사람의 이름을 밝히지 않는 글)를 많이 내붙여서 호응하는 세력을 규합하고 민심을 동요시켜라. 그러면 백성들이 남부여대 흩어질 것이다. 그 틈을 타서 우리가 대궐의 세력과 결탁하여 불시에 쳐들어 가면 조정은 일시에 뒤집힐 것이다. 그리고 우리가 새 세상을 만드세."

그날 이후로 뜻을 같이 하는 세력들이 급격히 늘어나고 발 빠르게 움직였다.

백성들을 곳곳에 나붙은 괘서를 보고 동요하기 시작했다.

"여보게 난리가 난다네. 이번엔 남쪽으로 가야만 살 수 있다지?"

"지금 임금은 가짜라지. 진짜 임금될 사람은 밀풍군이라더라."

"왕대비도 밀지를 내려 금상(영조)을 내쫓고 밀풍군을 추대하라고 했다면서?"

"좌우지간 어느놈이 무슨 짓을 하던 난리 판에는 피난가는 게 상책이야. 어서 달아나야지."

소문이 자꾸만 퍼지자 일반 백성들, 양반들조차 피난짐을 꾸렸다.

서울에서도 피난꾼들이 송파나루로 몰려들어 나룻터에는 배가 모자랐다.

일대 소동이 일어났는데도 조정에서는 까맣게 모르고 있었다.

그 무렵 이인좌를 비롯한 모반의 주역들은 각곳에 밀서를 보내어 대궐을 공격하려는 구체적인 작전과 날짜까지 잡았다.

곳곳에서 불만 세력들을 규합하여 엄청난 숫자로 늘어났다.

심지어는 도둑떼까지 합세하였다.

영조 4년 3월 7일.

그동안 거사 준비를 추진했던 이인좌는 주위에 몰려든 참모들에게 이렇게 사자후를 터뜨렸다.

"여러분, 지금 조정은 썩었소, 지금의 임금(영조)은 보위에 오를 자격이 없소, 선대왕(경종)이 승하한 후 그 후손이 없는 틈을 타서 소론파들이 왕위에 추대했지만 그는 가짜요. 정말 보위에 오르실

분은 바로 소현세자의 적손 되시는 밀풍군이오. 대비께서도 우리에
게 밀지를 내렸으니 우리가 조정의 썩은 무리를 몰아내고 부귀영화
를 함께 누리자 이거요."

"옳소."

"갑시다."

"와아 …… 와아 ……"

이인좌의 선동에 고무된 자들이 떼지어 몰려들어 발을 구르면서
함성을 질렀다. 얼마후 이인좌는 참모들을 불러 각자에게 일일이
작전을 지시했다.

"지금부터 내말을 잘 들으시오. 우리가 거사에 성공하자면 먼저
용인 쪽에서 소요를 일으켜 관군을 교란시켜야 하오. 이일은 안부
(安溥) 안호(安鎬) 두 분 형제가 동지들을 규합하여 행동을 개시하
시오. 그러면 조정의 시선이 그리로 몰릴 때 우리는 청주 관아를
점령한 후 그 여세를 몰아 서울의 대궐을 들이칠 것이오. 거사일자
는 3월 15일이오. 관아를 들이쳐 병기 및 군수품을 확보하고 곧 서
울로 진격할 것이니 다같이 만반의 준비를 갖추시오."

이인좌는 청주의 양성(陽城) 구만리(九萬里)에 거주하는 그 지방
의 토반(土班)인 권서룡(權瑞龍), 권서봉(權瑞鳳) 형제, 가천역의
정세윤(鄭世允), 용인의 김종윤(金宗允), 안성에는 정계윤(鄭季
允), 괴산에는 유상택(柳尙澤), 과천의 신광원(愼光遠)과도 협의하
여 작전에 대해 거듭 숙의 하였다.

이인좌는 병법에 능하고 용병술(用兵術)이 뛰어났다.

그는 관기인 월례(月禮)와 청주관아의 비장 양덕부(梁德溥)를 포
섭하는데 성공했다.

그들의 입을 통하여 그해 3월 15일, 청주목사 이봉상(李鳳祥)의
생일이라는 것을 알아냈다.

월례와 비장 양덕부는 정분난 사이다. 그러나 신분이나 그밖에 문제로 인해 드러내 놓고 지낼 수는 없었다.

언젠가는 탄로날 우려가 있고 그렇게 되면 자신들의 처지가 난처하게 된다.

그런 사정을 알게된 이인좌는 그들을 잘 구슬렀다.

"들거라, 우리가 이번 거사에 성공하면 비장인 자네를 크게 기용할 것이다. 그리고 너희들을 짝지워 주겠다."

"아이고, 감사합니다. 그렇게만 해주신다면 무엇이든 시키는대로 하겠습니다요."

"이번 3월 15일 청주목사가 관아에서 크게 잔치를 벌일 때 그들이 술자리를 파하면 몰래 관아의 영문을 열어 놓아라. 그리고 월례는 청주목사가 늘 지니고 다니는 장검을 그가 잠든 틈을 노려 감춘 후에 밖으로 나와서 내게 신호를 보내도록 하라."

"예예 염려 마십시오."

"쇤내도 명령대로 하겠습니다."

이인좌는 그들을 돌려보낸 후 이번에는 권서봉에게 은밀히 작전 계획을 협의하였다.

"우리가 백주에 떼지어 무기를 갖고 가면 저들이 미리 방어력을 구축하여 실패하기 쉽다. 그러니 소수의 사람들에게 상여꾼처럼 차리게 하고 상여 속에 무기를 잔뜩 감추고 청주성 가까운 곳에 숨기게 하라, 그리고 나중에 야간에 변장한 우리 의군(義軍—반란군을 스스로 높이는 말)들이 그곳에 모여 무기를 휴대하고 영문이 열릴 때 우뢰같이 함성을 지르며 들이치면 된다. 그리고 미리 성내에 있는 술집과 서로 연통하여 미리 술을 많이 빚게 하라."

이인좌가 이렇게 공격을 하려고 만반의 준비를 갖추고 있는데 반해 청주 목사 이봉상은 아무 것도 모르고 무방비 상태였다.

이봉상은 무예가 뛰어난 데다 용맹스러웠다.

그래서 그에게 충청권의 병마절도사 임무가 주어졌던 것이다.

그는 호협한 성격에 풍류를 즐겼다.

권력이 바뀌는 과정에서 민심이 동요되는 것을 파악하지 못하고 방심한 채 잔치를 벌리려 하고 있었다.

이인좌를 추종하는 무리들이 변장을 하고 어둠을 이용하여 미리 내통한 관아의 양별장이 영문을 열면 밀물처럼 들이 닥친다는 것도 알지 못하고 있었다.

드디어 난리는 터지고……

영조 4년 3월 15일.
청주병사 이봉상은 자신의 생일날을 맞아 크게 잔치를 벌였다.
산해진미를 차려놓고 인근의 수령 방백 및 지방의 유지들을 초청하였다.
오후가 되자 그들은 주지육림에 빠져 기생들과 어울려 풍악을 울리며 흥겹게 놀아나고 있었다.
이미 술좌석이 무르익어 걸쭉한 육담(肉談)이 난무하였고 기생들이 부르는 노래조차 남녀상열지사(男女相悅之詞) 형태로 바뀌어 불리워지고 있었다.

이르랴 보자 이르랴 보자 내 아니 이르랴 네 서방더러
거짓으로 물 긷는체 하고 통일랑 내리어 우물전에 놓고 통조지

에 걸고 건넌집 작은 김서방을 눈 끔쩍 불러내어 두 손목 마주
덥썩 쥐고 수근수근 말하다가 삼밭으로 들어가서 무슨 일 하는
지 잔 삼은 스러지고 굵은 삼대 끝만 남아 우즐 우즐 하더라고
내 아니 이르랴 네 서방더러
저 아이 입이 보드라와 거짓말 마라스라.
우리도 마음 지어미인 실삼 캐러 갔더니라.

옥향(玉香)이란 기생이 풍만한 엉덩이를 뒤흔들며 노래를 끝내자 모두들 한바탕 왁자지껄 웃어제꼈다.
병사 이봉상이 이렇게 말했다.
"얘야, 옥향아, 너는 뚜가리 보다 장맛인가 보구나?"
"오호호 사또, 원래가 못생긴 호박꽃에는 꿀이 많은 법이지요. 그래서 쇤내의 꿀맛을 본 남정네들은 겉보기 보다 속맛이 기막히다고 하지요."
"앗따, 고년 입심이 매우 세구나, 네가 아무리 음기가 세더라도 나는 못당할 게야."
"그야 모르지요, 길고 짧은 것은 대봐야 아는 법이지요."
"얘야, 기왕 부르는 김에 쫀득쫀득 하고 감칠맛 나는 걸로 더 해 보아라."
"알겠사옵니다."
옥향이는 얼굴은 별로 예쁜 편이 아니지만 매우 색정적인 여자였고 소리를 잘했다.
간드러진 목소리로 다시 목청을 뽑았다.

간밤에 자고 간 놈 아마도 못잊을다. 와야놈의 아들인지 진흙
에 뽐내듯이 두더지 영식인지 상앗대 지르듯이 평생에 처음이

요, 흉측이도 얄궂어라. 전후에 나도 무던히 겪었으나 간밤에 자고 간 그놈은 차마 못잊을까 하노라.

"하하하……"
"으흐허……"
"고년 궁둥이 탯거리질 하며 잡가 부르는 소리가 감칠맛 나네."
"사또, 그러다가 계집년 엉덩짝에 깔려 봉변 당하실 수도 있습니다."
"우하하……"
한창 즐겁게 어우러지고 있을 때 청주목사 박당(朴鏜)이 들어왔다.
그는 이봉상에게 축하 인사를 했다.
"병사 영감, 생신을 축하드리오, 부디 만수무강 하시오."
"어허허, 박목사, 축하해 줘서 정말 고맙소, 어서 이쪽으로 오시오."
자리에 앉은 후 박당이 이렇게 말했다.
"병사 영감, 지금 성밖에서 들어오다가 보니 술집마다 수상한 자들이 떼지어 술을 마시고 있었소이다. 수상스러우니 군사를 내보내 조사하는 게 어떨지요?"
"하하하, 이 목사는 의외로 소심한 데가 있구려. 이 좋은 날 무슨 헛 걱정을 하오. 지나가는 행인들일 텐데 어찌 그런 일까지 조사할 필요가 있겠소. 어서 같이 술이나 듭시다."
박당은 아무래도 성밖에서 웅성대던 무리들이 마음에 걸렸다.
그러나 그냥 술자리에 어울렸다.
마침 그때 까치가 동헌의 지붕에 날아와서 깍깍 짖어대고 있었다.

이봉상은 박당에게 손수 술잔을 건네면서 호쾌하게 말했다.
"여보시오, 박목사. 박목사가 왕림하니 까치도 따라 왔소, 무슨 좋은 일이라도 생기겠구려. 수청들 고운 계집이라도 생기려나 보오."
박당도 덩달아 기분이 좋았다. 모두들 기생을 옆에 앉히고 희롱하고 있었다.
"애야, 추월(秋月)아, 너는 입담이 좋기로 소문 났더구나, 오늘 여기 오신 분들은 모두들 당대의 풍류객이다. 어서 사지육신이 자릿자릿하고 오금이 녹아날 듯 자지러지는 질탕한 사랑타령 한 번 불러 보아라."
"오호호…… 그런 노래라면 쇤내도 밥보다 좋아 한답니다요."
추월이란 기생은 몸짓이 망측스러울 정도로 이상야릇한 춤을 추면서 소리를 늘어놓기 시작했다.

 냅다 힘주어 껴안으니
 가는 허리 부드럽다.
 분홍치마를 올려 붙이니 살결이 눈같이 희고 풍만하다.
 다리를 들고 걸터 앉으니
 반쯤 피어난 모란꽃이
 봄바람에 활짝 피었다.
 나아갔다 들어갔다 하니
 우거진 숲속에서
 물방아 찧는 소리가 난다.

"하하하, 고년 걸쭉한 소리를 뽑는 걸 보니 색깨나 쓰겠구나."
"호호호…… 쇤내는 타고 나기를 워낙 색정이 강하옵니다. 기막힌 맛을 진상할 수는 있으나 행여 사또께서 견뎌내기 어려울까 염려스럽습니다."

"무어라고? 이년아, 매맞는 놈이 매치는 놈 힘들 것을 걱정하느냐?"

모두들 흠뻑 취하여 몸을 가누지 못할 정도로 곤드레만드레 마셨다.

청주병사 이봉상이 이번에는 월례에게 권주가를 부르라고 지명하였다.

월례는 곱게 단장한 열두 폭 치마자락을 끌며 날아갈 듯한 춤사위를 곁들여 노래를 부르기 시작했다.

저 유명한 송강(松江) 정철(鄭澈)이 지은 가사이다.

필자가 임의로 현대어로 각색시킨 것이다.

 옛날 제 나라의 맹상군처럼
 부귀 영화를 누린 사람도 없으리라.
 맹상군은 진(秦) 나라에 들어가 소왕(昭王)에게 피살될 뻔 했을 때 식객 중의 두 선비에게 구출되었다.
 죽어지면 무덤 위에 가시 나고 나무하는 아이들과 마소를 먹이는 아이들이 거닐면서 슬픈 노래를 부를 것을 어찌 알았으리요?
 부귀 영화도 죽어지면 쓸데 없으니 아희야, 청주를 쳐서 음조를 맞추어라 살았을 때 실컷 놀아나 보자.

월례의 노래에는 언중유골(言中有骨)의 뜻이 담겨 있었다.

즉, 너희들이 살았을 때 오늘 하루라도 실컷 놀아라. 죽으면 끝이다. 이렇게 은근히 속으로 비웃는 뜻이 서려 있었다.

그러나 누구도 월례의 뜻을 알아채지 못했던 것이다.
모두들 정신없이 취한 상태에서 주연이 끝났다.
월례는 인사불성이 된 병사를 부축하고 침실 쪽으로 갔다.
그 자리에 모였던 사람들도 저마다 기생과 짝지어 각자의 잠자리를 찾았다.
"얘, 월례야, 네가 오늘날 내게 색다른 맛을 보여 주겠느냐?"
"사또, 여지껏 월례가 옷을 벗은 후 싫어하는 남정네는 없었습니다요. 어서 옷을 벗으소서, 오늘 정말 잘 모실테니까요."
이봉상은 무인(武人)이라서 항시 장검을 차고 다녔다.
그는 장검을 머리맡에 놓아두었다.
이봉상은 이미 장년기에 접어든 나이었는데 정력도 절륜하였고 여자를 다루는데도 이골이 났다.
그러나 워낙 취한 상태이기에 월례는 적당히 응하는체 하면서 그를 지치게 했다.
이봉상은 한바탕 정사를 벌인 후 술에 취하여 깊은 잠에 빠졌다.
월례는 슬그머니 자리에서 일어나 이봉상의 장검을 들고 성문 쪽으로 갔다. 이미 대기했던 양별장과 만났다.
그들은 곧 관아의 영문을 열고 밖으로 나가서 신호를 보냈다.
모두들 깊은 밤인 데다가 잔치라고 술을 먹고 잠들어 있었다.
밖에서 미리 대기했던 이인좌의 패거리들이 일시에 태산이 무너질 듯 소리치면서 병장기를 들고 관아로 들이닥쳤다.
"와아, 와아……"
그들은 닥치는대로 무자비하게 관속이건 관졸이건 가리지 않고 마구잡이로 시살하였다.
"충청병사를 냉큼 잡아 오너라."
이인좌가 기세좋게 소리치자 기세등등한 반란군들은 닥치는 대로 부수고 짓밟았다.
 어떤 자들은 계집을 끼고 자다가 알몸 상태로 학살되거나 끌려 나오기도 했다.
 밖이 소란해지자 이봉상은 술취한 상태에서 눈을 떴다.
 "여봐라, 밖이 왜 이렇게 소란하냐?"
 문을 열면서 크게 소리쳤다.
 그때 별장 홍임(洪霖)이 반란군에게 쫓겨와서 다급하게 소리친다.
 "사또, 어서 피하소서, 반역자들이 관아에 들이닥쳐 이리로 몰려옵니다. 소인이 병사라고 소리치며 달아날 테니 반대 편으로 어서 피하소서"
 "무어야? 내 칼, 내 칼이 어딨느냐?"
 그러나 월례가 이미 감추었으니 있을리가 없었다.
 이봉상은 다급한 김에 옷도 제대로 못걸치고 허겁지겁 대밭쪽으로 달아났다.
 홍임이 이봉상의 반대 편으로 소리치면서 달아났다.
 "이놈들, 내가 충청병사이다."
 그때 반란군들이 뒤쫓으며 던진 창이 홍임의 등어리에 깊숙히 박히자 홍임은 쓰러져 죽어갔다.
 대숲으로 달아나는 이봉상을 발견한 양별장이 소리쳤다.
 "저기 저자가 진짜 병사입니다."
 "여봐라, 어서 저자를 생포하여 이끌고 오라."
 한 떼의 떼거리가 거의 알몸 상태인 이봉상을 에워싸고 집중 공격을 했다.
 이봉상은 무예가 출중했으나 술취한 상태에서 맨손으로 무장한 떼거리를 당할 수가 없었다. 곧 생포되었다.

이미 감영은 반란군의 수중에 들어갔다.

곳곳에 죽어 자빠진 시체가 나뒹굴고 부상한 자들의 신음소리, 피냄새가 진동하였다.

청주목사 이봉상은 그런 와중에서도 잽싸게 달아났다.

이인좌는 관아의 내부 사정을 잘아는 양별장을 시켜 관아의 뜰을 대낮같이 환하게 밝히게 했다.

이인좌가 양덕부 별장에게 말했다.

"양별장은 수고하였다. 이제 저항할 세력이 없느냐?"

"아니옵니다. 아직 진영(陳營)에는 영장(營將) 남연년(南延年)이 남아 있습니다. 그를 마져 없애야만 후환이 없습니다."

"알겠다. 양별장이 그곳으로 안내하라."

이인좌 일당은 양별장의 안내를 받으며 진영으로 가서 잠에 떨어진 영장 및 다른 관졸들을 마구 잡아 죽였다.

이인좌는 관아의 뜰에 불을 환히 밝히고 잡아온 자들 중에서 요인(要人)들을 골라 하나씩 회유와 협박을 했다.

특히 충청병사 이봉상을 회유하고 협박하였다.

"이병사, 우리가 부득이 이럴 수 밖에 없는 처지를 이해해 주시오. 우리는 그동안 당파싸움의 와중에서 피해만 당했소. 그동안 은인자중 하고 참아왔으나 조정 되어가는 꼴이 말이 아니오. 내가 참다못해 의군(義軍)을 규합하여 일어선 것이오. 그러니 나와 함께 손잡고 썩어빠진 조정을 둘러엎고 새세상을 만들고 부귀영화를 함께 나눕시다."

그러나 묵묵부답이던 이봉상이 갑자기 고개를 들고 큰소리로 호통을 친다.

"이놈 역적아, 입을 닥쳐라. 내가 잠시 방심했다가 이런 치욕을 당한다마는 내 어찌 반역자의 편에 서겠느냐? 패군지장은 유구무

언이다. 어서 죽이기나 해라."

이봉상은 충무공 이순신의 5대손이었다. 호걸풍이었고 풍류남아였다.

태평시대를 맞아 방심했던 것이 크나큰 불찰이었다.

그는 거듭된 협박과 회유를 끝내 거부하였다.

"네 이놈, 내가 너의 유능함을 인정하여 거사에 참여할 기회를 주었거늘 네 스스로 죽기를 원하니 소원대로 해주마."

"이놈 이인좌, 너도 국가의 은혜를 입었거늘 어찌 반역하느냐?"

"이놈 닥쳐라. 무엇 하느냐? 어서 이놈의 목을 잘라서 영문 밖에다 내다 걸어라."

결국 이봉상은 무참하게 죽어갔다.

다음날 3월 16일.

이인좌는 관아의 동헌에 앉아 한껏 위엄을 갖추고 이렇게 공표하였다.

"모든 의군들은 들으라. 나는 오늘부터 대원수(大元首)이니 나를 따르라. 앞으로 나는 밀풍군을 임금으로 추대하고 조정의 3정승 6관서를 비롯하여 지방까지 모든 판직자를 바꿀 것이다. 그때에 논공행상을 제대로 하겠거니와 우선 권서봉을 청주목사로 임명한다. 그리고 신천영(申天永)에게는 병사, 박종원(朴宗元)에게는 영장(營將)으로 제수한다. 나머지 각자의 공로에 따라서 합당한 상과 벼슬을 추후에 내리겠노라."

이인좌는 다시 주위의 참모들과 협의한 후 군세를 정비하고 다음과 같은 격문을 써서 각곳에 돌리라고 지시하였다.

의에 불타는 모든이에게 고하노라. 경종이 즉위했을 때 모두들 기뻐하였다. 그러나 흉악한 무리들이 시역한 후 금상이 보위에 올랐다. 그런데 그는 숙종대왕의 진짜 아들이 아니기에 왕위에 오를 자격이 없다. 우리는 의분심을 느끼던 중 왕대비 어씨(魚氏)의 밀조(密詔)를 받아 종실의 의친인 소현세자의 직손인 밀풍군을 모시고 종사의 대통을 세우고자 하노라.
이미 서울에서도 기맥 상통하여 금명간에 궁중을 뒤엎고 새 세상을 만들고자 한다.
15일을 기점으로 선대왕의 위패를 봉안하고 서울로 진격할 것이다. 모든 충의로운 용사들은 한시 바삐 다투어 몰려와 의로운 거사에 참가하여 장차의 부귀영화를 도모하라.

이러한 내용의 격문이 곳곳에 나붙자 민심들이 동요하고 반란군에 가담하기를 자청하는 자들이 구름떼처럼 몰려 들었다.
그들 중에는 선량한 백성들을 비롯하여 도둑떼들도 섞여 있었다.
이 무렵 평안병사 이사성(李思晟), 호남에서는 박필현(朴弼顯)이 이인좌와 내통하였다.
박필현은 태인(泰仁)에서 진주성을 공격하고자 진격하고 있었다.
영남에서는 이인좌의 동생인 이능보(李能輔)와 정희량(鄭希亮)이 거창에서 반군들을 휘몰아 무서운 기세로 지례(知禮), 무주(茂州)로 향하였다. 반란군들의 기세는 점점 무섭게 증폭하기 시작했다.
곳곳에서 일어난 반군들의 세력이 결집되면 대궐이 반군에게 공격당하는 급박한 상황이었다.

반란군과의 싸움

영조 4년 3월 17일.
급박한 상황에 대한 파발이 날아들었다. 곧 어전회의가 열렸다.
회의 결과 영조는 병조판서인 오명항(吳命恒)을 사로순무사(四路巡撫使), 박문수(朴文秀), 조현명(趙顯命)에게 종사관 임무를 부여하였다.
"전하, 신들은 신명을 바쳐 패악무도한 반적들을 토벌하겠사오니 과히 심려치 마소서."
임금에게 각자 현지로 떠나기 전에 하직 인사를 올렸다.
영조는 각별히 이렇게 당부하였다.

지금 도적의 무리들로 인해 민심이 심히 동요하니 염려가 매우 크도다. 패악한 무리들을 하루 속히 소멸시켜 주기를 간절히 바라노라.

총융사 김중기(金重器), 수하에 딸린 군사를 대동하고 삼진군(三陳軍)을 거느리게 하라. 수원부사 송진명(宋眞明)을 부장으로 삼아 진에 머물며 본부를 지키게 하라.

병조판서 오명항은 순무사, 박문수에게는 종사관 직책을 부여하니 훌륭히 임무를 완수하고 개선하기를 거듭 바라노라.

영조는 친히 갑옷과 상방검(尙方劍)을 병조판서 오명항에게 내리고 박문수에게는 태복마(太僕馬)를 하사했다.

그런데 총융사 김중기 수하에 딸린 군사들은 이미 적과 내통하고 있는 줄 누구도 모르고 있었다.

오명항과 박문수는 반적들을 토벌하고자 군사들을 이끌고 안성 쪽으로 갔다. 안성은 청주에서 적들이 쳐들어오는 길목이었기 때문이다.

3월 23일 안성의 청룡산(靑龍山) 근처에 이르러 진을 치고 적을 소탕할 작전을 협의하였다.

박문수가 이렇게 제안을 했다.

"병판대감, 손자병법에 이르기를 적을 알고 나를 알면 백전백승이라고 했습니다. 우선 염탐꾼을 은밀히 적진에 보내어 그 허실을 간파한 다음 작전에 임하는 것이 좋겠습니다."

"그거 좋은 생각일세, 그렇게 하게."

박문수는 똑똑하고 발빠른 자들 오륙 명을 뽑아 변장시켜 적진으로 보냈다.

얼마후 그들이 돌아와서 보고하는 바에 의하면 적의 숫자는 나날이 무섭게 늘어나고, 인근의 주민들 중에 젊은이는 거의가 반란군에 가담하고 있다는 것이다. 그 말을 듣고 박문수는 다시 오명항을 찾아가서 이렇게 제안하였다.

"지금 탐문정보에 의하면 적세가 매우 강성합니다. 그들은 이곳 지세에 익숙하며 밤이면 반드시 야습할 것입니다. 그러니 만반의 태세를 갖추어야 하겠습니다."

"좌우간 내가 이번 싸움에 관해 자네에게 지휘권을 거의 맡길 것이니 실수가 없도록 하게."

박문수는 그곳의 지형을 살핀 후 적의 야습에 대비하여 만반의 태세를 갖추었다.

이윽고 밤이 되자 빗줄기가 거세게 쏟아지고 주위가 깜깜해졌다.

박문수는 미리 설렁줄에 방울을 달아 놓았다.

적이 침입하면 흔들려서 울리게 되어 있다. 어두운 하늘에서 빗방울이 내릴 때 갑자기 방울이 울리고 있었다.

병조판서 오명항은 적들이 횃불을 들고 몰려오자 당황하였다.

그 숫자가 헤아릴 수 없도록 많았기 때문이다.

"여보게, 적들이 산더미처럼 몰려오니 어쩌면 좋겠는가?"

"대감, 이럴 때일수록 침착하소서. 저들이 더 가까이 다가올 때를 기다렸다가 총포나 활을 쏘거든 일제히 불을 꺼야 합니다."

적들은 총과 활을 쏘면서 몰려오다가 갑자기 불이 꺼지니 우왕좌왕 하였다. 적들은 갑자기 목표물이 사라지자 무조건 짐작만으로 총과 활을 쏘아댔다. 오명항이 다급하게 박문수에게 말했다.

"여보게, 우리도 마주 쏘아야 되지 않겠나?"

"아닙니다. 대감, 우리가 지금 마주 응전하면 적들에게 우리의 위치를 노출시켜 불리합니다. 저들이 정신없이 쏘아대다가 실탄이나 화살이 떨어지고 공격이 뜸해질 때 불시에 적의 허리를 찔러 일거에 궤멸시켜야 합니다. 대감께서는 하관(下官)에게 맡겨 두시면 차질없이 응전 하겠습니다."

박문수는 박찬신(朴纘新) 중군에게 정예병 200명을 선발하여 병조판서가 있는 영막의 사면을 지키게 했다. 적들은 어지럽게 총과 활을 쏘면서 접근하다가 관군이 불을 끄고 응사하지 않으니 자신들이 횃불을 켜느라고 잠시 공격이 뜸하였다.
　그 순간 박문수가 즉시 군령을 내렸다.
　"자아, 지금부터 도적들에게 집중 사격을 가하며 돌격하라."
　순식간에 전세가 뒤바뀌었다.
　반군들은 허를 찔리자 대오가 흩어져 달아나기에 급급하였다. 총이나 화살을 맞고 죽거나 다치는 자가 부지기수다.
　"휘융"
　"탕!"
　"타당!"
　"억!"
　"아이쿠"
　"으윽"
　총소리, 고함소리 신음소리가 뒤섞여 아비규환을 이루었다.
　싸움이 계속되는 동안 어느덧 밤이 깊어갔다.
　그때 숫자를 알 수 없는 적들이 대대적으로 달아나기 시작했다.
　중군 박찬신이 공을 세우려는 마음에서 군사들을 이끌고 달아나는 적들을 뒤쫓겠다고 하며 나섰다.
　박문수가 그를 만류하였다.
　"박중군! 잠시 중지 하시오. 적이 비록 달아났지만 그 뒤를 쫓다가는 오히려 당할 염려가 있소. 명령을 거두는 게 좋겠소."
　그러나 박중군은 고집을 피운다.
　"종사관이 무슨 권한으로 군사 지휘권을 행사하려 드시오. 군사들에게 명령은 내가 내릴 것이오. 종사관은 잠자코 계시오."

박중군은 많은 군사들을 이끌고 적들의 뒤를 추격하였다.

그러나 비바람이 몰아치는 캄캄한 밤중에 서로 싸우자니 적인지 아군인지 분별하기 어려웠다.

달아나던 적들이 반격을 취하자 처음에는 창이나 칼로 서로 찌르고 베고 죽였다. 그러다가 시간이 지날수록 백병전으로 상황이 변했다.

캄캄한 밤, 서로의 비명과 기합소리, 고함이 어지럽게 뒤섞일 뿐, 싸움이 어떻게 전개되는지 조차 파악하기 어려웠다.

싸움은 점점 치열해지고 서로간에 사상자가 점점 늘어났다.

박문수는 오명항과 서로 작전에 관한 이야기를 나누고 있었다. 바로 그때였다.

중군에 속한 별장 하나가 급히 달려와 오명항에게 아뢰었다.

"대감께 아뢰오. 지금 중군 막영에서 반군의 장수를 사로잡았다고 합니다. 어찌해야 하올지요?"

"적장을 잡았으면 즉각 목을 벨 것이지 무얼 꾸물대느냐."

"별장은 잠시만 거기 기다려라."

박문수는 별장을 잡아놓고 오명항에게 이렇게 만류하였다.

"병판대감, 적장을 잡았으면 직접 사실인지 아닌지를 확인하신 후 적의 내부 사정을 알아내는 것이 중요합니다."

박문수가 다시 별장에게 묻는다.

"적장을 어떻게 생포했는지 말해 보아라."

"예, 적과 뒤섞여 싸우고 있는데 군복 입은 장수 하나가 중군의 막영이 어디냐고 묻기에 수상스러워 우리가 잡아서 밖에 두었습니다."

박문수가 오명항에게 말했다.

"병판대감, 아무래도 이상합니다. 적장이라는 자를 이리 끌고와서 확인해야 하겠습니다."

조금 후 적장이라는 자가 문앞에 끌려와서 고래고래 소리를 지른다.

"무엇 때문에 날 죽이려느냐, 나는 종사관 조현명이다."

그 소리에 놀라 오명항과 박문수가 밖을 내다보니 종사관 조현명이었다.

그는 어둠 속에서 적과 아군이 싸우는 와중에 적장으로 오해를 받고 관군에게 잡혀온 것이다.

참으로 기막힌 실수였다.

강제로 묶여 온 조현명은 악이 올라서 병조판서인 오명항에게 마구 대들었다.

"병판대감은 날 죽일 셈이오? 어서 당장 풀어 주시오."

"허허, 이런 변이 있나? 어쩌다 이리 되었소? 누가 종사관을 이지경으로 만들었나?"

그제서야 화가 좀 풀린 조현명이 퉁명스럽게 대꾸했다.

"군교놈들이 날 강제로 묶은 후 목을 치려고 했소. 하마터면 목 없는 귀신이 될뻔 했소. 세상에 이런 변이 있을 수 있소. 어서 관련자들을 잡아다 처단해 주시오."

그때 박문수가 중재하였다.

"지금은 적과 싸우는 중이오. 군법시행은 나중으로 취하시오. 군사 지휘는 내가 맡을 테니까……"

조현명은 얼마나 놀랬던지 더 이상 싸우려 들지 않았다.

혼전을 거듭하던 끝에 24일, 날이 밝았다.

싸움이 일어난 막영 근방에는 피아간의 시체가 수없이 쌓였고 다쳐서 신음하는 자들도 곳곳에 널려 있었다.

새벽녘이 지나자 죽산(竹山) 부근에서 다시 싸움이 벌어졌다.

그곳을 안성에서 죽산으로 가는 노루목이 있는 곳이었다.

그 싸움에서 조현명은 전날 얼마나 놀랐던지 싸움에 나가려고 하지 않았다. 오명항 역시 마찬가지였다.

박문수가 직접 군사들을 이끌고 나가서 진두지휘 하였다.

관군과 반란군은 우열을 가리기 어려울 정도로 치열한 접전을 벌였다.

박문수는 급히 주위의 참모들을 불러 이렇게 작전 지시를 했다.

"너희들 중에 박별장은 속히 황소를 많이 구해 오너라. 난리가 평정된 후 황소를 제공한 자에게 크게 포상한다고 하라. 다음 박군교는 군사 각각 백 명씩 나누어 병의 목처럼 생긴 저 청룡산 양쪽 계곡 위의 노루목에 매복하라. 그리고 계곡 위에서 통나무나 바위를 잔뜩 준비했다가 징과 꽹과리를 울려 신호를 보내거던 즉각 달아나는 적들을 향해 통나무와 바위를 굴려라. 다음 김수협(金守協) 군교는 황소를 구해와서 화공법을 구사하여 적을 교란시켜라. 그러면 적들이 저쪽 병목같은 곳으로 달아날 것이다. 이제 지시 받은 군교들은 즉각 임무를 수행하라."

박문수는 일일이 작전을 지시했다.

얼마 후 황소 20마리를 군교가 구해왔다.

황소 등에 왕겨를 담은 푸대를 동여매고 그 위에 다시 섶을 얹었다.

언덕에서 적들이 진을 친 곳을 향하여 가까이 다가가서 황소 등에 불을 붙인 후 엉덩이를 힘껏 때렸다.

놀란 황소들은 적들을 향해 내달렸다. 더구나 등어리에 불이 붙자 미친듯 날뛰었다. 적들이 진을 친 곳에서는 일대 소동이 일어나 갈팡질팡 하였다.

"자아, 적들이 흩어진다. 일제히 총포와 활을 쏘며 돌진하라. 진격!"

 박문수의 명령이 떨어지자 관군은 우뢰와 같은 함성을 지르면서 성난 파도처럼 적들을 향해 돌진했다.

 이내 사기를 잃고 대오가 흩어진 적들이 뿔뿔이 달아나기에 급급하였다.

 그들이 달아나는 곳은 박문수가 미리 예측했던 대로 노루목 쪽이었다.

 그들을 추격하던 중에 박문수가 다시 크게 군령을 내렸다.

 "자아, 꽹과리와 징을 치고 북을 힘껏 울려라."

 명령이 떨어지기가 무섭게 징소리, 꽹과리, 북소리가 요란스럽게 진동했다.

 그 소리와 함께 갑자기 계곡 위쪽에서 바위와 통나무가 무서운 기세로 굴러내렸다.

 달아나는 길이 막히고 삽시간에 반란군들은 죽거나 다치는 자들이 헤아릴 수 없이 많았다.

 문자 그대로 시산혈해(屍山血海)를 이루었다.

 무기를 버리고 달아나던 자들도 무참히 피살되었다.

 반군들의 사상자가 엄청나게 늘어났다. 박문수는 곧 오명항에게 가서 이렇게 말했다.

 "병판대감, 저 반군들은 이제 거의 전멸되었고 생존자도 독안에 든 쥐나 다름 없습니다. 그러니 무조건 죽이지 말고 항복하는 자는 그 죄의 무겁고 가벼움에 따라 처리하는 것이 좋겠습니다. 무고한 백성들의 희생을 줄이자는 것입니다."

 뒷전에서 관망만 하던 오명항은 뜻밖에 이렇게 대답한다.

 "박종사관, 지금 무슨 소릴 하는가? 역적의 무리들에게 무슨 양민이 있단 말인가?"

관군들은 이미 전의를 상실하고 무방비 상태에서 갈팡질팡 하는 반군들을 무조건 잡아 죽이고 있었다.
박문수가 다시 오명항에게 간언했다.
"병판대감, 항복한 자는 죽이지 말고 이곳으로 이끌고 오게 하소서."
"알겠네, 자네가 알아서 하게."
박문수로 인해 반란군에 속한 자들이 이백 명 가까이 목숨을 부지할 수 있게 되었다.
이미 해가 기울어 느직한 오후였다.
박문수는 우선 다친 자들을 피아를 가리지 않고 간호하게 하였다.
박문수는 포로자들을 일일이 선별하였다.
옆에서 지켜보던 오명항이 묻는다.
"박종사관, 도대체 무슨 기준으로 양민인지 도둑인지 가릴 수 있는가?"
"예예, 병판대감…… 우선 얼굴 아니 손발 등을 보면 알 수 있습니다. 도둑떼들을 양민들에 비해 손발은 곱지만 얼굴은 볕에 그을려 검지요.
그러나 의복은 대체로 새것입니다.
양민들은 손발이 거칠고 헌옷을 입었으며 눈빛이 선량한 편입니다.
양민들은 대부분 속아서 가담한 것이니 그들은 가볍게 꾸짖고 곤장 한 대만 때려 집으로 보내시는 게 좋겠습니다. 그러나 강폭한 도둑과 역모에 적극적으로 가담한 무리들은 그 죄상에 따라서 처벌해야 합니다……"
만약 선별하지 않고 무조건 잡아 죽이면 무고한 생명이 많이 희생될 것입니다. 그리고 더욱 그들을 자극하는 계기가 되어 적대감을 갖고 죽기로 항거하면 얻는 것보다 잃는 것이 많을 것입니다."
 박문수는 지난날 암행어사 시절의 경험과 명석한 판별력을 살려 일을 신속하게 처리하였다.
 박문수는 오명항을 움직여 이러한 방을 써붙이게 했다.

　　역적의 괴수 이인좌를 잡아 오는 자에게는 크나큰 상을 내리겠노라. 충용스러운 자들은 이런 기회에 국가에 큰 공을 세우도록 하라.

 비록 안성 싸움에서는 크게 이겼으나 반역의 세력은 곳곳에서 무서운 기세로 급증하였다.
 이인좌는 참으로 대단한 자였다.
 그의 소재를 파악할 수 없었다.
 박문수는 무엇보다도 이인좌의 소재를 파악해야 난리를 하루 속히 평정할 수 있다고 판단했다.
 오명항의 윤허를 얻은 후 단신으로 변장을 하고 적진으로 잠입하기로 했다.
 호랑이를 잡으려면 호랑이 소굴로 들어가야 한다는 논리를 몸소 실행하려는 것이었다.
 안성싸움에서 이인좌는 크게 패했기에 그의 잔당들과 어딘가에 피신 중일 거라고 추측하고 민심의 동정을 살폈다.
 그러나 대부분의 주민들은 이인좌와 그 일당을 두둔하고자 했다.
 박문수는 장터에서 말 십여 마리를 사가지고 산길로 들어서는 수상한 자들 다섯 명의 뒤를 미행하기로 했다.
 '저놈들이 반드시 이인좌의 도당일 것이다. 저놈들을 쫓아가면 이인좌의 소재를 파악할 수 있을지도 모른다. 그들은 말을 구해 타고 야간을 이용하여 자기네 지원 세력이 있는 곳으로 달아나려는 것이겠지.'

박문수가 그들을 미행하다 보니 마치 산적들 소굴같은 곳에 이르렀다.

그곳에는 무장한 자들이 보초를 서고 있었다.

'여기서 더 들어가면 내 신변이 위험하다. 우선 이쯤에서 동정을 살펴야지.'

박문수가 외진 바위틈에 숨어 동정을 살피고 있을 때이다.

"이놈, 너는 웬놈이야?"

벼락같이 호통치면서 우락부락하게 생긴 놈 대여섯 명이 박문수의 등을 에워싸고 창과 칼을 겨누었다.

그들은 이마에 의(義)자를 쓴 수건을 질끈 동여매고 있었다.

'아아, 이거 낭패로다! 여기서 저놈들에게 잡히다니……'

박문수가 속으로 혼잣말처럼 독백하고 있을 때다.

그들 중에서도 가장 험상궂게 생긴 사내가 박문수에게 다가서며 창을 겨누고 묻는다.

"너는 누구냐! 관군의 첩자지?"

"아니오, 나는 지나가는 과객이오."

험상궂은 자가 명령을 내린다.

"얘들아, 이놈을 묶어 대원수님께 끌고 가자."

'음, 이놈들이 반란군이 맞구나. 이제 곧 이인좌 놈을 확인할 수 있겠구나!'

박문수는 그들에게 윗몸을 결박 당한 채 이끌려 가면서 배짱을 부렸다.

"여보시오, 나는 돈도 없소이다. 나 같은 과객을 잡아가서 무엇

하려오. 어서 풀어 주시오."
 "아니야, 네 놈은 아무래도 수상하다. 어서 잔말말고 따라와."
 박문수는 그들에게 이끌려 발이 쳐진 곳에 세워졌다.
 덧니난 자가 발 뒤에 앉아있는 자에게 보고를 한다.
 "대원수님께 아뢰옵니다. 요청한 구원병이 오는가, 그리고 관군의 경계가 어느 지점이 허술한가 정찰하던 중에 수상한 자를 잡아왔습니다."
 "알겠다. 내가 직접 심문 하겠다."
 발이 가려져 모습을 제대로 볼 수는 없으나 대원수라는 자는 매우 위엄이 있어 보였다.
 그 자는 발 너머로 박문수를 찬찬히 살피다가 말했다.
 "네 정체가 무어냐?"
 "나는 지나가는 과객일 뿐이오."
 "네가 감히 누굴 능멸하려 드느냐, 너는 양반이거나, 벼슬아치가 분명하다. 얼굴에 갓쓴 흔적이 있고 손발이 지나치게 곱다. 거기에 비해 옷차림은 대조적으로 남루하다. 그것만 미루어봐도 너는 신분을 가장한 염탐꾼이 분명하다. 사실대로 고하라. 안그러면 네 놈을 생채로 매장하겠다."
 대원수란 자가 찌렁찌렁한 목소리로 호통을 친다.
 "왜들 이러시오. 나는 그저 지나가는 과객일 뿐이오. 생사람 잡지 마시오."
 "허허, 이놈봐라. 감히 내가 누군줄 알고, 천하를 얻고자 칼을 뽑은 내가 고따위 헛수작에 넘어갈 것 같으냐? 여봐라. 저놈을 문초하고 말을 안들으면 없애버려라."
 졸개들이 계속 문초를 했으나 박문수가 실토하지 않으니 대여섯 놈이 박문수를 어디론가 끌고 갔다.

그들은 맹수를 잡으려고 파놓은 함정 앞에 박문수를 세운 후 협박을 했다.

"자아, 열을 셀 동안 실토하지 않으면 함정에 밀어넣고 생매장시킬 테다. 함정에 떨어지는 순간 이미 불구가 되거나 죽게 된다."

그들 중에 한 명이 창을 겨누고 박문수를 위협했다.

"자아, 지금부터 열을 셀 동안 자백하지 않으면 너는 끝이다…… 하나, 둘, 셋, 넷, 다섯, 여섯, 일곱, 여덟, 아홉…… 여얼……"

텁석부리가 열을 세면서 창대를 박문수의 가슴께로 내지르려는 순간 박문수는 눈을 감았다.

"으아악!"

"아앗!"

"어헉!"

갑자기 비명소리가 터져 나왔다.

그러나 박문수에게는 아무런 일이 없었다. 천천히 눈을 뜨고 바라보았다.

박문수를 닥달하며 해치려던 자들이 모조리 매의 깃처럼 생긴 독특한 형태의 비수를 목줄기에 맞고 쓰러져 있다.

박문수의 맞은 편에는 삿갓을 쓴 사람이 서 있다가 박문수에게 다가와서 결박을 풀어 주면서 말했다.

"이곳에는 이인좌와 그 졸개들이 20명 가까이 있소. 곧 이리로 몰려 올 것이오."

이인의 말이 채 끝나기도 전이었다.

"저기, 저놈 잡아라."

갑자기 무장한 패거리들이 열대여섯 명이 사나운 기세로 몰려왔다. 그들은 창이나 칼, 철퇴, 쇠도리깨 등을 들고 있었다.

삿갓 쓴 이인이 비수 다섯 자루를 박문수에게 건네주며 말했다.

"자아, 위급할 때 사용하시오."

박문수도 비수 던지기에는 어느 정도 자신이 있었다.

전에 금강산에서 선도술을 배울 때 기본적인 것을 익혔기 때문이다.

떼거리들은 삿갓 쓴 이인을 에워싸고 무지막지 하게 집중 공격을 퍼부었다.

"윙윙!"

"휘리릭 휘리릭……!"

"쉬익 쉬익!"

살인 병기는 무섭고도 기분 나쁜 음향을 흘리면서 이인에게 덮쳐 들었다.

그러나 이인은 마치 날개달린 듯 가볍게 허공으로 솟아올라 달려드는 자들의 어깨의 견정혈(肩井穴)이나 머리 정수리에 위치한 백회열(白會穴)을 뒤꿈치로 밟으면서 마치 원숭이가 나뭇가지를 옮겨 다니는 듯한 신기한 재주를 부렸다.

삿갓 쓴 이인이 흡사 작두날을 타는 무당과 비슷한 춤사위를 펼칠 때마다 천둥에 도깨비 날뛰듯 하던 자들이 모조리 땅바닥에 나뒹굴면서 뻣뻣해졌다.

잠깐 사이에 십여 명이 넘게 쓰러지고 단 두 명만 남았다.

"이놈들, 어서 무릎을 꿇지 못할까?"

나머지 두 놈들은 승산이 없다는 것을 판단했는지 땅바닥에 무릎을 꿇었다.

바로 그때이다. 저쪽 편에서 서너명이 무기를 들고 쫓아오면서 소리쳤다.

"죽여라, 저놈들 죽여라!"

이인의 시선이 그쪽으로 쏠리는 순간 꿇어 엎드린 자가 창을 집어들고 이인의 옆구리를 겨누고 찔렀다.
 그러나 이인이 잽싸게 피하면서 그놈의 명치를 걷어찼다.
 바로 그때에 이인에게 창을 겨누고 던지려는 자가 있었다.
 그 순간 박문수의 손에서 비수가 날았다.
 비수가 정확히 그놈의 가슴에 꽂히자 힘없이 땅바닥에 쓰러진다.
 나머지 놈들도 살기 등등하게 달려들었으나 역시 맥도 못추고 이인의 일지선(一指禪) 무술 앞에 모조리 땅바닥에 나뒹굴었다.
 일지선 무술은 손가락 하나로 상대를 기절시키거나 죽일 수 있는 고도의 술기(術技)이다.
 일지선을 단련시켜 고도의 경지에 이르면 손가락 하나로 쇠가죽 몇겹을 뚫을 수 있는데 그 손가락으로 인체의 급소를 찌르면 창이나 다름없는 무서운 위력을 발휘한다.
 덤벼들던 자들이 모조리 쓰러진 후 땅에 아직도 꿇어 엎드린 자에게 이인이 추궁했다.
 "너는 사실대로 말하라. 이인좌란 놈이 어디에 있느냐?"
 "예예, 저쪽 뒤쪽으로 돌아가면 남북으로 통하는 동굴이 있습니다. 그쪽 어디엔가 있을 것입니다. 오늘 저녁에 말을 타고 구원병이 오면 합류하고자 이곳을 빠져 나간다 했습니다."
 그 말을 듣고 삿갓 쓴 이인이 박문수에게 정중하게 말했다.
 "박공은 이쪽에 계시다가 만약 이인좌가 이쪽으로 오거든 그를 잡으시오."
 이인이 이인좌를 찾아 갔을 때이다. 갑자기 거구의 사나이가 말 위에 올라 고삐를 풀고 재찍질을 했다.
 "이랴, 이랏!"
 말이 곧 발굽을 차고 내닫기 직전이었다.
 "저기 저자가 이인좌입니다."

항복한 자가 소리쳤다.
그순간 박문수의 손에서 비수가 날았다. 비수가 말 엉덩이에 꽂히자 말이 크게 놀라 뛰었다.
말에 탔던 자가 비명을 지르면서 땅에 떨어졌다.
박문수가 다가가니 어딘가를 심히 다쳤는지 신음소리를 계속했다.
그때 이인이 다가와서 박문수에게 말했다.
"이자가 바로 반역의 괴수 이인좌요. 내가 재갈을 물려 결박을 지워 말 등에다 꽁꽁 묶어서 태울 것이오. 공께서는 뒤에 타시오."
박문수는 이인좌를 먼저 말에 태워 묶고 그 뒤쪽에 타면서 말했다.
"만약 이자가 이인좌가 분명하다면 나는 병판대감에게 공을 소개한 후 임금께 장계를 올려 벼슬을 제수받도록 하겠소이다."
"하하하…… 벼슬이라고요? 이몸은 벼슬이나 포상도 원치 않습니다. 다만 제게 주어진 사명을 쫓을 뿐입니다."
"그래도 사람에게는 상벌이 분명해야지요."
박문수가 설득을 계속하고자 지껄이다가 대꾸가 없어 돌아보니 이미 삿갓 쓴 이인은 보이지 않았다.

박문수가 산간을 거의 내려왔을 때이다.
"게 섰거라."
"이놈, 당장 말에서 내리거라."
역시 험상궂게 생긴, 이마에 의(義)자가 씌여진 수건을 두른 사내 세 명이 칼을 겨누며 달려 들었다. 그러나 박문수의 손에서 비수가 날아가자 그들은 모조리 땅바닥에 쓰러졌다.
박문수는 말에서 내려 그들의 품을 뒤졌다. 그들 중에 한 놈에게서 밀서가 나왔다.

 이인좌 대원수께 아뢰오, 이곳 영남 일대는 완전히 우리들 의군(義軍)에게 장악되었습니다. 비록 안성 싸움에서 패하셨더라도 염려 마시고 어서 이곳으로 오소서. 전세를 가다듬어 어서 썩은 관군을 짓밟고 대궐을 장악합시다.
 ……

 '아아, 조금만 늦었어도 큰일 날뻔 했구나!'
 박문수가 혼잣말처럼 중얼거릴 때 말에 묶인 이인좌가 발로 말배를 걷어차며 달아나려고 했다. 그러나 신체의 자유를 잃은 상태기에 곧 박문수에게 잡히고 말았다.

적을 소탕하고 백성을 구하다.

진영으로 돌아와서 잡아온 이인좌를 포로들과 대질시킨 결과 틀림이 없었다.
병조판서 오명항은 상급자이면서도 일 처리는 대부분 박문수에게 자문하였다.
"박종사관, 참으로 큰일을 하였네. 이제 역적의 괴수까지 잡았으니 어쩌면 좋겠는가?"
"병판대감, 아직 이인좌의 도당들이 곳곳에서 엄청난 세력을 형성하고 있습니다. 그러니 한떼의 무장 군사를 딸려 비밀리에 이인좌를 서울로 압송시키고 우리는 계속 남은 적들을 소탕해야 합니다. 그리고 그간의 사정을 낱낱이 전하께 장계로 아뢰어야 합니다."
"글쎄……, 장계를 올리긴 올려야지, 그런데 장계 내용 면에서 자네가 도순무사인 내 처지를 좀 배려해 주게."
 병조판서 오명항은 이번 난리 평정에서 박문수가 너무 큰 공을 세우니 상급자로서 자신이 난처한 점도 있었다.
 그 눈치를 박문수가 알아채고 미리 말했다.
 "병판대감, 장계를 올릴 때 알아서 적당히 쓰시지요. 하관은 그 내용에 대해 개의치 않겠습니다."
 "고맙네, 내 처지를 이해해 줘서."
 박문수는 자신이 세운 공적이 비록 깎일지라도 양해 하겠다고 했다.
 오명항은 임금께 장계를 올리면서 박문수의 공적들 중에서 일부를 자신이 세운 것처럼 적당히 적어 넣었다.
 이인좌를 잡아서 서울로 압송시킨 후 그들의 본거지이던 청주로 갔다.
 영남 일대에서 반역을 일으킨 자들을 토벌하러 가기에 앞서 그곳 백성들을 위무하였다.
 그러던 중에 청주에서 병사(兵使—兵馬節道使의 준말)가 반란군이 몰려오는 것도 모르고 술타령을 벌인 후 계집을 끼고 자던 중에 반군에게 봉변을 당했다는 소리를 전해 듣고 어이가 없었다.
 잔치에 참석하러 가던 중에 술집에 이상한 떼거리들이 모여 있는 것을 보고 병사에게 일렀는 데도 반응이 없자 같이 어울려 놀다가 사건이 터지자 박당은 줄행랑을 쳤다.
 그러면서도 자신이 공적을 쌓은 것처럼 꾸며 장계를 올려 벼슬이 오르게 되었다는 소리도 들었다.
 박문수는 기가 막혀 탄식을 했다.
 "원, 세상에 이럴 수가 있나, 간신을 충신이라고 하고 천하의 음녀를 열녀라고 표창한 것과 무엇이 다르랴! 상과 벌이 엄정히 시

적을 소탕하고 백성을 구하다 **127**

행되지 못하면 세상의 질서와 기강이 무너지게 된다. 지방의 관장들이 거의가 직무에 태만하고 무능한 자들 뿐이니……"
 현지의 소식을 전해 듣고 박문수는 즉흥적으로 자신의 심경을 읊었다.

> 삼경에 까치가 지붕에서 울 때 불을 끈 방에는 봄꿈이 한창일세.
> 비장은 제대로 절개를 지켰건만 병사(兵使)는 오히려 대속의 고혼이 되었구나.
> 당나라 은장군은 죽어 이름이 청사에 빛나고,
> 한나라 이름은 어째서 한나라 은혜를 잊었는가.
> 가소롭게도 어부지리를 얻은 목사는 일시 영혜가 향촌에 빛났도다.

    三更靈鵲繞樑喧   삼경영작요양훤
    獨滅華筵醉蒙昏   독멸화연취몽혼
    裨將能成蓮莫節   비장능성연막절
    元戍謾作竹林魂   원술만작죽림혼
    陵獨何心負漢思   능독하심부한사
    可笑漁人功坐取   가소어인공좌취
    一時營寵耀鄕村   일시영룡요향촌

 시의 내용은 병마절도사가 제 소임을 못한 것, 그리고 청주목사 박당이 같이 술마시고 놀다가 달아난 후 사실과 다르게 장계를 올린 것을 비웃는 뜻이 담겨 있다.
 박문수는 청주에서 며칠간 지내면서 산중으로 도망가거나 뿔뿔이 흩어진 백성들에게 돌아와서 안심하고 생업에 종사하라는 내용의 글을 곳곳에 써붙이게 했다.
그리고 돌아오는 백성들을 잘 위무한 후 식량과 의복을 나누어 주도록 담당자에게 지시하였다.

그때 영남 쪽의 반란군을 토벌하라는 어명이 하달되었다.

영남 일대의 반란군을 토벌하러 가기에 앞서 박문수가 오명항에게 이렇게 제의하였다.

"병판대감, 하관에게 백수십 명 정도의 군사를 주시면 새재를 지나서 안동에 이르러 그곳 포수(炮手)들을 이끌어 들이겠습니다. 그런 다음에 적의 소굴을 파악하고 그 허실까지 탐지하여 대응하는 것이 좋겠습니다. 하관이 앞장을 서겠으니 대감은 제뒤를 따르소서."

"종사관 의견이 옳겠네, 반적들의 기세가 워낙 강성하고 그 무리들이 많으니 섣불리 대처 하다가는 오히려 당할 수도 있네, 박종사관의 말에 따르겠네."

박문수는 떠나기에 앞서 교련관(敎練官) 권희학(權喜學)에게 군사를 지휘하도록 했다.

오명항이 다시 이렇게 염려하였다.

"박종사관은 문경 새재 길을 잘 알고 있다니 다행이네. 그러나 만약 우리가 대군을 이끌고 고개를 넘을 때 적이 매복했다가 기습할 염려도 있지 않은가?"

그 말에 박문수는 이렇게 대답했다.

"대감께서는 염려마소서. 도적떼들은 안음(安陰)에서 일어났고 선산(善山)에서 막혔습니다. 도적들의 근거지에 대해 지세를 살펴보건데 상주가 선산의 뒤에 있으니 도적들은 아직 그 두 곳을 통과하지 못했을 것입니다."

"박종사관의 말도 일리는 있네만 그래도 나는 마음이 놓이지 않네."

"대감, 소관의 말을 우선 따라 주소서, 그래서 소관이 먼저 앞장을 서겠다는 것이 아닙니까, 만약 새재를 넘다가 복병이 나타난다면 이 박문수에게 책임을 물어 목을 베소서. 무릇 군대를 이동하는 데 있어서 적당한 시기를 놓쳐서는 아니됩니다. 우리가 먼저 유리한 지세를 장악 해야만 승리할 수가 있습니다."

"알겠네. 자네가 목을 걸 정도로 자신이 있다니 자네가 앞장을 서게. 나는 대군을 이끌고 그 뒤를 따르겠네."

오명항은 자꾸만 꽁무니를 빼려고만 했다.

박문수의 예견대로 새재에는 아무런 복병이 없었다.

박문수는 처음 의도대로 포수들을 안동에서 모집한 후 그곳 백성들에게도 안심하고 생업에 종사하라는 방문을 곳곳에 써붙이게 했다.

그런데 그 무렵 정희량(鄭希亮), 이능보(李能補)란 자가 안음(安陰)에서 거창 일대를 장악하고 합천을 거쳐 삼가군(三嘉郡)을 항복시킨 후 함양으로 진입하였다.

그들은 그 여세를 몰아 전라도로 진출하려고 했다.

그러나 운봉영장(雲峯營將) 손명대(孫明大) 등이 팔량고개(八良嶺)을 지키니 다시 거창 쪽으로 반란군을 포진시켰다.

박문수는 그 소식을 듣고 오명항과 함께 반란군을 토벌하고자 추풍령 고개를 넘었다.

바로 그 무렵 파발꾼이 급히 달려와 이렇게 보고 하였다.

"선산부사 박필건(朴弼建)과 군수 우하형(禹夏亨) 등이 합세하여 반역의 괴수 정희량 등을 잡아 죽였기에 급히 알리옵니다."

"어, 시원하다. 거 듣던 중 반가운 소리로다. 박종사관, 이제 어쩌면 좋겠는가?"

　오명항이 박문수에게 묻는 말이다.

　"대감, 역적의 괴수가 이미 죽었다니 다행입니다. 이제 반란군은 평정되었으나 백성들을 안심시키고 뒷처리를 하는 것이 문제입니다. 그러나 듣자니 거창, 안음, 함양, 합천이 난리를 겪느라고 폐읍이 될 지경에 이르렀다고 합니다. 백성들이 뿔뿔이 흩어져 산간으로 숨었으니 그들을 돌아오게 하여 다시 생업에 종사하도록 선무해야 하겠습니다."

　"그러면 그 일을 박종사관이 남아서 적극적으로 맡아주게. 나는 속히 상경하여 전하께 그 간의 전후사정을 상감께 고하겠네."

　결국 박문수는 홀로 남아서 영남일대의 민심을 수습하는 임무를 맡았다. 난리는 끝났으나 곳곳마다 텅텅 비어 사람구경을 하기 힘들 정도였다.

　박문수는 혼자서 말을 타고 사람들을 찾아다녔다.

　박문수는 또 이런 내용의 글을 곳곳에 써붙이게 하였다.

　　　이제 난리가 끝났으니 어서 돌아와 생업에 종사하라. 어쩔 수 없이 반적을 도운 경우 그 죄를 묻지 않겠다. 먼저 돌아오는 자들에 대해서 먼저 식량을 나누어 주겠다. 안심하고 돌아오라.

　　　　　　　　　　　　　　　　　　　　　　종사관 박문수

　그래도 백성들이 돌아오지 않아 박문수는 꾀를 쓰기로 했다.

　자신의 수하에 딸린 관속들에게 이렇게 지시하였다.

　"여봐라. 감옥에 갇힌 자 중에 죄가 가벼운 자들을 풀어주면 달아난 백성들이 나타날 것이다."

박문수의 예상은 그대로였다.

일반 백성들을 선무하는 한편 역적 무리에 가담한 죄가 무거운 자들은 가려내어 옥에 가두었다.

그런데 죄인을 가려내는 과정에서 박문수는 인간적으로 지극히 어려운 문제에 부딪히게 되었다.

그것은 함양군수 때문이었다.

그곳의 군수는 박사한(朴師漢)인데 그는 바로 박문수의 삼촌뻘이었다.

함양군수는 적들이 침범하니 적과 싸우다가 불리하여 달아났었다. 그런데 종사관 박문수가 조카이니 안심하고 돌아왔다.

군수가 달아났을 때 이방 최존서(崔存緖)와 토반(土班), 허격(許格)이 정희량에게 회유되었다.

최존서는 정희량에게서 가짜 군수로 임명받은 후 무기를 모조리 안음으로 옮겨 주었다.

허격은 비축된 관곡을 모조리 풀어 반란군에게 주었던 것이다.

그들을 잡아서 치죄하는 도중에 자기의 삼촌의 죄상도 알게 되었다.

'아아, 국법을 어겨가면서 삼촌의 죄를 눈감고 지나쳐야 하나? 손위의 삼촌을 내손으로 가혹하게 형법으로 다스려야 하나?'

박문수는 고뇌를 거듭하였다.

고뇌와 번민을 거듭하던 박문수는 '울면서 마속을 베던 제갈공명'의 심정으로 결국 삼촌을 법대로 다루기로 했다.

"숙부님, 어쩌다가 이 지경이 되어 서로 만나게 되었는지요? 인륜도 중요하지만 국법이 지켜져야 하니 저의 괴로운 심사를 헤아려 주소서."

"알겠다. 내가 나라에 죄를 졌구나. 나를 법대로 처리하여라. 너를 탓하지 않겠다."
"숙부님, 어쩔 수 없습니다. 이 비통한 심사를 무어라고 말할 수 없습니다."
박문수는 숙부 박사한을 다른 죄인과 함께 옥에 가두었다.
그리고 그 사실을 조정에 보고했다.
그 지방 양반들은 거의가 당파싸움에 염증을 느낀 나머지 반란에 가담했다.
박문수는 그들을 잘 위무하고 죄가 가벼운 자들을 풀어주었다.
"종사관 나으리, 숙부되시는 군수님을 옥에 가두면서도 우리들을 풀어 주시니 그 은혜 백골난망입니다."
"종사관 나으리, 우리는 당파싸움이 정말 싫어서 대궐을 뒤엎고자 했소이다. 꼴보기 싫은 자들 횡포를 대하기가 정말 싫었습니다."
"여러분들의 뜻을 알겠소, 지금 조정에서도 당파싸움의 폐해에 대해 뿌리를 뽑고자 온갖 정책을 마련하고 있소, 탕평책(蕩平策)이 바로 그것이오."
"탕평책이라는 것은 무엇이오니까?"
"탕평책은 노론이나 소론, 남인, 북인을 가리지 않고 인재를 고루 등용하자는 뜻이지요. 왕도탕탕(王道蕩蕩), 왕도평평(王道平平)을 추구하는 것이오. 앞으로 그런 정책을 계속 추구하면 당파싸움의 폐해도 줄어들 것이오. 그러니 여러분들이 적극적으로 나서서 백성들이 다시 돌아오도록 힘써 주시오."
"알겠습니다. 종사관 나으리."
"우리들이 잘 회유하겠습니다."
감옥에서 풀려난 그 지방 양반들은 고맙다고 거듭 인사한 후 집으로 돌아갔다.

난리판에 사방으로 흩어졌던 백성들이 다시 돌아왔다.
그러나 당장 먹을 식량이 없었다.
박문수는 각 영문에 남아있는 곡식을 골고루 나누어주었다.
이미 4월이 지났기에 백성들은 농사지을 시기를 잃어버렸다.
그들은 그해 살아갈 길이 막연하였다.
박문수는 그들을 먹일 수 있는 방법을 강구해야만 했다.
즉시 백성들의 곤궁한 사정을 세세히 조정에 적어 보고하였다.

전하, 신 박문수 엎드려 아뢰옵니다. 이곳 영남 일대는 난리가 평정되었으나 농사철이 지나서 백성들의 생활이 막연합니다. 하오니 우선 영남에 있는 진휼 창고에 비축한 곡식들을 모조리 나누어주고 다른 지역에서 여유 있는 곡식을 이곳으로 계속 보내주셨으면 합니다. 그러면 이곳 백성들이 나라의 은혜에 고마워 하면서 앞으로는 이번처럼 현혹되는 예가 없을 것입니다. 전하, 부디 어려운 백성들의 참상을 참작하시와 통촉하소서.

박문수의 상소를 접한 후 영조는 곧 어전 회의를 열었다.
그 결과 박문수가 요구한 사항을 들어주는 비답을 내렸다.

박문수는 난리를 평정한 후에도 약 두 달간을 하루도 쉬지 않고 선무하였다.
각도에 유사시에 대비하여 비축한 곡식을 거두어 영남 일대의 백성들에게 나누어 주었다.
박문수가 무사히 임무를 마치고 서울로 떠나려 할 때 백성들이 몰려나와 엎드려 감격하여 눈물을 흘렸다.
"종사관 나으리, 죽게된 저희들을 구하셨으니 이 은혜 무엇으로 보답하리까?"
 "저희들은 전에도 어사또 때 숱한 억울한 사람을 나으리께서 구해주신 줄 잘 알고 있습니다. 이제 죽게된 저희들을 살리셨으니 머리털을 베어 신을 삼아 드려도 그 은혜를 갚을 수 없을 것입니다."
 "소인들은 비로소 나라의 은혜도 알게 되었습니다. 어리석어서 도적에게 넘어갔는데 벌하지 않고 오히려 살려주시니 그 은혜에 목이 메입니다."
 "여러분! 누구나 한 때의 잘못은 있을 수 있소. 그리고 사람이 살다보면 온갖 난관과 고충에 부딪히게 되오. 그럴 때일수록 힘을 내고 서로 단결하고 협동하며 살아야 하오."
 "종사관 나으리, 소인들의 절을 받으소서."
 "절 받으소서."
 땅에 꿇어 엎드리는 백성들도 있었다.
 "여러분, 이러지 말고 어서 일어나 집으로 가오."
 박문수가 아쉬운 작별을 나누고 서울로 향하니 입었던 옷을 깔고 그것을 밟고 지나가기를 원하는 사람도 있었다.
 난리 평정에 대한 공로도 컸거니와, 박문수가 친부모나 형제처럼 대하며 구제해 준 데 대하여 너무나 고마워했다.
 백성들의 입에서 입으로 박문수의 공적이 널리 퍼져나가 점점 이름을 떨치게 되었다.
 서울로 돌아온 박문수는 그간 난리 평정과 백성들을 선무한 데 대하여 임금에게 복명을 했다.
 "종사관, 참으로 수고가 컸도다. 과인이 곧 상을 내릴 것이니 물러가 쉬도록 하라."
 "전하, 신을 포상하기 보다 어려운 백성들을 구제하는데 더욱 배려하소서."

"알았노라. 대신들과 협의하여 결정할 것이니라."

영조는 곧 영의정 이광좌(李光佐)와 좌의정, 우의정과 함께 다음과 같이 농공행상을 하기로 결정했다.

먼저 병조판서 오명항이 일등공신으로 책록되었다.

다음 박문수는 2등공신, 영성군(靈城君)으로 봉해지는 영광을 누렸다.

난리를 평정한 데 있어서 오명항이 일등공신으로 책록된 것은 최고 책임자였던 까닭도 있지만 박문수가 자신의 공의 일부를 그에게 미루었던 원인도 있다.

박문수는 난리를 평정시키고 그 뒷처리까지 훌륭하게 감당함으로써 영조의 깊은 신용을 얻게 되었다.

그로 인하여 군신지간이 부자지간처럼 더욱 돈독해졌다.

그러나 남이 잘되면 공연히 배 아파하는 무리들이 있었다.

박문수는 개의치 않고 소신껏 자신의 뜻을 펴면서 실천하고 있었다.

박문수는 성격이 강직하여 아첨파들을 매우 싫어했다.

반대파들은 어떻게 하든 박문수에게 보복하려고 기회를 노리고 있었다.

"박문수! 저자의 힘이 더 강해지기 전에 그를 꺾어야 해."

모이기만 하면 그렇게 수근덕거렸다.

난리가 그친 후 이인좌와 주모자들 60여명이 처형되었다.

밀풍군도 감시를 당하다가 1년이 지나서 사약을 받게 된다.

한편 영조는 이번 난리가 노론과 소론의 싸움이라고 보고 그 싸움을 막고자 양파의 대표들을 불러 서로 화해시키고자 손을 잡고 말했다.

"이번에 난리가 일어난 것은 모두가 화합하지 못한 데서 비롯되었소. 경들과 경들의 동지들은 이제부터는 분쟁을 지양하고 서로 손잡고 국사에 힘써주기 바라오. 과인도 앞으로는 노론이나 소론을 구분않고 인물에 따라서 능력껏 기용하겠소."

"전하, 황공 하옵니다."

"지당하신 분부입니다. 전하."

그들은 당장은 시원스럽게 대답했다.

그러나 오랫동안 지속된 당파간의 파쟁은 그렇게 간단히 해결될 문제가 아니었다.

영조는 다시 애원하듯 이렇게 간곡히 당부하였다.

"오랜 당파싸움의 폐해가 그동안 얼마나 심대한 결과를 초래했는지 경들도 잘 알고 있을 것이오. 그러나 전날의 원한을 잊고 서로 화합하여 국사에 전념하도록 하오."

그러나 양측의 거두들은 들은체 만체 하였다.

그 후에도 노론과 소론간의 당파싸움은 점점 치열해졌다.

영조가 아무리 당쟁을 없애려고 노력했으나 응하지 않았다.

그 무렵 당파에 휩쓸리지 않고 그 폐해를 막으려는 사람은 영조와 우의정 송인명(宋仁明), 그리고 박문수 뿐이었다.

"노론과 소론은 물과 기름과 같다. 그것을 합치려는 것은 어리석은 정책이다."

"탕평정책? 흥, 웃기는 소리지. 견원지간인 노론 소론을 화해시키기를 바라느니 오뉴월 쇠불알 떨어질 때를 바라는게 낫지"

"임금과 송인명과 박문수는 무슨 당도 아니라고? 천만에, 그들은 바로 탕평을 부르짖는 탕평당이지."

그들은 이렇게 뒤에서 야유하였다.

"흥, 노론놈들 두고 보아라. 아예 씨를 말려 버릴 것이다."

소론측도 모이기만 하면 상대를 물어 뜯으려고 호시탐탐 기회를 노렸다.
 "간을 꺼내어 씹어 먹어도 시원치 않을 놈들, 노론 놈들을 몽땅 쓸어 버릴 테다!"
 그들은 선조 8년에 동서 분당이 되고 그 이후로 계속 싸우는 동안 할아버지나 부모들 끼리 서로 죽이고 죽는 악순환을 연출했기에 그 원한이 골수에 깊이 맺혀 있었다.

경상도 관찰사(觀察使)

 영조 4년 4월, 박문수는 통정대부(通政大夫)가 된후 경상도 관찰사로 부임하였다.
 경상도 일대에서 크게 민심을 얻었기에 그에게 관찰사 임무가 부여 되었다.
 박문수는 부임한 그날부터 백성들의 고충을 세세히 살피고 억울하게 옥에 갇힌 자들과도 면담하고 방면하기로 했다.
 박문수는 그동안 보고 겪었던 숱한 폐단을 개혁하고자 노력하였다.
 그중에서도 양역(良役)의 폐단이 아주 심한 편이었다.
 양역이라는 것은 국가에서 양민을 대상으로 거두어 들이는 세금이나 부역 등이다.
 양반에게는 적용되지 않고 양민들만 의무적으로 내는 세금이다.

박문수는 암행어사 시절에 지방의 수령방백들이 힘없는 백성들을 대상으로 양역을 빙자하여 가렴주구하는 사례를 반드시 개혁시켜야 겠다고 절실히 생각했다.

박문수는 또한 감영(監營)에서 사사로이 모집하는 징병의 폐단도 혁파시키기로 결심했다.

박문수는 지난날의 경험을 바탕으로 주로 징병문제, 세금문제에 대해 강력히 개혁을 추진하였다.

특히 공신(功臣)들의 후손들이 군무를 피하는 사례에 대해서도 날카롭게 지적하고 평민과 같이 대하려고 했다.

못된 관리들은 힘없는 백성들을 대상으로 노약자마저 강제로 모집한 후 면제시켜 준다는 조건으로 양역세를 물게하여 백성들의 원성이 매우 높았다.

그것을 개혁하려는 과정에서 기득권을 누리던 특권층의 반발이 매우 거셌다.

이 무렵 박문수는 이러한 내용의 장계를 써서 임금께 올렸다.

전하, 이곳 영남 일대에는 양역으로 인해 시달림을 받는 백성들이 많습니다.
신이 몸소 가려낸 바 무려 28,290 여 명에 이릅니다.
신이 과감히 그 문제를 개혁시키고 있는데 방해하려는 세력이 있습니다.
만약 이 문제를 그냥 못본체 방임한다면 장차 크나큰 화근이 될 것이옵니다.
지금 난리가 그친 직후라서 국가의 재정이 매우 부족한 때입니다.
그런데 특히나 나라의 은혜를 많이 받는 기득권층들이 세금과 병역을 기피하는 현상이 많습니다.
신은 지방 수령 방백들이 나라의 땅을 부당하게 소유하고 불법으로 그 소출을 가로채는 사례에 대해서도 그 폐단을 개혁시켜 전정(田政), 23,900 여결(結)을 국가에 환수시켰습니다.

 박문수는 지방의 권세자들이 불법으로 소유한 땅을 다시 7,600여 결을 찾아냈다.
 그리고 그 동안 그들이 임의로 가로챈 전지(田地) 2,170 여결, 그리고 백성들을 강제로 부역시켜 개간한 18,300 여결도 찾아 나라에 환수시켰다.
 그러니 국가의 재정이 한결 튼튼하게 보충되었다.
 일반 백성들은 박문수를 하늘처럼 떠 받들었다.
 그러나 불이익을 당한 지방의 권력자들은 연합세력을 구축하여 박문수를 모함하고 해치려고 기회를 노렸다.
 심지어는 서울의 세력가와 줄을 잇대고 박문수를 제거, 또는 파직시키고자 온갖 악랄한 수법을 동원하였다.
 그들은 온갖 유언비어를 퍼뜨리고 집요하게 박문수를 해치려 들었다.

 영조 4년(1728) 7월.
 박문수는 임금의 초청을 받고 회맹제(會盟祭)에 참석하고자 모처럼 서울로 올라왔다.
 회맹제는 국가의 난리를 평정하는데 공을 세운 신하들을 모아 제사를 지내는 의식이다.
 왕은 경복궁 뒷편 신무문(神武門) 밖 제전(齊殿)에 나아갔다.

목욕재개한 후 7월 16일 4경(更)초에 회맹단 아래로 옥보를 옮겼다.

제일 먼저 왕세자가 맞이하고 승지(承旨)와 사관(史官)이 좌우에 입시(入侍)하였다.

임금은 다시 정수대 위에 놓인 정결한 물에 다시 어수를 씻었다.

교위(敎位)에 나아가 정중하게 북향사배(北向四拜)하였다.

계단 앞에 있는 단으로 천천히 올라가서 술잔을 세 번 올리고 다시 내려와 북쪽으로 향하여 오른쪽에 꿇어 앉았다.

그때 승지가 조심스럽게 다가와서 혈반(血盤)을 두손으로 왕에게 바친다. 혈반에는 검은소(黑牛)나 백마(白馬)를 잡아서 그 피를 받은 그릇이 놓여있다.

임금은 피를 어수로 세 번 찍어서 자신의 입가에 세 번 묻힌다.

다음에는 공을 세운 등급에 따라서 임금이 손수 그들의 입가에 피를 세 번 찍으며 이렇게 맹세한다.

"과인은 경과 바다가 변하여 뽕나무 밭이 되더라도, 산이 무너져 숫돌이 되거나 강물이 실개천이 되더라도 서로의 맹세에 영원히 변함이 없을지어다."

공신들에게 일일이 그렇게 대한 후 임금이 다시 북향사배를 한다.

그것으로 의식이 끝난다.

임금이 다시 제전으로 들어간다.

회맹제가 끝나면 왕은 공신들이 바치는 상주문(上奏文)을 읽는다.

이번 회맹제에 영조는 특별히 박문수를 참석시키고자 영남어사로 내려간 이종성(李宗城)에게 편법을 써서 박문수 대리로 임시직을 맡게 하였다.

회맹제가 끝난 후 박문수는 군신지간에 의례적인 인사를 하고 곧 자신이 느낀 바를 이렇게 주청하였다.
　"전하, 이번 난리에 가담한 혐의를 받는 유몽서(柳蒙瑞), 권덕수(權德秀) 등은 아직 죄명이 결정되지 않고 있다고 들었습니다. 황익재(黃翼再), 권만실(權萬實) 등은 아직도 죄의 유무를 가리지 못하는데 대해 한 말씀 올리겠습니다. 속히 죄의 유무를 가려서 죄가 드러나면 법대로 처리하고 관련이 없으면 석방시키는 것이 좋겠습니다. 옥사는 신중히 하되 신속해야 합니다."
　"경의 말에 대해서 과인이 곧 처리할 것이니 염려마오."
　박문수는 다시 이렇게 아뢰었다.
　"전하, 신이 영남쪽에서 임무를 수행하는 도중에 상주(尙州)의 사대부(士大夫)들이 절의 중들을 함부로 학살하는 사례가 드물지 않았습니다. 중들도 이 나라의 솔토지민이니 그러한 폐단이 다시 일어나지 않도록 예방책을 강구해야 하겠습니다."
　"경이 그 방지책을 말하면 과인이 곧 비답을 내리겠소."
　"전하, 영남의 52읍(邑) 수령방백들은 거의가 양민들을 수탈하는 경향이 많습니다. 여기에 대해 다시 자세히 글로 적어 올리겠습니다. …… 남쪽의 무신(武臣)들은 서울의 대신들에게 뇌물을 바치는 사례가 많습니다. 좋은 자리로 영전하려거나 아첨하여 자기 세력을 키우려는 것입니다. 그들이 바치는 뇌물은 거의가 양민들의 고혈을 빨아서 착취하는 것이니 이런 폐단을 시급히 없애야 하겠습니다. 전하께서는 앞으로 수령들을 선택할 때 각별히 엄선하셔서 양민이 보호 받도록 배려해 주소서."
　"알겠소. 경이 과감히 그 일을 계속하도록 협조하겠소."
　"전하, 이번 난리 때 군병을 이끌고 가서 적을 막았으니 이는 조종(祖宗)이 인덕(仁德)이 있는 소치라 생각됩니다. 앞으로 수령들을 뽑으실 때 신중을 기하시고 연소한 문관(文官) 중에서 지혜로운 자들을 각곳에 보내어 풍토의 물정과 수령 방백들이 그 소임을 제대로 하는지 감찰하여 보고를 하게 하시면 온갖 폐단을 줄일 수 있습니다……."

박문수의 거듭된 주청에 의해 영조는 기꺼이 가납(嘉納)하였다.

모처럼 서울에 올라와서 자신이 개혁하고 싶은 사항을 당당하게 주장한 후 박문수는 다시 영남으로 떠났다.

현지에 내려가서 오로지 가난하고 힘없는 백성들을 위하고 공무에 충실했다.

그러나 반면에 박문수 때문에 불이익을 당한 세력들이 박문수를 음해하려고 들었다.

정여창(鄭汝昌), 강대수(姜大遂) 등이 이를 갈면서 기회를 노리고 있었다.

이도장(李道章)이 그중에서 가장 악의적인 상소를 올렸다.

영조 5년 1월이었다.

조정에서는 승지 오광운(吳光運)을 경상도로 특파하여 이도장(李道章)이 상소한 내용에 대해 뒷조사를 시켰다.

이도장은 '너 죽고 나 죽자'는 식으로 정희량 사건 때 박문수가 적과 내통했다고 무고하게 모함하는 상소를 올렸다.

"정희량이 작년에 난을 일으켰을 때 박문수는 소사령(素沙嶺)의 적진(敵陳)과 내통한 적이 있으니 속히 잡아다가 문초하소서……."

영조는 '자라보고 놀란 가슴 솥뚜껑 보고도 놀란다'는 격으로, 설마하면서도 의심이 더럭 났다.

당시 박문수는 경상도 관찰사이기에 조정에서 승지 오광운을 특파시킨 것이다.

　소사령은 안음과 무주의 경계선에 위치한 고개이다.

　그곳에서 정희량이 반란군을 일으켰다.

　이도장은 그곳의 세도가로서 횡포가 매우 심했다.

　그는 나라에서 쌓은 제방, 거기에 속한 땅을 불법으로 많이 소유하고 있었다. 제방을 소유하고 농사철에 그것을 이용하여 힘없는 백성들에게 부당한 조건을 내세워 착취를 일삼았다.

　가뭄때 물을 막아서 농사를 못짓게 한다거나, 여러모로 못된 짓을 하였다.

　박문수가 그 사실을 밝혀내고 영문(營門) 안으로 잡아들여 죄를 다그치며 곤장을 때린 적이 있었다.

　그는 박문수를 원망하면서 앙갚음할 기회를 노렸다.

　그러던 중에 박문수에게 불만을 품은 세력과 결탁하여 모함하는 상소를 올렸던 것이다.

　조정에서는 승지 오광운을 보내어 사실 여부를 밝히게 했다.

　오광운은 매우 판단력이 정확하고 명철한 사람이었다.

　말의 진원지를 캐고 관련자들을 조사한 결과 사실무근이라는 것이 드러났다.

　그래서 곧 상경하여 임금에게 사실대로 아뢰었다.

　"내가 공연히 의심했도다. 박문수가 역적들과 내통했을 리 있나! 과인이 각별히 그에게 유시(諭示)를 내리겠으니 속히 박문수에게 전하라."

　박문수는 자신이 모함을 받았다는 것과, 그 말에 넘어가 뒷조사를 시킨 임금에게 섭섭한 감정을 금할 수 없었다.

　"아아, 내가 부덕한 탓이로다!"

　스스로 탄식하면서 석고대죄하고 어명을 기다리고 있을 때이다.

박문수에게 임금의 유시가 전해졌다.

임금은 충성스러운 영성군에게 이르노라. 경에 대한 불미스러운 잡음이 있었기에 특별히 승지를 급파시켜 뒷조사를 한 결과 사실무근인 것으로 판명되었다. 경상도의 호강(豪强)한 무리들이 경의 절조와 충직함으로 인해 자신들이 불이익을 당하니 모함했다는 것이 밝혀졌다. 경은 조금도 동요함이 없이 그 자리를 지키고 있으라.
만일 그 자리에서 떠나 대죄하면 그것은 곧 간사한 무리들의 계략에 빠지는 것이다.
계속 소신대로 과감히 온갖 폐단을 개혁시키기 바라노라.
그자들의 횡포를 바로잡고 계속 백성들을 잘 보살피기 바라노라.
승지 오광운이 그들을 문초한 결과 그들이 이미 경이 무고하다는 것을 자백하였다…….
군신지간에 약간의 오해가 있었으나 과인의 오해가 이미 풀렸노라.
72 고을의 백성에 대한 안위를 경에게 위임했으니 사퇴하지 말고 오로지 백성을 잘 다스리기 바라노라.

유시를 받아본 박문수의 눈에서는 뜨거운 눈물이 흐른다.
"전하, '여자는 자기가 은애하는 대상을 위해 화장을 하고 선비는 자신을 알아주는 주군(主君)을 위해 죽는다'고 했습니다. 오랜 병폐를 개혁시키는 과정에서 강성한 자들의 반발이 제 아무리 거셀지라도 끝까지 관철시키도록 최선을 다하겠습니다. ……"

박문수는 자신의 소신대로 일할 것을 스스로 거듭 다짐하였다.
영조는 박문수를 신임한다는 내용의 유시를 내렸다. 그러나 이번에는 수찬(修撰) 이호신이 다시 박문수를 탄핵하는 상소를 올렸다.

　전하, 영성군 박문수는 역적들과 내통한 혐의가 많고, 또 많은 사람들의 원성을 사고 있습니다.
　지금 경상도 일대의 사류(士類)들과 부호들이 박문수의 횡포에 크게 반발하고 있다고 합니다……. 박문수의 죄를 엄히 문책하소서.

상소가 거듭 올라오자 영조는 직접 이호신을 불러서 엄하게 꾸짖었다.
"박문수에 대해서는 승지 오광운이 이미 뒷조사를 하여 무고하다는 것이 판명되었다. 그런데 무엇 때문에 다시 그를 물고 늘어져 평지풍파를 일으키려고 하느냐?"
"전하, 신하들을 편애하여 죄인을 비호하시면 어떻게 국법이 지켜지겠습니까……?"
"무어야? 무엄한 것 같으니, 과인이 편애를 한다고? 국가의 공신을 모함하려 드는 너같은 자가 오히려 벌을 받아야 한다."
영조는 즉시 어명을 내려 박문수를 탄핵하는 상소를 올린 이호신을 귀양 보내라고 어명을 내렸다.
남을 시기하고 모함하다가 오히려 귀양을 가게 되니 이호신은 더욱 앙앙불락 하였다.
그 무렵 박문수는 거창과 함양 두 읍(邑)을 부(府)로 승격시켜 달라고 임금에게 청하던 때이다.
박문수는 계속 자신에게 모함이 따르자 스스로 사직하겠다는 내용의 상소를 올렸다.
  그러나 임금이 윤허하지 않아 그냥 경상 관찰사로 지내면서 우울한 나날을 보냈다.

수재민을 구제 했으나……

 영조 5년(1729) 늦여름이었다.
 장마철을 맞아 박문수는 곳곳을 순시하고 있었다.
 그때 바다에서 집이 부서진 서까래나 기둥, 심지어는 시체를 담은 관까지 바다에 둥둥 떠밀려 왔다.
 온갖 표류물이 자꾸만 떠밀려 오는 것을 보고 박문수는 크게 걱정을 했다.
 '아아, 저것은 분명히 관동지방(강릉을 비롯한 영동지방)이 아니면 북관지대(北關地帶)에 홍수가 난 것이 분명하다. 그렇다면 숱한 이재민들이 생겼을 터이니 무엇보다도 우선 곡식을 보내 주어야겠구나! 조정에 알리고 윤허를 받자면 시일이 오래 걸려 이미 때가 늦는다. 그런데 홍수난 지역이 어딘지 분명히 알아야 할 텐데……?'

박문수가 혼자서 고심하다가 돌아설 때이다.
박문수가 탄 말등에 편지가 놓여 있었다.
그리고 저만치 삿갓 쓴 이인이 느릿느릿 걸어가고 있었다.
"이상하다? 무어라고 적혀 있나?"
박문수가 편지를 펴보니 이렇게 적혀 있었다.

　지금 북관지방에 큰 홍수가 났으니 공께서는 서둘러 곡식을 보내 주시기 바라오.

편지를 읽고나서 바라보니 이인의 모습은 벌써 보이지 않았다.
'아아, 나는 그 동안 깜박 잊었구나. 저 이인은 항상 수호신처럼 지켜주고 하늘의 뜻을 내게 전하는 대리자가 분명하구나. 내 어찌 그 뜻을 거부할까 보냐!'
박문수는 신속히 감영으로 가서 즉시 관속들에게 명령을 하달했다.
"지금 북관지대에 홍수가 나서 이재민이 생기고 굶어 죽을 지경이다. 어서 제민창(濟民倉)에 저장한 곡식을 한시 바삐 서둘러 북관으로 보내어 굶주린 이재민을 구출하도록 하라."
박문수의 명령이 떨어지자 막하에 따른 관속들이 일제히 반대하였다.
"조정에 보고하지 않고 곡식을 다른 곳으로 올기면 후일에 책임 추궁이 돌아올 것입니다."
"우선 조정에 먼저 보고한 후 허락이 떨어지면 보내는 것이 좋겠습니다."
"아닐세. 그러는 동안 시일이 늦게 걸려 이재민들이 굶어죽을 것이다. 만약 우리가 그런 처지를 당했다고 생각해 보아라. 뒷책임은 내가 질 것이니 우선 먼저 보내자. 승락은 내가 임금께 추후에 받을 것이다."

박문수는 급히 유사시를 대비하여 비축했던 곡식들을 백수십 척의 배에 옮겨 싣도록 했다.

오늘날처럼 방송, 전파 등 통신수단이 원활치 못한 상태에서 박문수의 예리한 판단과 신속한 조치는 참으로 현명하고 과감한 행동이었다.

남의 불행을 강건너 불보듯 방관하지 않으려는 데서 그의 인간적인 면모가 여실히 나타난다.

한편 함경도 일대에는 큰 홍수가 나서 집이 떠내려가고 사람이나 가축들도 많이 죽었다.

살아남은 사람들도 거의 20일이 되도록 먹을 것이 없어 굶고 있었다.

함경감사는 급히 조정에 요청하기를 경상도 일대에 비축된 곡식들을 속히 보내 달라고 했다. 그러나 당시의 교통수단으로는 아직 쌀이 도착할 때가 아니었다. 바로 그러한 때에 바다에서 곡식을 가득 싣고 기를 꽂은채 포구로 들어오는 수십 척의 배가 들어왔다.

그것을 보는 사람들마다 절망 상태에서 생기를 얻고 기뻐서 소리쳤다.

"우와, 이젠 살았다!"
"배마다 곡식이 가득하구나!"
"아아, 하늘이 도왔는가 봄세."

굶주린 이재민을 비롯하여 모두들 환호하였다.

함경감사도 보고를 받고 직접 나와서 확인한 후 경상도 관찰사 박문수에게 고마움을 표시하였다.

"경상도 관찰사는 참으로 선견지명을 지녔구나. 어서 저 곡식들을 운반하여 굶주린 이재민들을 구제하라."
 감사의 명령이 떨어지자 관속들도 신이나서 일꾼들을 지휘 감독하였다.
 박문수가 보내준 곡식으로 10여 개의 군에서 이재민들이 목숨을 부지할 수 있었다.
 북관지대의 이재민을 도와준 일로 인해 박문수는 훗날 함경감사가 되어 함흥(咸興)으로 부임하게 된다.
 그때 함흥의 만세교(萬歲橋)에 그곳 사람들이 박문수가 부임하기 전부터 그 공적을 찬양하는 송덕비(頌德碑)를 세운 것을 대하게 된다.
 "내게 무슨 공적이 있단 말인가? 당연히 내가 해야될 일이거늘, 어서 저 비석을 뽑아라."
 부임하던 길에 그렇게 명령하자 환영 나왔던 그 지방의 노인들이 한사코 반대하였다.
 "소인들은 그때의 은혜를 잊을 수 없습니다. 자발적으로 세운 비석을 이제와서 뽑으라니요. 아니됩니다."
 "제발 우리들의 고마움을 표하는 저 비석을 그냥 두소서."
 "백성들의 간청을 물리치지 마소서."
 결국 박문수는 그들의 간청을 끝까지 물리칠 수 없어 그냥 두었다.
 그때의 송덕비는 지금까지 전해지고 있다고 한다.

 박문수는 경상도의 72고을을 통털어서 학문을 권장하고자 해당 고을마다 훈장을 두고 글을 가르치도록 장려했다. 옛날 국자감(國子監)에서 학생들이 승보(昇補)하던 방법을 보완하여 시험도 보게 하였다.

　그러는 한편 무사(武士)들을 모집하여 무예를 연마시키고 성적이 좋은 사람에게는 포상하였다.

　선비들 중에 학덕이 높은 사람에게 거기에 합당한 임무를 맡기고 예우 하였다. 또한 이런 방을 널리 써붙였다.

　경상도 백성들에게 널리 알리노라. 도내에서 고을마다 효자, 충신, 열부 등을 뽑아 올리면 표창하겠노라. 비록 신분이 천한 노비일지라도 본받을 점이 있으면 곡물이나 비단 등을 주고 표창(表彰)하리라.

경상도 관찰사 박문수

　충효사상은 영원히 본받을 귀감이며, 열부나 정녀(貞女)를 표창하는 데서는 윤리도덕, 기강을 세우고자 함이었다.

　그리고 신분이 천한 노비라도 본받을 점이 있으면 표창하겠다는 데서도 그의 인본주의(人本主義), 오늘날로 말하자면 민주주의와 휴머니즘의 원류를 엿보게 한다.

　박문수가 표창한 숫자는 이러하다.

　　효자, 64 명
　　효녀, 7 명
　　충신, 3 명
　　효부(孝婦), 21 명
　　절부(節婦), 13 명

그 밖에 충실한 노비 및 우애 좋은 형제등도 선발하여 모두 141명에게 상을 내리고 정표(旌表)를 세워 주도록 했다.
　신분이 천한 노비를 면천(免賤)시켜 주었다.
　박문수는 또한 이렇게 세심하게 백성들의 고충을 덜어주고자 했다.
　"지금 각 고을마다 방을 내붙이도록 하라. 집안이 빈곤하여 결혼하지 못하는 처녀나 총각을 결혼시켜 주겠다고, 희망자는 즉시 신청하도록……"
　박문수가 이토록 선정(善政)을 베풀자 그곳 경상도의 민심이 안정되었다.
　그 무렵 조정에서 이렇게 박문수에게 특별한 임무를 부여하는 어찰을 보냈다.

　　영성군 박문수에게 이르노라. 과인은 유사시에 대비하고자 고심하는 바이다. 그러자면 도내(道內)의 벼슬아치들 끼리의 이해관계(利害關係)에 대해 그 동정을 살펴 자세히 보고하기 바란다.
　　……
　　그리고 경상도 일대의 중요한 군사 요지에 대해서도 상세히 일러주기 바라노라.

　박문수는 즉시 수하의 관속을 불러 이렇게 지시하였다.
　"너희들은 어서 화사(畵師-그림을 잘 그리는 사람)들을 불러 군사 요충지, 고개마다 그 지세 멀고 가까운 거리를 상세히 그려 바치게 하라."
　풍기의 죽령(竹嶺), 문경의 조령(鳥嶺), 금산의 추풍령(秋風嶺),

함양의 팔량치(八良峙) 등은 경상도 접경의 중요한 곳이니 그곳을 중심으로 군사들 진영(鎭營)을 가까이 이전시킬 것이다. 각자 현지로 가서 그 실태를 상세히 살펴 보고하라…….
　나라의 병력에 관한 제도는 갑자기 변경할 수는 없다. 그러나 국방의 중요성을 모두가 인식하고 한시도 소홀히 해서는 안된다. 앞으로 병력 문제를 본읍의 동오군(東伍軍)과 납포군(納布軍)을 소집하여 유사시에 대처할 방침이다. 군량을 저축하여 창고에 잘 보관하고 관리에 만전을 기하라."
　'명장 수하에 약졸이 없다'는 말처럼 상급자가 철저하게 솔선수범하니 그 수하에 딸린 관속들도 서로가 질세라 자신들의 임무에 충실하였다.
　박문수가 그곳에서 선정을 베풀고 심지어는 자신의 사재를 털어 빈곤한 대상을 구제하니 꼴베는 아이들, 무식한 촌아낙네 마저 그 덕을 널리 칭송하였다.
　박문수는 다음해에도 영남에서 저축한 곡식 3만 8천 석을 함경도 지방으로 보냈다.
　그곳 일대에 거듭 흉년이 들었기 때문이다. 그런데 조정의 신하들은 또다시 박문수에게 곡식 1만석을 함경도 지방으로 보내라고 명령을 하달했다.
　자기 관할에서 곡식을 다른 곳으로 보내면 그만큼 재정이 어려워진다.
　그러니 그런 귀찮은 일은 박문수에게 모두 떠맡기려는 것이었다.
　박문수는 그 속셈을 알고 거절하였다.
　"우리는 그동안 넉넉치 못한 상태에서도 지난 2년간 관북지방으로 쌀을 보냈소. 그러니 이제는 다른 곳에서 지원하는 것이 바람직하다고 보오."

박문수를 밉게 보았던 세력들이 일제히 중구난방으로 떠들어댔다.

"전하, 박문수는 경상관찰사로서 감히 관명(官命)을 거역하니 그를 잡아다가 죄를 다스리소서."

"그의 관직을 삭탈하소서."

결국 박문수는 서울로 소환되었다.

영남의 백성들은 그 내막을 듣고 한결같이 눈물로 전별하였다.

서울로 올라온 박문수는 당당히 자신의 소신을 밝혔다.

그동안 숱한 모함을 받았던 박문수는 벼슬살이에 회의를 느꼈다.

"아아, 전에 내가 금강산에서 선도를 배울 때 대선사께서 말씀하셨지. 공신성퇴(功身成退)하라고…… 큰 공을 못세울 바에야 차라리 초야로 돌아가리라!"

몹시 심신이 지친 상태에서 또다시 박문수를 시기하는 무리들이 탄핵하기 시작했다.

비극의 씨앗

　박문수를 탄핵한 자들, 그 내면에는 정치적인 당쟁이 그 원인으로 작용하기 때문이었다. 노론과 소론이 서로 견원지간이 된 그 원인을 알자면 숙종 말기로 소급되어야 한다. 이른바 김일경(金一境)이 관련된 사건이다.
　때는 숙종 43년 8월.
　병상에 누운 숙종은 당시 신임하던 우의정 이이명(李頤命)을 불렀다.
　군왕이 정승을 대할 때면 반드시 승지(承旨)가 따르고 사관(史官)이 군신지간의 대화를 기록하도록 정해져 있다.
　그러나 병환이 침중한 숙종은 궁중의 법도를 무시하고 주변의 사람들을 모두 물리치고 이이명과 독대(獨對)했는데 숙종의 말씀 요지는 이런 것이었다.

"우상, 과인의 병이 날로 깊어가니 후사가 걱정이오. 지금 동궁 (훗날 경종)은 병약하여 자주 앓으니 이번 기회에 제 2 왕자로 대통을 바꾸면 어떨까 해서……"

이이명은 워낙 중대사이기에 임금의 눈치를 살피며 조심스럽게 말을 꺼냈다.

"전하…… 방금 하교하신대로 동궁을 바꾸시겠다 하시는 뜻은 불가한 줄 아옵니다. 비록 동궁이 건강이 좋지 못하다 하나 신 등이 한 마음 한 몸이 되어 보필하면 큰 문제가 없을 것이옵니다. 전하께서 우선 대리청정이라도 시키셔서 훗날을 도모하심이 옳을 줄 아옵니다."

"으음…… 알겠소."

숙종은 무엇을 생각했는지 천천히 고개를 끄덕거린 후 이이명을 돌려 보냈다.

그후 이이명이 임금을 독대했다는 그 사실을 두고 온갖 구구한 억측을 했다.

반대파에서는 이이명이 상감에게 입방아를 찧어 대리청정을 하도록 했다고 떠들었다.

경종이 동궁이었을 때 세자빈이었던 단의 심씨(端懿沈氏)는 26세의 나이로 세상을 떠났다.

그 뒤를 이어서 어유구(魚有龜)의 딸을 세자의 계빈(繼嬪)으로 맞아들였다.

어유구는 당쟁의 와중에서 눈치 빠르게 처신하는 사람이었다.

그는 소론 쪽의 세력과 내통하고 있었다.

당시 노론의 대표자인 영의정 김창집(金昌集)은 어유구의 행동을 감시하고자 그의 집에 밀정을 보냈다.

어유구의 매부 김순행(金純行)을 이용하였다.

그러한 상황에서 김순행은 김창집의 심복이 되어 그의 손발 노릇을 했다.
　동궁(훗날 경종)이 보위에 오르더라도 신병(身病)으로 인해 오래 살 수 없을 뿐만 아니라 자식을 낳을 수 없다는 것을 간파한 후 노론과 소론은 서로가 자신들이 내세우는 왕자를 왕세자로 삼고자 암투를 벌였다.
　훗날 왕위에 올랐으나 경종은 병환으로 회생불능의 지경에 이르렀다.
　그때 왕대비 인원김씨(仁元金氏)가 경종에게 주청하여 경종은 이러한 내용의 전지(傳旨)를 내리게 했다.

　　나는 이미 병세가 매우 침중하여 소생될 가망이 거의 없도다. 국사가 막중하니 하루라도 보위를 비워 둘 수가 없어 국정을 왕세제에게 대리케 하고자 이 전지를 내리노니…….

　전교가 내리자 조정은 또다시 술렁거렸다.
　소론은 권력의 판도가 바뀌게 되니 당황했고 노론도 아직 완전히 세력을 장악하지 못한 상태기에 불안감을 느끼기는 마찬가지였다.
　삼사(三司)에서 전교를 거두어 달라고 했으나 경종은 듣지 않았다.
　영의정 김창집, 좌의정 이건명(李健命), 판중추부사 조태채(趙泰采) 이이명 등 주로 노론파에 속한 대신들이 연좌하여 합동으로 계(啓)를 올렸다.
　왕세제에게 대리청정을 시키라는 어명을 거두어 달라는 내용이었다.
　좌참찬 최석항(崔錫恒)도 환후 중인 경종에게 전교를 거두어 달라고 역설했다.

"전하, 왕세제에게 대리청정을 맡기신다는 전교를 거두어주소서. 황공 하옵니다."

"도대체 왜들 이러시오? 나는 곧 떠날 것이오. 신환으로 고통스런 사람의 심기를 어지럽히지 마시오. 어서 물러들 가오."

이리하여 결국 세력의 판도는 노론파 쪽으로 기울어지게 되었다.

양자를 들여 대통을 물려주자고 주청하여 세력을 잡으려던 소론파들은 위기의식을 느꼈다.

노론에서 추대한 왕세제가 보위에 오르면 자신들이 몰락한다는 것이 너무나 뻔했기 때문이다.

소론파의 조태구는 그날 밤중에 급히 내전으로 들어가 임금을 뵙고자 했다.

"여보게 승지, 내가 급한 용무로 상감을 독대(獨對)해야겠으니 어서 안내 하시게."

"아니 됩니다. 아무리 정승이라도 밤중에 독대하시는 것은 아니 됩니다."

승지의 말은 당연하기 때문에 탓할 수가 없었다.

"이제 그만 물러가소서."

승지는 노론파에 속했기 때문에 조태구는 밉게 보았다.

"이놈, 승지야. 무엄하구나. 어디 두고 보아라."

그는 속으로 말을 씹어 삼켰다.

조태구는 작전을 바꾸기로 했다.

마침 자기와 친한 무감이 눈에 띄자 그를 불렀다.

"여보게 무감."

"대감마님, 무엇인지 하명 하소서."

"그래, 잠시 이리 오너라."

조태구는 주위를 살핀 후 무감에게 귓속말로 일렀다.
"자네는 중전마마께 가서 좌의정 조태구가 상감마마를 급히 배알하러 왔다고 일러라."
어비(魚妃)는 조태구가 자기의 세력에 속한 사람이기에 급히 경종에게 나아가 만나도록 주선하였다.
조태구는 경종을 뵙는 자리에서 자신의 의사를 밝혔다.
"전하, 비록 환후 중이라고는 하지만 왕세제에게 대리청정을 하도록 전교를 내리심은 천부당만부당 하옵니다. 만약 그러하면 민심이 동요되고 걷잡을 수 없는 돌발적인 사태가 야기될 수도 있사옵니다. 서둘러 어명을 거두셔야 하옵니다. 통촉하소서."
"어허, 나는 이제 곧 떠날 사람이오. 떠나는 사람 심기를 편히 해주시오. 밤이 늦었으니 그만 물러가요."
병환에 지친 경종은 이미 말할 기력조차 없었다.
한차례 기침을 하더니 힘없이 돌아누어, 조태구는 할 수 없이 그곳을 물러나올 수 밖에 없었다.
김일경(金一境) 사건을 이해하자면 그의 출신 성분에 대해서 알아야 할 필요가 있다.
김일경은 김만기(金萬基)의 조카되는 사람으로서 김만기가 한참 득세할 무렵 그집으로 드나들었다.
김일경은 변론과 지략이 뛰어나 처음에는 노론파 김만기의 눈에 들었다.
그러나 그 본색이 음험하고 권모술수가 지나치다는 것을 알고 김만기가 그를 배척하였다.
김일경은 앙심을 품고 소론파를 찾아갔다.
당시 유봉휘(柳鳳輝), 이사상(李師尙)등이 소론파의 대표였는데 그들을 찾아가 아첨을 했다.

그러한 세력을 바탕으로 삼고 김일경은 영변부사(寧邊府使)로 갈 수 있었다.

김일경은 영변부사로 있으면서 궁중의 장번내시(長番內侍)로 있는 박상검(朴尙儉)을 자기 편으로 끌어들였다.

김일경은 의도적으로 박상검의 친지들이 영변에 있다는 것을 알고 잘 보살펴 주었다.

그런 관계로 두 사람은 절친한 사이가 되었다.

박상검은 경종의 생모 장희빈 때부터 세력의 줄이 닿아 있었고 소론파의 조태구와도 친했다.

소론파들이 경종의 승하를 앞두고 세력이 몰락할 처지에 놓이자 자주 만나서 회의를 거듭했다.

그후 서울로 돌아온 김일경은 소론파와 자주 어울렸고 박상검을 끌어들였다.

박상검은 그의 심복인 환관 문유도(文有道)를 움직이고, 나인 석렬(石烈) 필정(必貞)등을 이용하여 궁중 내부의 기밀도 소상히 알게 되었다.

김일경은 그무렵 경종이 왕세제에게 대리청정에 대한 전교를 내린데 대해 이진유(李眞儒) 및 여섯 사람과 상소를 올렸다.

그 상소문의 내용을 간추리자면 이러한 것이었다.

전하, 이번에 김창집, 이건명, 조태채, 이이명 4대신(四大臣)이 대리청정에 대해 적극적으로 간지(諫止)하지 않았습니다. 그 속셈은 그들이 오래 전부터 그런 흉계를 꾸며 왔기에 권주(勸奏)하려 했던 까닭입니다. 그들은 왕세제를 추대해서 왕위를 엿보려는 흉계이오니 그들의 죄를 엄중히 다스리소서.

김일경은 젊은 신진 사류 및 원로 세력인 목호룡(睦虎龍) 등을 내세워 4대신을 성토하는 상소를 거듭 올렸다.

전하, 세상에 이렇게 무엄방자한 행동이 있을 수 있겠습니까? 이번에 전하께 강압적으로 대리청정을 강요했으니 역적죄를 적용시켜 엄중히 죄로 다스려야 하겠습니다. 지금 노론의 대신들은 온갖 음모를 꾸미면서 환후 중인 상감의 용태가 악화됨을 내심 바라면서 불측스런 흉계를 꾸미고 있으니 당장 엄벌에 처하소서. 신들의 혈성을 가납하소서.

김일경은 그 상소문을 박상검에게 건네 주었고 박상검은 나인 석렬을 통하여 왕비 어씨에게 올리게 하였다.

왕비는 그 상소문을 대하고 우선 박상검을 은밀히 불러들였다.

"내가 상소문을 읽어보았소. 이 문제를 어찌 처리하면 좋을지 알려 주시오."

"중전마마, 지금 전하께서 살아 계신데 대리청정을 시키면 노론들의 입김 때문에 폐단이 매우 클 것입니다. 그리고 장차 우리 소론파가 몰락하면 중전마마의 신변까지 보장할 수 없으니 통촉 하소서."

"그러면 어찌해야 좋을지 어서 내게 대책을 일러주시오."

"예, 상감께서 환후 깊으시니 중전마마께서 결단을 내리소서. 왕명이라고 사칭한 후 대리청정을 주청한 4대신들을 삭탈관직 시키고 목을 베도록 엄명을 내리소서."

"무엇이라고요? 왕명을 사칭했다고?"

"그렇습니다. 중전마마……"

"일각이 급하옵니다. 서둘러 전교를 내리소서."

이리하여 왕명을 사칭했다는 죄를 덮어쓰고 4대신은 벼슬이 삭탈되고 옥에 갇혔다가 결국 죽임을 당하기에 이른다.

그날 이후로 김일경의 무리인 최석항이 위관(委官)이 되었고 남인 심단(沈檀)이 금부당상이 되었다.

소론의 이삼(李森)은 포도대장 자리에 올라 계속 흉계를 꾸미다가 결국 4대신을 형살(刑殺)시킨 것이다.

거기에 연좌된 수백 명에 이르는 자들이 모조리 내쫓기거나 죽임을 당했다.

이 사건은 경종 원년(辛丑年)에서 다음해 임인년(壬寅年) 사이에 걸쳐 일어난 사건이라서 신임무옥(辛壬誣獄), 또는 신임사화(辛壬士禍)라고 일컫게 된다.

소론이 세력을 잡은 후 영의정에 조태구, 좌의정에 최규서, 우의정에 최석항이 올랐다.

그밖에도 육조판서의 주요 자리가 거의 소론파에게 돌아갔다.

그들은 마음껏 권세를 누렸지만 계속 불안하였다.

경종이 승하하면 자신들의 세력이 다시 몰락할 우려가 있기 때문이다.

음험하고 간사한 김일경, 목호룡은 또 다시 음모를 꾸미기 시작했다.

그들은 장소를 옮겨가면서 밀담을 거듭했다.

"지금 우리 세상이 왔다고는 하지만 상감이 언제 세상을 떠날지 모르오. 만약 왕세제가 보위에 오르면 그때 노론놈들이 다시 들고 일어날 것이오. 이러한 화근을 사전에 예방해야 합니다."

김일경의 말에 목호룡이 맞장구를 쳤다.

"옳으신 말씀이오. 그러자면 무엇 보다도 우선 임금 곁에 가까이 있는 석렬과 필정을 시켜 임금과 왕세제 사이를 이간시켜야 합니다. 그리고 왕세제를 동궁의 처소에 구금시키고 서로 왕래가 없도록 해야 하겠소."
 그들은 곧 자신들의 음모를 실행하는 공작을 펼쳐 나갔다.
 그러니 임금과 왕세제 동궁은 서로 만나기조차 어렵게 되었다.
 소론파들의 감시 때문이었다.
 경종, 왕세제나 왕자 끼리는 서로 우애가 좋은 편이었다.
 그러나 권력에 눈먼 자들은 자신들의 목적 달성에 눈이 어두워 그들을 서로 떨어져 지내게 하고 늘 감시하였다.
 한편 처소에 구금당한 왕세제는 하도 답답하여 형왕(兄王-경종)에게 찾아가 하소연 하고자 감시가 잠시 소홀할 때 처소를 나섰다.
 '전하, 무슨 까닭으로 신을 구금하시옵니까?'
 이렇게 내막을 묻고자 임금을 찾아갔다. 소론파들은 왕명을 허위로 사칭하여 왕세제, 왕자를 구금했던 것이다.
 침전의 복도에 이르렀을 때 나인 궁렬이 기절초풍 하듯 급히 앞을 가로막았다.
 "어서 돌아가 주십시오. 지금 전하께오서 환후 침중 하시와 아무도 접견하지 못하십니다."
 "얘야, 그게 무슨 소리냐. 내가 형님 되시는 상감을 뵙겠다는데 네까짓 게 무언데 길을 막느냐? 어서 비켜라."
 "이러시면 안됩니다. 이러시면 왕위를 계승하는데 지장이 있습니다."
 "무엇이야? 네가 무엇을 믿고 그리도 방자한 소리를 지껄이느냐?"
 바로 그때에 입직 승지 김일경, 별입시 환관 박상검이 황급히 다가와서 왕세제의 양팔을 잡아끌면서 눈을 부라리면서 위협조로 말한다.

"밤중에 이 어인 거동이십니까? 지금 상감마마의 환후 침중하여 자중해야 할 때에 경거망동 하시면 크나큰 화근이 된다는 걸 왜 모르십니까?"

"어서 서둘러 돌아가시오. 이러다간 정말 큰입납니다."

"으음, 이제보니 너희들의 소행이구나. 왕세제가 형님이신 상감을 뵙겠다는 데 이렇게 가로막는 것을 보니 불순한 의도가 숨어 있구나."

"그런 말씀 마십시오. 왕세제가 된 것도 다 누구 덕분인 줄 아십니까?"

"제발 말씀을 삼가하세요. 큰일 납니다."

왕세제는 이미 30이 가까운 나이기에 세상 물정을 눈치로 짐작할 수 있었다.

처소로 이끌려 되돌아온 상태에서 혼자 울분을 달래고 있었다.

"에잇, 천하에 고얀 것들, 이놈들. 기어코 언젠가는 죄값을 받게 하리라."

혼자서 울분을 삭히느라고 안절부절 하고 있을 때이다.

설서(說書) 벼슬을 지내는 송인명(宋寅明)이 다가와서 은밀히 귓속말을 하였다.

"세제저하, 이대로 가다가는 장차 노론놈들의 손에 화를 당할 것 같습니다. 그러니 각오를 단단히 하소서. 기회를 엿보다가 밤이 되면 동궁 처소를 빠져나가 대비마마 처소를 찾으소서. 대비께 그간의 사정을 아뢰오면 살 수가 있습니다."

"내가 그 방법을 생각하지 못한 것이 아니오. 그러나 그놈들에게 붙잡히면 오히려 더 큰 화를 당할까봐……"

"걱정 마소서. 신이 돕겠습니다."

송인명이 다시 왕세제에게 무어라고 귓속말을 나누었다.

그날밤 왕세제는 송인명의 도움을 받아 담을 넘을 수 있었다.
대비는 왕세제 보다 불과 7세 위지만 자신을 잘 따르는 왕세제를 누구보다도 아끼는 편이었다.
우여곡절 끝에 대비 처소까지 갈 수 있었던 왕세제는 눈물을 흘리면서 자신이 처한 사정을 아뢰었다.
"대비마마, 이몸을 살펴 주소서. 노론파들이 흉심을 품고 이몸을 구금하고 형제간이나 대궐의 어른들과도 왕래를 가로막고 있습니다. 이대로 가다가는 그들에게 기어코 화를 당할 것 같으니 제발 살려 주소서."
"아하, 참으로 통탄스러운지고. 어쩌다가 왕실이 이 지경에 이르렀는고. 너무나 한심하고 참담하도다. 내 비록 힘없는 늙은이지만 저놈들이 나를 어쩌겠소. 그러니 동궁은 너무 걱정 말고 내 처소 주변에 머물며 때를 기다리오. 훗날 좋은 때가 올 것이니……"
"대비마마…… 성은에 감격하여 목이 메이옵니다."
왕세제는 그날부터 대비전 주변에 머물렀다.
김일경과 그 일당들이 그 사실을 알고 온갖 구실을 내세워 동궁 처소로 데려 가려고 했다.
대비는 죽을 각오를 하고 김일경, 박상검 일당에게 호통을 쳤다.
"너희들은 듣거라. 도대체 무슨 흉계를 꾸미려고 왕세제를 동궁에 연금시키고 행동의 자유를 구속하느냐? 너희들이 이럴 수 있단 말이냐!"
김일경 일파는 대비가 너무나 강경하게 나오니 작전을 바꾸어 다른 음모를 꾸미기 시작했다. 노론과 소론의 싸움, 김일경 일파의 권모술수에 휘말려 왕세제는 불안한 나날을 보냈다.

· 경종 재위 4년 8월 25일.

마침내 병약한 경종이 승하하니 숨막히는 권력의 판도, 우여곡절 끝에 왕세제가 보위에 올랐다.

그가 바로 조선조 21대 임금 영조이다. 영조의 춘추 31세 때이다.

영조는 전자에서도 다룬 바 있거니와 천한 무수리의 몸에서 태어났다.

그동안 숱한 당쟁의 폐해와 사화를 겪고 보았기에 그것들을 막아보고자 애썼다.

영조는 즉위한 즉시 당쟁의 폐단을 막고자 인물을 고루 등용하는 조화주의(調和主義), 탕평주의(蕩平主義)를 지향했다.

즉위초에 당시 3정승 6판서(三相六卿) 거의가 소론파가 장악한 것을 조정하기로 했다.

노론의 홍교중(洪敎中)을 영의정에 제수하고 소론의 조문명(趙文命)을 우의정으로 삼았다.

좌의정은 남인 중에서 등용하고 6판서도 그와 비슷한 세력 다툼의 암투가 계속되어 근본적인 문제가 해소되지 않고 있었다.

그러던 중에 김일경 일파가 다시 음모를 꾸민다는 정보를 듣고 내킨 김에 신임무옥(辛壬誣獄) 사건에 관한 기록을 검안(檢案)해보니 당시 4대신을 비롯하여 숱한 억울한 사람들이 무고하게 모함을 받고 희생 되었다는 심증을 굳혔다.

곧 김일경을 비롯한 그 일당을 잡아다가 그 죄를 추궁한 결과 왕명을 사칭하여 숱한 죄상을 저지른 것이 낱낱이 밝혀졌다.

영조는 크게 진노하여 김일경을 비롯한 그 일파를 모조리 처단하였다.

그런지 얼마 후 김일경 일파의 우두머리 격인 이인좌 일당이 반란을 일으켰다.

바로 그때에 박문수가 오명항과 함께 반란을 평정하는데 크게 공을 세웠던 것이다.

그런데 김일경, 이인좌 일당에 속했던 무리들은 지금까지 박문수의 반대파가 되어 사사건건 물고 늘어지고 모함하려 들었다.

당파싸움은 이기면 권세와 부귀영화가 따르지만 지면 패가망신, 멀리 귀양 가거나 목숨을 잃고 그 자손들의 출세길까지 막히게 된다.

당파싸움으로 인하여 대대로 원한이 쌓이는 악순환이 전개되는 원인으로서 그 폐단의 일환이 박문수에게도 영향으로 작용한 것이다.

궁중 여인들의 한(恨)

궁중에는 바람 잘날이 없다.
 궁중의 여인들은 하루 아침에 신분이 상승되는가 하면 예기치 못한 엉뚱한 일로 죽음을 당하거나 비참한 신세로 전락하는 경우가 흔히 있다.
 그무렵 누구보다도 정경이 딱한 두 명의 청춘 과부가 있었다.
 경종이 승하한 후 경종의 계비였던 선의왕후(宣懿王后)어씨는 15세의 나이로 국모가 되었으나 경종이 승하하니 19세에 과부가 되었다.
 영조 3년 13세로 세자빈이 되어 14세에 과부가 된 조(趙)씨는 조문명(趙文明)의 따님이다.
 남편인 세자 행(倖)이 세상을 떠난 후 이팔청춘에 홀몸이 된 것이다.

스물도 못된 나이에 왕대비가 된 어(魚)씨는 일찍 세상 떠난 남편 경종을 비롯하여 세상의 모든 사람들이 원망스러웠다.

왕대비 어씨는 경종이 비록 병약했지만 젊은 나이에 갑자기 세상을 떠난 것은 당시 왕세제이던 영조를 빨리 보위에 앉히려는 세력들에 의해 독살 되었다고 믿고 있었다. 더구나 이인좌의 무리들이 어대비의 밀지를 받았다고 사칭하면서 난을 일으켰다가 실패한 후 하루하루가 가시방석에 앉은 것처럼 괴로운 나날이었다. 역적 이인좌의 난이 평정된 그해 10월 15일, 원인도 모르게 갑자기 세자 행이 급병이 났다.

백약이 무효이고 숨이 경각에 달린 상태였다.

중전 서씨를 비롯하여 세자빈이 창경궁 진수당(進修堂)에 있는 세자의 처소에서 속수무책으로 세자의 환후를 지켜보며 안타까와 했다.

중전 서씨는 다급한 김에 국법으로 금지된 푸닥거리를 하면서 간병에 온갖 정성을 쏟았으나 결국 세상을 떠난 것이다.

영조 4년 4월 16일이었다.

이름은 행이고 자는 성경(聖敬), 정빈 이씨의 소생으로서 왕세자로 책봉되었다.

세자의 죽음은 여러 사람에게 엄청난 슬픔과 충격을 안겨 주었다.

그무렵 궁중에는 누구의 입에서 흘러 나왔는지 세자가 요절한 것은 어대비의 저주 때문이라는 유언비어가 나돌았다.

묘한 관계로 인해 금상(현재의 임금=영조)의 왕비 서씨와 왕대비 어씨는 묘한 대립과 갈등이 심화되었다.

일찍 과부가 된 왕대비 어씨는 이미 세력을 거의 잃은 상태에서 소외되어 살아가자니 한없이 허전하고 쓸쓸했다.

더구나 19세의 한창 나이의 여인으로서 끓어오르는 욕망을 억제하기 어려웠다.

그래서 말벗 삼아 자신의 몸종과 각별히 터놓고 위안하며 지냈다.

그러던 사이에 궁중에 해괴하고 불미스러운 말이 떠돌았다.

"대왕대비가 몸종과 '맷돌부부'사이라더라."

"아니야, 세자빈과 '맷돌부부'라던데……"

"안동 상회에서 구한 각신(角腎)을 은밀히 사용한다더라."

"대왕대비가 왕실을 저주하여 세자가 일찍 죽었다더라".

"역적 이인좌가 왕대비의 밀지를 받았다더라."

소문은 걷잡을 수 없이 번져나갔다.

'맷돌부부'나 '각신' '가시버시놀음질'에 관해서는 뒷장에 따로 기술하기로 한다.

왕대비 어씨는 그런 헛소문에 시달리다 못해 수치심을 못이겨 죽기로 작정했다.

경종이 살았을 때는 모두들 중전마마라고 떠받들었지만 이제는 '성 쌓고 남은 돌' 취급을 받았다.

왕대비는 세상 사람들을 원망하면서 한을 품은채 스스로 곡기를 끊고 결국 굶어 죽어갔다.

참으로 한많은 여인이었다.

바로 숙종 때 희빈 장씨가 사약을 받고 죽어간 취선당에서였다.

죽은 세자의 빈궁이었던 조씨는 13세의 나이로 9세이던 세자에게 시집와서 14세에 과부가 되었다.

세자가 죽기 전에 이따금 세자가 탐스럽게 부풀어오르는 세자빈의 젖가슴이나 은밀한 곳을 호기심이 생겨 어루만질 때 수줍으면서도 야릇한 쾌감을 느끼곤 했다.

그러나 세자의 나이가 워낙 어린 탓에 성숙한 부부들처럼 운우지정을 맛보지는 못했다.

한창 성(性)에 눈떠가는 상태에서 이팔청춘에 '과부아닌 과부'가 된 것이다. 무엇보다도 이성이 절실하게 그리웠다.

조씨의 친정 어머니는 딸 때문에 남편의 벼슬이 올라가고 신분이 상승 되었으나 홀로된 딸의 장래가 가여워 남모르게 속으로 눈물 흘릴 때가 많았다.

그러나 대궐로 들어간 딸을 여간해서 만나기조차 어려웠다.

다만 조씨의 아버지만 이따금 따님을 대할 뿐이었다.

어쩌다 따님인 빈궁의 처소에서 얼굴을 마주 대하면 속마음을 다 털어놓을 수 없어 일상적인 말만 하였다.

"빈궁마마, 그동안 무고하십니까?"

"아버님, 좀더 자주 찾아 주시지…… 어머님은 건강 하신지요."

"그렇습니다. 궁궐 생활에만 전념하시고 사가(私家)생각은 하시지 말라고 여러번 말씀 드렸지 않습니까?"

"아버님, 앞으로 누구를 의지하고 이 궁궐에서 살아야 하는지 그저 막막하기만 합니다."

조문명은 한창 탐스럽게 피어나는 따님, 그 장래가 가엾고 측은하였다.

한 번 궁중에 들어온 몸이니 다른 곳으로 개가시킬 수도 없는 현실이 그저 안타까울 뿐이었다.

"아버님 마음 같아서는 당장이라도 집으로 돌아가고 싶습니다. 누구에게도 정 붙일 곳이 없습니다."

"빈궁마마, 그런 말씀 함부로 꺼내는 것이 아닙니다. 남의 이목이 두려우니 앞으로는 각별히 유념하소서."

조문명은 눈물이 글썽거리는 따님의 모습을 대하고 가슴이 아팠지만 어떤 도움을 줄 수가 없었다.

"아버지, 이젠 지쳤습니다. 저도 사람답게 자유를 누리며 살고 싶어요. 새장에 갇힌 것이나 다름없는 이 신세가 싫습니다."

"빈궁마마, 헛된 망상을 버리시고 항시 '계녀서(戒女書)' '열녀전'(烈女傳) 성현들의 가르침을 읽고 배우며 수양하는 자세로 살아가소서."

"아버님, 이렇게 살아서 무엇합니까? 이 여식은 어쩌면 좋습니까? …… 으흐흑 ……"

빈궁은 모처럼 친정 아버지를 만나니 설움이 복받쳐 마침내 흐느껴 울었다.

"아버님 …… 으흐흑 …… 흑흑 ……"

"어허, 이거 무슨 망발이시오. 빈궁마마로서의 체통을 지키시오. 여염집 여자들도 시집가면 출가외인이오. 더구나 빈궁마마로서 이러시면 다시는 빈궁마마를 아니 볼 것입니다."

"으흐흑 …… 잘못 했사옵니다 …… 하오나 아버님 …… 야속 하옵니다."

빈궁의 아버지 조문명은 딸을 나무란 후 휑하니 돌아서 그자리를 나왔다.

빈궁은 아버지의 태도가 야속하고 원망스러워 혼자서 서럽게 울고 또 울었다.

그러나 주위의 시선이 무서워 마음대로 울 수조차 없어 이불을 뒤집어 쓰고 한없이 울었다.

따님을 나무라고 돌아서는 아버지의 마음도 쓰라리고 아팠다.

그러나 남의 시선이 두렵고, 어쩔 수도 없었던 것이다.

빈궁은 사가에서 자랄 때 한없이 자상하시던 아버지가 자신의 속사정을 알고도 모르는체 하는지, 몰라서 그러는지 냉랭하게 꾸짖고 돌아서 가니 한없는 비애를 느꼈다.
 '발없는 말 천리간다' '낮말은 새가 듣고 밤말은 쥐가 듣는다'고 한다.
 그날 조문명과 따님이 나눈 대화, 빈궁이 울었다는 소문이 점점 보태어져서 궁중에 이내 널리 퍼져나갔다.

 두견새 우는 소리가 한없이 구슬프게 들려오는 밤이었다.
 구중궁궐에 갇혀 독수공방에서 빈궁은 잠을 이루지 못하고 뒤척거렸다.
 자신이 보아도 탐스럽게 부풀어 오르는 젖가슴, 희고 부드러운 살결을 스스로 어루만지며 이성에 대한 욕정을 주체하기 어려웠다.
 잠들면 어쩌다가 잘생기고 건장한 남정네와 질펀하게 뒤엉켜 사랑놀음에 빠지는 그런 꿈을 꾸었다.
 그러나 깨어나면 한없이 허전하였다.
 그래서 몸종을 불러 같이 자기로 했는데 그로 인하여 불미스러운 소문이 차츰 밖으로 새나가기 시작했다.
 "세자빈이 아무개와 '맷돌부부'라면서……?"
 "아니야, 각신(角腎)으로 즐긴다더라."
 소문은 금방 퍼져나갔다.
 궁중 여인들의 생활은 참으로 애로사항이 많다.
 임금의 경우 후비(后妃)를 비롯하여 내명부(內命婦)만 하더라도 빈(嬪) 귀인(貴人) 소의(昭儀) 숙의(淑儀) 소용(昭容) 숙원(淑媛) 등 제1품에서 종4품까지 있다.
 그밖에도 궁인직(宮人職)에는 상궁(尙宮)이하 수십 명이 딸렸다.
 그리고 상궁 수하에는 무수리(水賜伊) 등이 있다.
 그들은 오로지 임금 하나를 바라보고 평생을 살아야 한다.

임금의 총애를 받느냐, 못받느냐에 따라서 순식간에 신분의 격차가 뒤바뀌게 된다.

그러니 서로가 임금의 총애를 받고자 경쟁하고 시기하고 질투하고 모함하는 사례가 비일비재 하였다.

세자의 경우에도 세자빈 밑에 수십 명씩 수하가 딸리고 그리고 또 종까지 딸린다.

그들 중에 임금의 총애나 세자의 총애를 입으면 갑자기 신분이 상승되고 자신의 부귀영화, 가족이나 친지들까지 살판나는 것이다.

그들은 해바라기처럼 임금만 바라보고 살아가지만 실제로 사랑받을 확률은 지극히 희박한 상태이다.

그러다보니 젊은 여인들끼리 외로움을 못이겨 동성연애에 빠지는 사례가 많다.

해동성군(海東聖君)으로 일컬어지는 세종임금도 동궁빈, 즉 며느리를 두 번 내쫓았다.

그 내면 사정은 모두 동성연애를 하여 풍기가 문란했기 때문이다.

세종은 동궁(세자=훗날 文宗)이 14세 때 상락군(上洛君) 김앙(金昻)의 증손녀이자, 조부는 김구덕(金九德), 아버지는 김오문(金五文)의 따님 김씨를 며느리로 맞아들였다.

세종 11년(1429), 동궁의 나이 16세가 되자 주위에 한창 피어나는 여인들, 수규(守閨)니 수칙(守則)이니 하는 궁녀들에게 둘러싸여 있었다.

세자빈 김씨는 이성에 한창 관심이 쏠릴 때였다.

세자의 사랑을 독점하고자 시비(侍婢)인 호초(胡椒)에게 자신의 안타까운 심사를 호소하고 방법을 물었다.

어느덧 동궁의 나이 16세가 되어 키가 훌쩍 자랐지만 시강원(侍

講院)에 나간다는 명목으로 다른 궁녀와 가깝게 지냈다. 그무렵 동궁은 최씨라는 궁녀에게 사랑을 주고·있었다.

휘빈 김씨는 시비 호초의 말에 현혹되어 뱀이 교미를 할 때 배출되는 사정(蛇精)을 구해 몸에 지니는가 하면 세자가 가까이 지내는 여자의 신발을 훔쳐다가 태우기도 했다.

그말이 외부에 누출되어 휘빈은 사가로 내쫓긴 후 수치스럽게 여긴 그의 아버지 김오문의 손에 죽었고, 그 가족들이 모두 집단으로 자살하였다.

그후 궁중에서 가례색(嘉禮色)을 두고 봉려(奉礪)의 딸을 동궁빈으로 맞이하였다.

그가 바로 순빈(純嬪) 봉씨이다.

전자의 휘빈 김씨 문제로 인하여 가리고 가려서 뽑았다.

그런데 그 순빈이 천하에 드문 색녀였을 줄이야!

순빈은 성숙한 여인으로서 밤마다 달아오르는 육체의 욕정을 견디다 못해 몸종을 상대로 동성연애에 깊이 빠졌다.

순빈 봉씨는 변태적일 정도로 밤낮을 가리지 않고 색정에 빠져들다가 결국 주위에 탄로나고 말았다.

순빈 역시 궁중을 쫓겨나고 그의 가족들도 비참하게 최후를 마감했다.

성(性)이 억압되고 폐쇄된 당시에도 많은 문제들이 발생하였다.

궁중에는 상궁(尙宮) 중에도 상의(尙儀) 상복(尙服) 상기(尙記) 외에도 수많은 여인들이 있었다.

그들에게는 남자를 가까이 할 수 있는 기회가 '꿈에 떡 맛 보는 정도'로도 주어지지 않았다.

주변에는 이른바 고자인 내시(內侍)들이 있지만 그들은 정상적인 성기능을 지니지 못했다.

그런 중에서도 어쩌다가 가짜 내시가 궁안으로 들어와서 문제를 일으키기도 했다.

그들은 겉보기에는 여자 같았다.

그러나 사실은 반음반양(半陰半陽), 즉 중성(中性)으로서 남자의 양물(陽物)이 있어 궁녀들을 유혹하고 희롱하는 사례가 드물지 않았다.

궁녀들은 그런 자가 들어오면 서로 자기들이 차지하려고 안달이었다.

연산군 10년에는 가짜 내시가 궁중으로 들어와서 궁녀들끼리 서로 차지하려고 다투다가 탄로가 났다.

시기와 질투심이 많은 연산군은 승지와 의원을 시켜 조사를 시켰다.

김세필(金世弼)이란 자는 어엿한 양물을 지닌 자로서 여러해 동안 수많은 궁녀나 시녀들과 관계를 맺었다는 사실을 밝혀냈다.

연산군은 관계자 모두에게 엄벌을 내렸다.

성(性)이란 인간의 자연스런 본능이자 생리현상이다. 억압한다고 문제가 해소되는 것이 아니었다.

폭군 연산군 때 채홍사에 의해 흥청(興淸)으로 궁중에 들어갔던 여자들은 오늘날로 말하자면 김일성 생존시에 뽑았다는 '기쁨조' 대상에 비유시킬 수 있을 것이다.

그들은 제시절 만난듯이 뽐내고 으쓱거렸는데, 오늘 날까지 사용되는 '흥청거린다'는 말은 그때 유래된 것이다.

'흥청'들은 연산군이 중종 반정에 의해 쫓겨나자 '끈 떨어진 두레박'신세, '과부 아닌 과부'로 지내야 했다.

그런 중에도 워낙 용모가 빼어났기에 사대부들이 그들과 통정하는 경우가 많아 문제가 자주 발생하였다.

홍청들은 술집이나 그밖의 은밀한 장소에서 자신의 육체를 제공하고 생활 수단으로 삼았다.

성(性)은 인간에게 있어서 예나 지금이나 남녀 모두에게 중요한 관심사이다.

당시 궁중의 여인들은 남정네를 접할 수 없는 상황에서 자신들의 성욕을 해소하고자 음경(陰經)처럼 생긴 뿔이나 그와 비슷한 기구를 사용했다는 기록이 나타난다.

당시에 그러한 기구를 파는 곳을 '안동상점'이라고 일컬었다.

여인들은 안동상점으로 가서 그러한 물건들을 구했다.

신분이나 지체가 높을 경우 몸종을 시키기도 했다.

여인들은 그곳으로 가서 '픽' 웃으면서 손으로 시늉을 하면 주인이 알아 차리고,

"어떤 모양, 어떤 크기가 좋습니까?"

이렇게 물으면서 견본을 보여주었다.

그러면 여자들이 적당히 골라서 샀다.

폐쇄되고 억압 당하는 당시의 풍습 중에서도 욕구 해소의 방법을 나름대로 찾았던 데서 궁녀들의 생활이 어떠했나 짐작할 수 있을 것이다.

당시에 '픽' 웃으면 이런 말이 유행하였다.

"안동상회에 왔나, 웃기는 왜 웃어?"

왕조 시대의 여인들은 이처럼 잘못된 제도의 굴레를 쓰고 성의 욕구 발산을 인위적으로 억압당하며 살았다.

세조 때를 비롯하여 왕조 실록을 보면 궁중 여인들 끼리 동성애를 즐긴 사례가 많았고 그들은 가혹한 처벌을 받아 죽거나 멀리 쫓겨나기도 했다.

당시 궁녀들끼리 동성애 문제에 대해 '맷돌부부' 또는 '가시버시

놀음질'이라고 했다.

그 무렵 영조는 세자빈을 비롯하여 궁중에 동성 연애가 행해진다는 소문을 듣고 어떻게 처리할까 고심하다가는 박문수를 은밀히 불러 그 문제를 협의하였다.

"전하, 그런 문제는 표면으로 크게 물의를 일으키지 않을 경우 그냥 두시는 게 낫습니다. 그러는 한편 해당 상궁을 통하여 그러한 풍습이 확산되지 않도록 잘 감독케 하고, 문제가 계속 드러나면 동성애에 빠진 대상을 적당히 격리시키는 것이 좋겠습니다. 그런 문제는 내명부 자체에 맡겨 서서히 정화시켜야지, 노골적으로 조정에서 국법을 구사할 필요는 없습니다. 너무 심하게 다루어서는 아니 되고 지나치게 방임해서도 아니 됩니다. 내명부와 그들 자율성에 맡기는 것이 좋겠습니다."

"알겠소. 영성군의 의견을 따르겠소."

박문수의 조언을 듣고 영조는 어떤 마음의 결정을 내렸다.

임금 앞에서도 꺾이지 않는 소신

어느날 그는 여러 고관대작들과 함께 입조(入朝)하여 엄숙하게 조의(朝儀)를 행하는 자리에 있었다.
 모두들 코가 땅에 닿을 듯 예의를 갖추는데 비해 박문수는 고개를 든채 허리만 약간 굽혔다.
 그 태도를 보고 우의정과 좌의정이 일제히 탄핵하려 들었다.
 "전하, 영성군 박문수의 행동이 지극히 불손하오니 그 죄를 물으소서."
 "전하께 대하는 태도가 틀렸으니 어서 그를 죄주소서."
 그러나 박문수는 태연한 표정으로 이렇게 대꾸하였다.
 "전하, 신이 용안을 우러러 본 데는 까닭이 있사옵니다. 자고로 군부(君父)는 일체입니다. 그런데 요즈음 아첨하는 무리들이 임금께 부복(俯伏)하고 고개를 들지 않는 데서 나쁜 문제가 생긴다고 봅니다. 그러한 까닭에서 신은 용안을 똑바로 우러러 보았습니다."
 박문수의 말에 임금은 이렇게 격려하였다.
 "듣고보니 영성군의 말이 옳소. 이제 부터는 조례 때마다 고개를 들고 임금을 바라보도록 공표하는 게 좋겠소. 군신간에 너무 어려운 듯 부복하는 것은 좋지 않을 것 같소."
 박문수는 조례 때 자신의 행동에 대해 강변하면서 은근히 아첨하는 풍조를 꼬집었던 것이다.
 임금과 신하는 얘기할 때나 조례할 때 서로 마주보는 것이 원칙이다.
 그런데 조선조 중기 이후로 접어들면서 아첨파들에 의해 변했던 것이다.
 누구든지 임금이 계신 전각 안으로 들어서면서 고개를 숙여 시선을 피하였다. 박문수는 그러한 폐단을 고치고 아첨하는 풍조를 물리치고자 했다.
 어느날 조례 때이다. 2품의 종반(宗班)이 대신과 자리를 함께하고 있는 것을 보았다.
 박문수는 곧 이렇게 아뢰었다.
 "전하, 종반들이 대신의 자리에 앉는 것은 아니됩니다. 자고로 우리나라는 종신들이 조정에 참여하지 못하게 정해져 있습니다."
 그 소리를 듣고 임금은 곧 표정이 변하였다.
 얼마 후 노기를 띠며 말했다.
 "경은 도대체 무슨 소리를 하오? 지금 영성군의 말에는 가시가 있소. 내가 왕자(王子)로서 보위를 승계한 것을 지적하는 뜻이 아니오?"
 영조는 자신의 어머니가 무수리 출신으로서 숙종의 피를 받아 자신을 낳았기에 자신이 미천한데 대한 자격지심을 느끼고 있었다.

박문수는 임금의 물음에 이렇게 답했다.
"전하, 신의 뜻은 이러한 것입니다. 대신은 나라에 중요한 기둥이니 종반의 위세에 눌려서는 아니될 것입니다. 그런 연유에서 아뢴 것입니다."
"과인에게는 그렇게 들리지 아니하오. 과인을 빗대어 한 말처럼 들리오."
"전하, 신의 임금이 미천하다 하오면 어찌 신이 벼슬살이를 하겠습니까. 영특하신 전하께서는 신의 진의(眞意)를 잘 파악하실 것으로 믿어 상주한 것입니다."
박문수는 강경하게 자기의 주장을 굽히지 않았다.
"경은 과연 강직한 신하요…… 그러나 과인은 생모의 출신이 미천하여 그 무덤을 능(陵)으로 봉(封)해지지 못한 것이 늘 한스럽소."
"전하, 전하께서는 나라의 전례(典禮)를 어기지 않으시니 영빈(英嬪) 최씨의 소령원(昭寧園)은 원지(園之) 상(上)이요 능지(陵地) 하(下)로소이다."
임금은 경색된 표정을 풀고 말했다.
"원지 상이면 능이고, 능지 하이면 원이지 뭐 다를 게 있겠소?"
"전하, 신의 뜻은 능으로서는 하이지만 원으로는 상이라는 것이옵니다."
"경에게 묻겠소. 영빈 최씨(영조 자신의 생모)의 원을 능으로 봉할 생각이 없소?"
"그것은 신이 영의정이 되기 어려운 것에 비유할 수 있사옵니다."
"경만 지나치게 고집을 부리지 않는다면 정승되기도 그렇게 어려운 문제 아니지 않소."

"신의 마음은 여전히 변함없습니다."

"그러니 경이 고집장이로 소문났지 고집을 꺾는다면야……"

"전하, 신의 고집으로 말씀 드리면 소령원을 능으로 승격해서는 아니 된다고 생각합니다."

소령원은 영조의 생모 최씨가 묻힌 무덤인데 능으로 승격시켜서는 안된다고 고집을 부리고 있었다.

"좌우지간 경은 고집이 지나치구려. 신하로서 임금이 뜻하는 바를 돕는 게 좋지 않겠소?"

그러나 한사코 뜻을 꺾지 않았다.

그래서 그를 보고 사람들은 '임금도 못말리는 황소고집'이라고 고개를 절래 절래 흔들었다.

영조는 박문수가 공이 많고 정직하다는 것을 알고 있었다.

그러나 임금에게도 굽힐 줄 모르는 태도를 대하고는 자존심이 상하기도 했다. 그러한 기미를 눈치챈 반대파에서 또 다시 탄핵을 시작하였다.

"전하, 박문수는 임금 앞에서도 지나치게 교만합니다. 뿐만 아니라 그의 종숙부(從叔父) 되는 박호한(朴虎漢) 및 삼촌 박사한(朴師漢)도 지난 난리 때 적도들과 관련이 있다고 합니다."

"전하, 영성군 박문수를 내치소서."

박문수의 반대파들이 떠들어댔다.

박문수는 염증을 느낀 나머지 자신도 벼슬에서 물러 가겠다고 상소했다.

"전하, 걸핏하면 신의 부형(父兄)들이 무고를 당하는데 지난날 이호신의 무고보다 그 도가 더 심합니다……. 신은 재주도 없이 그동안 경상도 관찰사로 부임한 동안 별로 해놓은 일이 없습니다. 이제 초야로 돌아가 조용히 지낼까 하오니 윤허해 주소서."

"경은 지나치게 자기를 비하시키지 말고 직무에 더욱 충실하오."

그러나 박문수는 한사코 물러 나겠다고 하면서 관직에 나가지 않았다.

반대파들은 또다시 걸고 헐뜯었다.

"전하, 박문수는 임금의 말도 아니 듣고 멋대로 행동하니 그에게 죄를 주소서."

"전하, 그를 그냥 두시면 강기가 문란해지고 체통과 권위에 누가 됩니다. 어서 그를 내쫓으소서."

결국 박문수는 벼슬에서 물러났다.

벼슬을 물러난 박문수는 근신하는 자세로 두문불출(杜門不出)하였다.

그해 9월이 되자 영조는 다시 성균관대사성(成均館大司成)과 동지의금부사(同知義禁府事)를 겸하여 제수 하였다.

그러나 박문수는 응하지 않았다.

왕이 거듭 소명했으나 병을 핑계대고 나가지 않았다.

"허허, 영성군은 고집이 너무 세어서 탈이야. 명색이 임금으로서도 그 고집을 누를 수 없으니……"

그무렵 옥사(獄事)가 벌어졌는데 유능한 금오(金吾=檢事)가 필요하여 다시 소명했으나 어명에 따르지 않았다.

"과인이 그를 각별히 아끼는데 응하지 않으니 참으로 괘씸하도다."

그때 송인명(宋寅明)이 어전에 나아가 이렇게 아뢰었다.

"전하, 박문수는 지나치게 겸손합니다. 그는 국가에 보답하지 못하면 죽음으로 대신하겠다고 전에 역적들을 무찌르기 전에 결심을 표명하는 것을 보았습니다. 국가에 충성을 바치고자 했는데 자꾸만 주위에서 헐뜯으니 그 유능함이 쓰이지 못합니다. 그를 다시 불러 기용하소서."

그말에 임금은 이렇게 대답했다.

"그 사람(박문수)의 성격은 내가 춘방(春坊)에 있을 때부터 잘 알고 있소. 그의 고집 때문에 더 이상 불러도 소용없을 것이오."

영조는 잠시 침묵한 후 대신들에게 이렇게 하교(下敎)하였다.

"박문수는 너무나 고집이 강하오. 과인이 한 마디 하면 마음을 돌려야 하는데……, 그는 다른 중신들과는 다르오. 경들이 그를 어떻게든 마음을 돌리게 하오. 그러면 고집을 버릴지도 모르겠소. 그를 도승지(都承旨)로 삼을 것이니 어서 불러 들이오."

도승지는 오늘날로 말하자면 대통령 비서실장과 같은 직책이다.

영조의 신임이 어느 정도인지 가히 짐작하기에 어렵지 않다.

임금과 신하들의 끈덕진 설득이 거듭되자 마침내 박문수는 마음이 움직였다. 더 이상 거절하는 것은 불충이라고 생각하고 임금의 교지를 받았다.

모처럼 도승지로 제수받고 오랫만에 임금을 만나서도 박문수의 강직한 직언은 조금도 다를 바 없었다.

"경은 이제 다시 중책을 맡았으니 무슨 말이든 하면 과인이 받아들이고자 하오."

"전하, 옛날에도 그러했지만 누가 어떤 혐의가 있으면 그 당대로 끝나야 합니다. 그런데 더구나 모함을 받은 경우에는 그 사실 여부를 밝혀야 합니다. 그래야만 쓸만한 인재가 모여드는 법입니다. 지금 탕평책을 쓴다고는 하지만 대부분 자기 당파끼리 단합하여 서로가 배척하니 그 와중에서 재주와 덕을 갖춘 사람도 제대로 뜻을 펴볼 수가 없습니다…… 자고로 군자부중(君子不重)이면 위엄이 없다고 하였습니다. 지금 전하께서는 아직도 먼 장래를 내다 보시는 안

목이 부족합니다. 작은 일을 처리하실 때는 원만하신데 큰일을 결단하실 때는 시기를 놓치는 경우도 있습니다. 행하시는 일이 빠르지만 뉘우치는 경우도 많습니다. 왕의 명령이 무겁지 못하니 인심이 쉽사리 동요합니다……. 전하께서 탕평하는 마음에 실효가 없으면 효과가 따르지 않습니다. 정말로 탕평을 하려면 200년 이래의 당쟁을 없애야 하겠습니다. 그러면 그 공덕이 어찌 옛날 한(漢)나라 때 광무(光武)의 중흥(中興)에 미치지 못하겠습니까. 통촉 하소서."

참으로 거침없이 직언을 하였다.

옆에서 듣는 중신들조차 손에 땀을 쥐고 긴장하였다.

'좋은 약은 입에 쓰고 바른말은 귀에 거슬린다'는 말이 있다.

영조에게는 그야말로 아픈곳을 찌르는 뼈아픈 말이었다. 조금 후 박문수에게 이렇게 대답했다.

"경의 말은 구구절절이 옳은 말이오. 참으로 감동한 바 있소…… 앞으로 경이 지적한 사항에 대해 스스로 경계 하겠소."

"전하 황공하오이다."

오랫만에 박문수는 후련하게 왕에게 기탄없이 직언을 쏟아놓았다.

오랫만에 희정당(熙政堂)에서 임금이 참석한 가운데 강의를 하면서 이렇게 말했다.

"지금 강기와 윤리가 떨어지며 신하들은 대부분 큰일을 도모하기를 싫어하고 피합니다. 대간(臺諫)에서는 걸핏하면 왕에게 고자질하는 것을 일삼고 있습니다. 바른 소리를 하는 사람도 없거니와 임금의 눈치를 살피며 아첨파들이 늘어나 상하가 어그러지고 있습니다. 바라건대 전하께서는 언로(言路)를 제대로 열어놓는 것이 무엇보다도 급선무입니다."

박문수는 이렇게 바른 소리를 수용하고 언론의 자유를 보장하라고 임금에게 요청하였다.

박문수의 거침없는 직언을 임금에게 대놓고 계속 하였다.

"전하께서는 즉위하신지 7년이 되어갑니다. 그런데 아직도 특이한 정치를 못하시고 신하들 역시 다를바 없습니다. 더구나 언론에 대하여 칭찬할 일도 없습니다. 근자에 신하들이 진주(陳奏)할 때면 모두 '성교(聖敎) 지당하십니다' 이렇게 아첨할 뿐이니 참으로 개탄스럽습니다. 거기에 비해 신의 말은 비록 상하(上下)에서 비판을 받을지라도 통언(痛言)을 하는 것입니다……. 신이 영남으로 갔다가 돌아와 전하를 뵈었을 때 전하께서 국사(國事)를 처리하는 것이 예전보다 못하십니다. …… 그동안 여러 신하들이 난리가 났던 무신년(戊申年) 3월 17일 때의 마음처럼 국사에 전념했다면 어찌 이꼴이 되었겠습니까? 여염집의 집이 새고 담이 무너져 있는데 고치지 못하는 것은 가장의 잘못입니다. 나라가 이처럼 좀먹고 허물어지고 있는 것은 전하의 잘못이 아니고 무엇입니까? 예로부터 사람을 쓸 때는 귀천을 가리지 않고 어진 사람을 골라서 썼습니다. 그런데 우리나라는 중세(中世) 이후 문벌만을 따져서 썼습니다…… 절조가 곧은 사람은 창피하여 나오지를 않습니다. 전하께서는 성심(誠心)으로 사색당파와 존비귀천(尊卑貴賤)을 가리지 않고 현명한 자만을 선별하면 좋은 효과가 나타날 것입니다. 전하께서는 곧은 말은 아니 들으시고 사소한 일만을 살피는 잘못을 저지르고 있습니다."

"듣고보니 경의 말은 과인을 진계(陳戒)하는 말로 듣고 각별히 유의(留意)하겠소."

오늘날 민주주의를 부르짖지만 누가 과연 이렇게 진언할 수 있겠는가?

당시의 군주시대에 있어 절대 군주의 말한 마디에 따라서 생사여

탈권이 좌우되는 때에 이처럼 직언할 수 있는 박문수의 용기와 기개도 정말 놀랍다.

그리고 신하로서 모질게 아픈 곳을 찌르는 직언을 해도 수용하려는 자세를 보이는 영조의 태도도 오늘날 위정자들이 본받을 태도이다.

임금과 대통령 시대는 엄연히 다르다.

그러나 군주시대에 이처럼 온갖 폐단을 과감히 지적하고 임금에게 진계(陳戒)할 수 있는 과단한 용기는 분명히 오늘날의 위정자들이 본 받아야 할 사항이다.

상과 벌은 공정하게 시행되어야……

영조 7년 박문수의 나이 41세.
박문수는 어전에 입시하여 자신이 뜻한 바에 대해 이렇게 직언하고 있다.
"전하……옛부터 마음을 잘 다스리면 기(氣)가 왕성해지지만 그렇지 못할 경우 병이 생긴다고 하였습니다. 전하께서는 침식의 때를 조절하여 종사(宗社)를 위하여 늘 근신하시는 자세를 잃지 마소서. 그리고 전하, 지금 당파 싸움으로 인해 나라가 망할 징조가 나타나니 그 방비책을 세우고 강력히 시행하소서. 아울러 사람을 고루고루 쓰시고 세상을 화평케 할 정책도 아울러 병행해야 하겠습니다. 그리고 언론이 분명하도록 자유를 보장하소서."
"경의 말은 과연 지당하도다."
임금의 말에 박문수는 다시 자신의 신상에 관한 발언을 했다.

이무렵 임금의 신임이 점점 두터워지고 있었다.
　박문수의 신임이 높아질수록 반대파들의 시기와 미움이 늘어났다.
　이호신(李豪臣)과 서명연(徐命衍)이 서로 합세하여 박문수를 공격하기 시작했다.
　그무렵 영남어사 이옹(李翁)이 단독으로 상소를 올렸는데 온통 박문수를 모함하고 비난하는 내용이었다.

　박문수는 지난 난리 때 거창, 협천의 봉화군 중에서 도적들에게 붙은 자들을 먼곳에 귀양 보내지 않았습니다. 또 적의 도당을 즉시 없애지 못하였고 때로는 통쾌하게 물리치지 못했습니다. 그의 관직을 삭탈하고 죄로 다스려 주소서.

　자신을 비난하는 상소가 거듭되자 박문수는 스스로 이렇게 천명하였다.

　전하, 신이 전에 경상감사로 현지에 내려가 죄인을 다스릴 때 성상께서 보내신 교지가 내려 왔습니다. 그 교지에서 '위협에 의해 도적의 무리에 휩싸인 자들을 엄격히 가려내어 진범(眞犯)만을 없애라'고 하였습니다. 그리고 거창과 협천의 봉화군(烽火軍) 중에 응하지 않은 자들이 많았지만 난리가 평정된 후 그들의 죄를 가려서 처리했던 것이옵니다……"

　헐뜯는 자들이 늘어나는 중에서도 박문수는 영조 7년 6월에 접어들면서 겸동지춘추관사(兼同知春秋館事) 겸오위도총부부총관(兼五衛都摠府副摠官) 자리에 올랐다. 그러나 그에 대한 중상 모략이 그치지 않았다.

　박문수는 상과 벌이 공정하게 시행되지 못하는데 대해 통탄하다가 어전에 나아가서 다시 이렇게 주청하였다.

　"전하, 신이 듣자니 지난번 난리 때에 이봉상 밑에 딸린 별장 홍임의 노모가 80세라고 하는데 의지할 곳이 없다고 합니다. 그러니 그 어미에게 쌀과 옷감을 하사하시고 홍임의 충성을 표상하는 정문을 세우소서. 그리고 기생 월례(月禮)는 비록 충청 병영에 속한 천한 기생이지만 그가 사랑하는 홍임이 죽었을 때 목숨을 걸고 그 시체를 수습하였습니다. 다른 기생들은 당시 적앞에 대부분 굴복했으나 해월은 몸을 숨기고 지켜 보다가 홍임이 이봉상을 구하고자 하다가 적에게 피살되니 급히 뛰어나가 그 시체를 들고 나왔습니다. 얇은 판자에 넣어 장사 지내려고 할 때 홍임의 상관이던 이봉상의 시체를 넣을 관이 없다는 소리를 듣고 홍임을 넣으려던 판자를 대신 주었습니다. 홍임의 시체를 베로 묶은 후 이봉상과 나란히 장사 지냈습니다. 이제 해월은 수절하기 위해 기생을 면하게 해달라고 탄원하는데 병영에서 허락하지 않는다 하옵니다. 전하께서는 병영에 곧 분부하시어 그 의로움을 표창하시고 기생을 면하게 하소서."

　박문수의 간청을 듣고 영조는 곧 이렇게 비답을 내렸다.

　"듣고보니 비록 천한 기생이나 그 정절이 가상하니 곧 기생을 면하게 하고 부역도 면제시킬 것이오."

　박문수는 다시 자신의 의사를 이렇게 임금에게 표명하였다.

　"전하, 지난 무신년 변란 때 손명대(孫命大)와 우하형(禹夏亨)은 운봉현감으로서 팔량치 고개에서 도적들을 막아 호남쪽으로 진출하지 못하게 했습니다. 또한 두 사람은 합심하여 적들을 퇴치시키는데 최선을 다했습니다. 그러나 어떤 정치적인 배경이 없어 그 공적에 합당한 포상이 따르지 못했습니다. 그들의 공을 치하하고 충성을 격려하는 뜻에서 지금이라도 벼슬을 높여주소서. 또한 이만빈(李萬彬)과 권희학(權喜學)도 난리를 평정하는데 있어 그 업적이 현저합니다. 그리고 그들을 서북변군(西北邊軍)에 소속시키면 장차 크나큰 힘이 될 것입니다. 전하께서는 곧 전조(銓曹)에 신칙하셔서 각별히 수용케 하소서."

"알겠소 경이 주청한 사항에 대해 각별히 유념하겠소. 더 할말은 없소?"

"예, 전하…… 남연년은 적에게 죽음을 당하기 직전에도 적을 꾸짖으면서 굴복하지 않고 순국했으니 가히 열혈장부입니다…… 거창의 좌수 이술원(李述源)은 영남의 일개 선비에 불과했으나 끝까지 적에게 항거하다가 죽었습니다. 나라에서 권장하고 징계하는 그 기본은 상과 벌이 공정하게 시행되는 데서 비롯됩니다. 상은 먼저 낮고 작은 것부터 시행하시고 벌은 먼저 귀하고 가까운 곳부터 시행하신 연후에야 천하의 인심을 다스릴 수 있습니다. 남연년(南延年)의 장자에게는 이미 직책을 내리셨으니 좌수 이술원의 아들에게도 직책을 내려 주소서."

"경의 말은 구구절절이 지당하오. 과인이 곧 전조에 분부하여 이술원의 아들도 수용케 하겠소."

"전하, 신의 뜻을 가납하시니 성은에 감읍할 따름입니다."

박문수는 허리를 굽혀 예를 갖춘후 어전을 물러났다.

그무렵 평안감사가 장계를 올렸다.

의주의 김초서(金楚瑞)가 수표(手標) 사건으로 인해 죄인으로 몰려 효시(梟示) 시키는 문제에 대해 묻는 내용이다.

효시는 죄가 무거운 자의 목을 벤 후 그것을 높이 매달아 여러 사람에게 경계시키고자 널리 보이는 것을 뜻한다.

당시 수표에 관한 사기 사건으로 인해 그 폐단이 극심하였다.

장계를 읽은 후 영조는 곧 중신들과 어전회의를 열게 되었다.

먼저 좌의정 조문명(趙文命)이 이렇게 아뢰었다.

"전하 근래에 모든 사람들이 수표를 주고 받는 일을 예사로 압니다. 김초서의 사건은 법으로 수표 주고 받는 것을 금하기 전의 일이오니 의논하여 살리도록 하는 것이 좋겠습니다."

이때 박문수가 이렇게 아뢰었다.

"전하, 죄인의 죄상이 명백히 판명된 상태에 처형 당하는 경우는 큰 문제가 없사옵니다. 그런데 김초서의 경우 수표를 법으로 금하기 이전에 있었던 일이옵니다. 그런데 이제와서 전자에 있었던 일을 소급시켜 죽인다는 것은 법의 공평한 시행에 맞지 않사오니 그를 구제 하소서."

임금이 다른 신하들의 의견을 더 물었는데 대부분 의견이 일치하였다.

영조는 그 문제에 대해서 일시 유보하면서 이렇게 비답하였다.

"경들은 들으시오. 사람에게 형벌을 내리거나 죽이는 문제는 가볍게 처리해서는 안될 것이오. 아직 입시하지 않은 대신들도 있으니 그들 의견도 수렴하여 처리하도록 하겠소."

박문수는 그후에도 끈덕지게 주청하여 결국 수표 사건으로 효시 당할뻔 했던 김초서는 목이 그냥 붙어있게 되었다.

소대(召對)하는 자리에서다.

소대는 임금이 중신들을 불러 의논하는 것을 말한다.

"과인이 경들을 부른 것은 백성들의 고충과 애로사항을 살펴 그것을 개선시키고 덜어주려는 뜻이오. 그러니 경들은 좋은 의견을 과인에게 기탄없이 제시하기 바라오."

제일 먼저 박문수가 이렇게 아뢰었다.

"전하, 혼인은 인간에게 있어서 막중한 것입니다. 지금 도성 밖의 처녀들이 나이가 이삼 십이 넘도록 시집을 못간 예가 많사옵니다. 그들은 생활이 어려워 원망스럽고 답답하여 마음이 매우 상(傷)하고 있습니다. 경국대전(經國大典)과 전록통고(典錄通考)를 상고하자면 국가에서 이에 대한 염려를 깊이 하였음을 알게 합니다. 하오니 그뜻을 수용하여 정책에 반영하심이 옳을 줄 아옵니다."

"경의 말이 옳소. 문왕(文王)의 덕화(德和)가 무엇보다도 외로운 이나 과부와 홀아비, 홀로 지내는 자에 대해 우선적으로 거론하였소. 경들은 들으시오. 서울 안에는 경조부관(京兆部官)이 조사하여 호조혜청(戶曹惠廳)에 보고하여 각별히 돌보아 주게 하시오. 지방에는 감사와 수령들이 혼수에 필요한 물품들을 갖추어 혼기를 넘기지 않도록 정책적으로 후원하도록 하겠소."

영조는 다시 박문수를 바라보고 하문하였다.

"영성군은 더 할말이 없소?"

"전하, 신이 근래에 심히 염려하는 것은 무엇보다도 당쟁의 폐해입니다. 나라가 개국된지 삼백 년 가까이 되는 동안 당쟁으로 인해 거의 절반이 역족(逆族)이 된 것은 참으로 안타까운 일입니다. 어떤 당에서 역적이 나오면 거기에 관련되지 않은 사람까지 역적죄로 몰아넣고자 합니다. 그러니 머리를 고치고 안면을 바꾸면서 세력 잡은 당에 소속되지 않으면 화를 피하기 어렵습니다……. 서로가 시기하고 모함하며 물고 뜯기는 와중에서 사대부가 신념대로 처신하기가 참으로 어렵게 되었습니다. 그러기에 풍습과 절개를 팽개치고 이리저리 몰리니 크나큰 폐단입니다. 반대 편에서 역당으로 몰리면 다행스럽게 여기고 이쪽편이 역화(逆禍)를 당할까 두려워 하게 되는 악순환이 거듭 됩니다. 전하께서는 어느 당에 속하든 죄가 있고 없음을 냉철하게 판별하셔야 폐단이 줄어들 것입니다. 그리고 옳은 소리라면 조정 신하나 초야에 묻힌 선비나 신분이 천하더라도 곧 수렴하시는 비답을 내리소서……또한 신이 법전(法典)을 보니 절수(折受) 때는 인구가 번성하지 못하고 토지가 묵어버리는 예가 많습니다. 그러니 여러곳에 토지를 고루고루 나누어서 논이나 밭을 만들게 한 후 세금을 거두더라도 백성의 형편에 맞게 거두신다면 피해가 거의 없을 것입니다……"

박문수의 말중에서 '절수'는 농민들에게 토지를 나누어 주고 세금을 받는 것을 말한다.

박문수는 현명하지만 변덕이 많고 의심이 많은 영조에게 거침없이 자신의 직언을 계속하였다.

박문수의 말은 타당한 것이지만 그와 위치가 상반되는 사람들은 점점 미워하는 원인으로 작용하고 있었다.

인조(仁祖)가 영면하는 장릉(長陵)은 파주(坡州) 운천리(雲泉里)에 있다.

인조의 장릉에 뱀이나 벌레가 자주 출몰했기에 능침(陵寢)을 옮기는 문제가 자주 거론되었다.

장릉은 처음 팔 때부터 뱀이 나왔다.

당시 총호사(摠護使)였던 김자점(金自點)은 그러한 사실을 알면서도 그대로 봉릉(封陵)하였다.

인조가 묻힌 곳은 풍수지리학 용어로 말하자면 우두혈(牛頭穴)로서 그것은 장생파(長生破)하여 항상 변이 있다고 전해진다.

영조 7년 8월 16일.

영조가 장릉으로 행차하려고 할 때 박문수는 임금이 장릉을 찾아가는 것을 한사코 반대하였다.

"전하, 능행(陵行-임금의 무덤을 찾는 일)을 중지 하소서. 옥체에 행여 무리가 생길까 염려 됩니다. 전하, 전하께서 조금이라도 문제가 생기면 종사(宗社)가 흔들립니다. 군왕은 자고로 능행을 금하는 것이 상례입니다."

"경은 무엇 때문에 그렇게 반대하오. 경이 반대할수록 나는 오히려 무리하게라도 무슨 일이든 강행하겠소."

"전하, 지금 말씀은 실언(失言)이십니다. 신은 오로지 충정에서 말씀드린 것입니다. 그런데 무리하게 강행하려 하십니까? 신릉(新陵)으로 옮긴 후에 한번쯤 배알하면 됩니다."

"경은 어찌하여 사사건건 과인의 일에 그토록 반대하려 드오. 나는 기어코 능행을 중지할 수가 없소."

얼마 후 박문수는 대신들과 희정당(熙政堂)에서 임금이 능행하는 것에 대해 다시 반대하였다. 그리고 이렇게 진언하였다.

"전하, 임금은 매사에 신중히 행동해야 합니다. 특히 상과 벌에 대해서도 그러합니다. 요즈음 나라를 위해 노력하는 사람을 가려서 상을 주도록 하십시오. 그런데 요즈음 상벌이 분명치 못하여 혼란이 야기되고 있습니다. 지금 당상관만 백여 명이 되고 가선(嘉善)도 40명이나 됩니다. 음관(蔭官)들도 아침에 출사(出仕)하면 저녁에 6품관으로 승격하는 사례가 너무나 많습니다. 노인직(老人職)도 돌려가면서 하고 있습니다. 이것은 국가의 명기(名器)를 남발하는 것입니다. 이것은 모두가 임금의 잘못에서 비롯된 것이니 시정해야 마땅합니다. 국가에서 지급되는 재정이 늘어나면 그 부담은 백성이 떠맡게 되니 이것을 개혁해야 하겠습니다."

박문수는 숱한 사람들의 미움을 받으면서도 자신이 옳다고 생각하면 거침없이 어전에서 직언하기를 서슴치 않았다.

선단(仙丹)의 효험

영조 8년, 박문수의 나이 42세.

박문수는 어명을 받고 김해의 명지도(鳴旨島)에 가서 소금 굽는 것을 시찰하고 경주 쪽으로 갔다.

마침 경주에서는 신라의 시조를 모신 제전(祭殿)에서 제사를 드릴 준비를 하고 있었다. 박문수의 당시 공식관직은 형조참판이었다. 그곳의 목사가 박문수에게 특별히 여러모로 간청하였다.

박문수는 영남 지방에 대해 그 사정을 잘 알기에 흉년이 든 그곳을 구휼하는 사명을 지니고 내려갔다.

"참판께서는 이번 제사를 지내는 일을 총괄해 주소서."

경주 목사가 특별히 거듭 간청하였다.

"글쎄, 제사는 정결한 마음으로 정성을 다 쏟아야 하는 법이오. 그런데 나는 조정의 반대파에게 워낙 미움과 시기를 많이 받아서 마음이 매우 상하였소. 그러니 좀더 생각한 후에 결정하는 것이 좋겠소."

그날 밤이었다. 박문수는 꿈을 꾸었다. 수염이 탐스럽게 늘어진 선풍도골의 신인이 박문수에게 나타났다. 박문수는 황급히 의관을 정제하고 정중히 맞이하며 여쭈었다.

"신선께서는 속인에게 무엇을 일깨워 주시려는지요?"

"공은 들어라. 신명(神明)들은 흠도 티도 없는 제사에 대해서만 기꺼이 흠향 하신다. 공은 지난날 선도(仙道)를 조금 닦았다고 하나 아직도 자신의 마음을 제대로 다스릴 줄 아는 경지에는 이르지 못하였다. 그러나 누구보다도 정직하고 선기(仙氣)를 수용할 그릇이니 한동안 단련을 주겠노라. 그런 연후이면 한결 인간적으로 성숙해지고 원만해지리라. 지금 그대로 둔다면 강직함이 지나쳐 반대파들의 구설수에 올라 비명에 사화를 당할 우려가 있다. 하기에 미리 면역성을 길러주고자 공에게 사십 일 낮과 밤에 걸쳐 혹심한 질고를 겪게 하리라."

그말을 남기고 신령은 홀연히 사라졌다.

신령이 나타났다 사라진 그시간 이후 부터 박문수는 몸에 알 수 없는 병이 났다.

열이 펄펄 끓어오르고 온몸이 심히 고통스러웠다.

박문수의 병세는 날로 악화되었다.

박문수가 병났다는 소문을 듣고 영남의 감사 조공(趙公)이 급히 달려왔다.

"박참판. 어쩐 일이시오. 속히 쾌차하셔야지요."

"조감사, 국사다망할 터인데 어떻게 오시었소?"

"누가 무어라고 하던 박참판께서는 우리 모두에게 절대적으로 필요하신 분입니다. 마침 이곳에는 천하의 명의(名醫)인 임정(任程)

이 어떤 일에 연좌되어 귀양살이를 하고 있습니다. 그는 죽은 사람도 살린다고 소문났습니다. 화타나 편작에 비견되는 대단한 명의이니 그에게 부탁하면 곧 쾌차하실 것입니다."

"고맙소, 조감사…… 너무 번거로움을 끼치는 것 같소이다."

조감사는 온갖 궂은 일을 도맡아서 박문수의 병을 낫게 하려고 애를 썼다.

박문수를 진맥하러 왔던 천하의 명의 임정이 박문수의 맥을 짚더니 얼굴색이 흐려졌다.

"여보시오. 어찌 되었는지 말을 하오. 우리 박참판의 병세는 어떠하오?"

"예, 감사또, 아뢰옵기는 황송하오나 그동안 너무 노심초사 하시고 애를 끓여서 심화(心火)가 도졌습니다. 뿐만 아니라 알 수 없는 범연한 기운이 박참판을 에워싸고 있으니 소인의 의술로서는 별다른 효험이 없을 것 같사옵니다."

"무엇이? 그것을 말이라고 하시오? 천하의 명의가 병을 치유하기 어렵다면 도대체 누가 고칠 수 있단 말이오?"

"감사또, 황공합니다. 오로지 최선을 다하여 탕약을 끓여 올리도록 하겠습니다."

임정은 온갖 정성과 공력을 다쏟아 약을 지어 올리고자 했다.

그러나 박문수는 한사코 약을 거절하였다.

"사람이 죽고 사는 것은 하늘에 달렸소이다. 하늘이 내가 이 땅 위에서 할일이 없으면 거두어 갈 곳이고 아직도 할일이 남았다면 살릴 것이오. 너무들 염려하지 마시오."

박문수가 약을 거부한다는 소식을 듣고 영남 일대의 사대부들이 몰려와서 제발 약을 드시라고 권하였다.

"참판께서는 지난날 죽게 되거나 곤궁에 처한 숱한 생령을 살리셨습니다. 이제 병을 얻으셨으니 우리들도 그냥 있을 수 없습니다. 제발 약을 드소서."

"제발 우리들의 정성을 보아서라도 약을 드소서."

한결같이 간청했으나 모조리 물리쳤다.

박문수가 국사를 수행하던 중에 중병이 들었다는 소식을 듣고 영조는 곧 자신의 주치의 격인 태의(太醫)를 보내었다.

박문수의 병세는 점점 악화되어 명재경각에 이르게 되었다.

태의가 달려가서 박문수의 병세를 살피고 약을 지어 올렸다.

처음에는 한사코 거부하였다.

그러자 태의가 간곡히 권하였다.

"제발 약을 드소서. 병세가 위중한데 전하께서 특명으로 보내신 태의가 올리는 약 들기를 거부하는 것은 신하로서 불충(不忠)이니 어서 기운을 차리고 약을 드시오."

그말을 듣고 박문수는 겨우 몸을 일으켜 북향사배를 올린 후 성은에 감읍하면서 약을 마셨다.

그러나 온갖 약도 효험이 없었다.

박문수의 병세는 점점 악화되어 언제 숨이 넘어갈지 위태한 지경이었다.

서울 본가에 급한 소식이 날아들었다.

목숨이 경각에 달렸다는 급보를 듣고 모두들 근심하며 눈물을 흘리며 초조하게 애를 끓이고 있을 때이다.

박문수의 어머니는 그때 이미 연로했지만 정신적으로 모든 사람을 압도하고 있었다.

집안 식구들이 근심에 잠겨 눈물을 흘릴 때이다.

노마님이 그자리에 나타났다.

"왜들 이러고 있느냐?"

"지금 소식을 듣지 못하셨습니까? 우리 대감께서 병세가 악화되어 목숨이 경각에 달렸다 합니다."

그말을 들은 노마님(박문수의 어머니)은 얼굴색이 바뀌면서 준엄하게 말했다.

"하늘이 사람을 낼 때는 그 사명을 부여하는 법이니라. 그런데 무엇 때문에 아녀자가 방정스럽게 눈물을 흘린단 말인가. 어서 눈물을 거두지 못할까. 내 아들은 아직은 결코 죽지 않는다. 다들 눈물을 그치어라."

"잘못하였습니다, 어머님."

박문수의 부인을 비롯하여 집안의 모든 식솔들이 일제히 노마님에게 머리를 굽혔다.

한편 박문수가 흉년이 든 영남의 백성들을 진휼하고자 갔다가 병이 난 것을 알고 백성들이 고기나 조개, 해초 등을 갖고 몰려왔다. 박문수는 정신이 오락가락하였다.

"참판 나으리. 하루 속히 쾌차 하소서. 소인들은 모두가 염려스러워 이렇게 마음을 조이고 있습니다."

"소인들에게 희망을 주소서. 그것은 하루 속히 형조참판 나으리께서 병이 낫는 것입니다."

박문수는 겨우 정신을 차리고 이렇게 대답했다.

"고맙소. 여러분들의 성의에 보답하기 위해서다로 기어이 병이 나을 것이오."

박문수는 이미 기운이 쇠진할대로 쇠진하여 말하기조차 어려운 상태였다.

발병한지 39일째 되던 날이었다.

경상감사 수하에 딸린 별장 하나가 허둥지둥 달려와서 이렇게 말했다.

"참판 나으리, 밖에 어느 삿갓쓴 사람이 찾아와서 이런 쪽지를 전해 드리라고 한 후 어디론가 가버렸습니다."

박문수는 이미 운신할수도 없을 정도로 기력이 극도로 쇠진한 상태였다.

겨우 힘을 내어 쪽지를 펴보니 그안에는 대추알 크기의 선단(仙丹) 세 개가 들어 있고 이렇게 쓰여져 있었다.

박공에게 이르노라. 그동안 새로운 사람으로 거듭 탄생하게 하기 위해 하늘이 그대에게 시한적으로 시련을 주었는데 이제 끝날 때가 되었도다. 그대는 앞으로도 오로지 충효애민(忠孝愛民) 사상을 몸소 솔선수범 하기를 바라노라. 그리고 여기에 보내는 선단 세 알을 복용하라. 그러면 이내 병이 씻은듯 나으리라.

박문수는 겨우 기운을 내어 경건한 마음으로 선단을 입에 넣고 꼭꼭 씹은 후 물과 곁들여 삼켰다.

향긋한 냄새가 진동하면서 박문수를 그동한 괴롭히던 병이 점점 호전 되었다.

드디어 완전히 병을 털고 일어서니 주위에서 모두들 놀라와 했다.

박문수로 인하여 눈물 흘리는 영조

영조 임금 9년.
이무렵 박문수는 예조참판(禮曹參判) 자리에 있었다.
이무렵 수찬(修撰) 벼슬에 있는 한현모(韓顯暮)가 상소하였는데 그 내용은 이런 것이었다.

전하……. 신이 보건데 요즈음에 이르러 대신들 거의가 말하기를 기피하는 것은 박문수 때문이라고 합니다. 대신들을 보고 '노예'라고까지 말했으니 비할 데 없이 거슬리고 해괴합니다.
공훈이 있는 신하로서 임금 앞에 아뢰는 것이 미치광이처럼 잡스럽고 어리석게 지껄이고 있으니 크나큰 잘못입니다. 모두들 지존(임금) 앞에서는 삼가하고 두려워 해야 하거늘 박문수에겐 도대체 그런 성품이 없습니다.

속으로는 괴이함을 품고 밖으로는 미친 행동이 드러나니 전하께서는 심히 꾸짖어 주소서……

 위의 상소를 살펴 약간의 설명을 붙이자면 박문수는 자기보다도 품계가 높더라도 그릇된 경우에는 장소와 때를 가리지 않고 거침없이 비판하였다.
 그러한 일들이 누적된 결과 상대자들은 서로 연합하여 박문수를 탄핵하는데 있어 자신들의 하수인들을 이용하였다.
 오늘날 용어 개념으로 말하자면 일종의 '언론 플레이'였다.
 수찬은 조선조 때 정 6품에 해당하는 벼슬에 속한다.
 한현모를 비롯하여 박문수를 비난하고 탄핵하는 상소가 거듭 올라왔다.
 박문수는 대부분의 조정 대신들이 불리하면 입을 다물고, 명철보신에만 치우쳐 아첨하는 경향에 대해 '노예'에 비유하면서 신랄히 논박한 적이 있었다.
 한현모의 상소에 이어 이번에는 지평(持平) 유최기(兪最基)가 다시 박문수를 비난하는 상소를 올렸다.

 나라에 공이 있다는 자가 크게 소리를 지르며 진신(搢紳=지위가 있고 행동이 젊잖은 사람)을 능멸하고 짓밟았으니 몸이 동방삭(東方朔)인들 견뎌내겠습니까…… 조롱과 농담으로 우맹(優孟=초나라 사람)을 의방해서 모든 사람을 무시하니 독단에 치우치는 그를 엄중히 문책하여 스스로 깨우치지 못하면 내치소서.

 박문수에 대한 비난이 계속되자 박문수는 어전에 나아가 이렇게 호소했다.

"전하…… 신은 기질이 억세고 말이 거칠어서 먹줄로 튕긴 규범 속에 들어가지는 못합니다. 그러나 전에 연석에서 실언을 했다고 하는데 그것은 연유가 있습니다. 권세를 지닌 신하들 끼리 호남을 서로 손아귀에 넣고자 수단과 방법을 안가리니 전하께서 잠자리가 편치 못하십니다. 그리고 전하께서 깊은 밤에 침전에 대신을 불러 대신과 잡수시는 방공(方貢=지방의 특산물)의 폐해가 크기에 그것을 감하라 하였습니다. 그런데도 그들은 눈치만 살피며 입을 다물고 있기에 그것을 통절히 배척하였습니다. 모든 신하들이 바른 소리를 그치고 아첨만 하면 나라꼴이 어찌 되겠습니까? 신의 충정을 밝히 통촉하소서."

영조는 박문수가 강직하고 청렴결백 하지만 지나치게 대한다고 여겨져 내심으로 매우 불쾌하였다.

"허허…… 경은 곧은 소리를 빙자하여 임금까지 없수이 여기니 지나치지 않소. 바로 그것이 병이로다."

영조의 어심을 간파한 박문수의 반대파들이 일제히 박문수에게 집중 공격을 퍼부었다.

이번에는 우의정 김흥경(金興慶)까지 가세하였다.

"전하, 영성군 박문수는 평소에 큰소리를 자주 낼 뿐만 아니라 전하를 바라보고 조회하는 거동이 엄숙하지 못합니다. 어서 그의 죄를 다루소서."

다른 신하들도 일제히 맞장구를 쳤다. 박문수로서는 사면초가에 쌓였다. 박문수는 이렇게 어전에서 항변했다.

"전하, 옛 문헌을 상고하면 연석의 대신은 꿇어앉고 다른 신하들은 손을 잡고 반쯤 구부리는 법으로 기록되어 있습니다. 일찍이 엎드리는 일이 없었으나 요즈음에 이르러 전하께서 아첨하거나 두려워서 모두들 코가 땅에 닿도록 굽신거립니다. 왕과 신하는 부자지간 같은 것입니다. 아들이 아버지의 얼굴을 바라보는 것이 무슨 죄가 된다는 것입니까?"

박문수는 불리함을 의식하지 않고 자신의 의사를 소신껏 밝혔다.

박문수의 말에 또다시 벌집을 건드린 것처럼 일제히 떠들어댔다.

"전하, 박문수는 신하로서 임금을 대하는 태도가 지나치니 어서 그를 죄로 다스리소서."

영조는 비답을 내리기를 잠시 유보하였다.

지난날 공신인 데다 백성들이 믿고 따르는 그를 죄주기가 망서려졌고 그냥 두자니 그의 거침없는 직언이 거슬렸다.

영조 9년 11월로 접어들었다.

종친(宗親) 해흥군(海興君)이 빈청(賓廳)에 들어와서 대신(大臣)들의 자리에 앉았다.

좌의정 서명균(徐命均)은 크게 노하였다.

그러나 차마 종친을 죄로 다스릴 수 없었다.

"여봐라, 무감. 종친이 감히 대신의 자리에 앉았으니 이것은 종친부 서리(書吏)들의 불찰이다. 어서 서리들을 금부에 잡아 넘겨라."

종친은 원래 임금의 인척으로서 정치에는 관여하지 못하게 정해졌다.

행여나 권력의 분산, 또는 이동을 예방하기 위해서이다.

그런데 대신의 자리에 들어와 앉았으니 좌의정이 본보기로 그 수하에 딸린 아랫 것들을 잡아넣었다.

그 소리를 들은 종친 해풍군(海豊君)의 아우 해춘군(海春君)이 크게 반발하였다.

"여봐라, 종친부의 서리들은 들으라. 너희들 동료가 의금부에 갇혔다는데 그냥 보고만 있겠느냐? 아무리 대신이라도 종친을 능멸하고 업신여기려 드니 도저히 참을 수 없다. 너희들은 종친부 서리를 잡아가둔 관속들을 모조리 잡아 오너라."

이제 사건의 발단은 엉뚱한 데서 점점 걷잡을 수 없이 번져나갔다.

임금의 비호를 받는 종친들과 국가를 이끌어가는 대신들간에 마찰이 생긴 것이다.

문제가 확대되자 어전회의가 소집되었다.

모두들 고개를 숙이고 눈치만 살폈다.

말 한 마디에 따라서 목숨이 달아나거나 죄를 뒤집어 쓸 판국이었다.

종친의 미움을 산다면 처신하기에 상당한 고충과 불이익이 따르게 된다.

그때 박문수가 거침없이 포문을 열었다.

"전하, 신 박문수 한말씀 아뢰옵니다. 대신을 공경하는 것은 국가의 체통을 존중하기 때문입니다. 그렇다고 종친부를 존중하지 말자는 것이 아닙니다. …… 그런데 종반(宗班)은 2품으로서 정부의 관리를 함부로 잡아 가두다니 이것은 용납될 수 없습니다……"

박문수의 말이 채 끝나기도 전이었다.

영조는 극도로 흥분하여 용상을 어수로 치면서 크게 소리쳤다.

"박문수는 말이 지나치다. 너희들은 과인이 왕제(王弟)로서 대통(大統)을 이은 것을 두고 무시하는 게 분명하다. 그래서 종친부를 멸시하는 것이다. 불순한 말을 서슴치 않는 박문수를 당장 치죄(治罪)하리라!"

영조는 발을 구르며 낙루를 하였다.

온몸이 극도로 흥분하여 부들부들 떨리고 있었다.

영조는 전자에서도 이미 다룬 바 있거니와 정실 왕후의 몸에서 태어나지 못하고 세자로 책봉되지 못했다.

신분이 천한 무수리 최씨의 몸에서 태어나 경종이 갑작스럽게 승하하니 세제로서 보위에 오른 것이다.

그러한 출신 배경으로 인해 심한 열등감에 사로잡혀 있었다.

누구라도 영조의 열등감을 자극한다고 여겨지면 극도로 흥분하여 과잉 반응을 나타냈다.

임금이 신하에게 눈물을 보인다는 것은 극도의 수치이며 체통을 잃는 것이다.

눈물을 흘리며 광태를 보이는 영조를 대하고 모두들 두려워 뒷걸음쳐 달아났다.

"아아! 비록 내가 재주는 부족하나 신명을 바쳐 백성을 위하고 나라의 잘못된 일을 바로 잡고자 했는데……"

박문수는 크게 탄식한 후 집으로 돌아와서 어떤 각오를 하고 다시 이렇게 상소를 적어내려 갔다.

전하…… 비감한 마음으로 신 박문수는 엎드려 아뢰옵니다……

지난 십 년 가까운 세월, 전하의 감정이 격하여 마음이 많이 상하게 되었습니다.

신 등이 이 지경에 이른 것을 생각하면 심히 비통함을 금할 수 없습니다. 그동안 하고 싶은 말, 싸울 일도 애써 삼가할 때도 있었습니다. 이러한 일은 어찌된 탓이라고 여기시는지요?

지금까지 전하의 상심이 계속 쌓여 쉽게 감정이 폭발하여 부당한 말씀을 내릴 때에는 대부분 신하들은 무조건 따랐습니다.

그래서 전하의 태도만 살피다가 적당히 물러나기를 거듭하는 실정입니다.
이래가지고서야 어찌 나라를 바르게 잡을 사람이 있겠습니까?
……
전하…… 지금 전하께서는 노하시는 병이 자주 발작하고 있습니다.
지금 누구나 전하의 노여움을 당할까봐 걱정하고 있습니다.
이 때문에 대소 관리들이 눈치껏 몸을 사리기만 하니 그 폐단이 매우 커지고 있어 심각한 상태입니다. 그러니 모든 계층의 사람들이 잘못을 고치지 못하고 있습니다.
전하!
이제부터 더욱 반성하시고 쓸 데 없는 감정을 억누르시고 새롭게 분발하셔야 하겠습니다.
전하의 입지(立志)가 확고하지 못하고 학문이 독실치 못하며 혈기(血氣)에만 치우치면 나중에 반드시 후회가 따를 것입니다.
가는 세월은 다시 돌아오지 않고 잘못된 일은 저절로 고쳐지지 않으니 생각할수록 통탄스럽습니다.
오욕칠정 중에서도 화냄(怒)과 슬픔(哀)을 가장 제어하기 어려우니 통탄스러울 따름입니다.
깊이 성찰(省察)하시기 바랍니다.

　박문수는 비록 자신이 임금의 노여움을 사서 목숨을 잃게 되더라도 기어이 하려는 말은 기어코 해야만 직성이 풀렸다.
　주위에 그의 적들이 늘어나고 임금이 넌덜머리를 냈으나 박문수는 거듭 과격한 내용의 상소를 올렸다.

영조는 '미운 놈 떡하나 더 준다'는 심정으로 박문수를 억누르려던 마음을 바꾸고 그해 12월, 오히려 대사헌(大司憲)으로 제수하였다.
박문수로 인하여 신하들이 보는 앞에서 눈물을 흘렸으면서도 영조는 박문수를 포용하였다.
그의 사심없는 우국충정을 믿었기 때문이다.
천하의 독불장군, 임금 앞에서도 굽히지 않는 황소고집, 온갖 별명이 그에게 따라 다녔다.
그는 불의 앞에서는 호랑이였고 추상 열일 같았지만 그러면서도 누구보다도 정이 많았다.
가난하고 힘없는 백성들의 사정을 자기 일이나 다름없이 받아들였다.
권력자와 야합하여 적당히 '누이 좋고 매부 좋다'는 식으로 살아가는 적당주의를 단호히 배격하였다.
"나는 전에 입산했다가 하산할 때도, 그후에 선인(仙人)을 만나서도 수없이 나 자신에게 다짐하고 맹세했었다. 나 자신의 안일과 출세와 부귀영화를 추구하지 않고 오로지 충효애민 정신을 몸소 구현하는 것에 신명을 바치겠다고…… 전하께서는 구중궁궐에 쌓여 있으니 백성들의 어려운 사정을 제대로 이해하기 어렵다. 그러니 내 스스로 지난날 암행어사 때처럼 변장을 하고 민심을 살펴 잘못된 것을 개혁해야겠다!"
박문수는 국사를 끝낸 후 주로 밤중에 곳곳을 돌아다니며 백성들의 고충을 살피고 덜어주어야 한다고 생각했다.
백성들의 생활 실태를 살핀 후 박문수는 자신이 느낀 바에 대해 이렇게 임금에게 장계를 올렸다. 간추려서 옮긴다.

전하, 지금 사방에 걸쳐 민폐가 이를 데 없이 극심합니다.
전하께서는 구중궁궐 깊은 곳에 계시므로 알 수가 없을 것입니다.
그러므로 언로(言路)도 열리지 못한 실정입니다. 지금 5~6년간 계속 흉년이 겹치고 있습니다.
이러한 틈을 타서 주변의 국가들이 침략의 기회를 노리고 있습니다.
그리고 특히나 지방의 수령들이 생민(生民)들을 가혹하게 다루어 구렁텅이 속에서 죽어가는 자가 수없이 많사옵니다.
나라의 운명이 계란을 쌓아놓은 것처럼 위태롭건만 그것을 두려워 하지 않는 습관이 점차 늘어나고 있습니다. 여기에 대해 어떤 방비책이 없으면 나라는 망할 것입니다.
전하, 어서 분발하셔서 기울어지는 나라를 소생시켜야 하겠습니다.
아무도 나서지 않으면 올바른 정치가 될 수 없습니다.
축대를 쌓고 인재를 불러 만약의 사태에 대비해야 하겠습니다.
연(燕)나라 소공(昭公)과 월(越)나라 구천(句踐)이 와신상담하던 자세를 배울 때입니다.
전하, 제일 먼저 뜻을 세우셔야 합니다. 그리고 유능한 인재를 구해야 합니다.
다음으로는 검소한 생활을 하셔야 하겠습니다…….
우선 옹주(후실의 몸에서 난 임금의 따님)의 집도 법제대로 행하시고 사치가 지나친 재상들의 집도 헐어버려야 할 것입니다.
그리고 공적(公的)인 사람이 사사로운 일에 치우치면 엄히 죄로 다스려야 합니다…….
그밖에 적은 일이라도 솔선적으로 수범하시면 일 년 이내에 치적(治積)이 올라 중흥될 것입니다.

오늘날 어느 때보다 언로(言路)가 막혀진 상태입니다. 곧 하교(下敎)를 내리셔서 진실로 바른 말을 수용하소서. 오늘날 대신들조차 보신(保身)에만 치우치니 국사가 제대로 될 리가 없습니다.

전하, 나라를 다스리는 데 있어 인재를 골고루 등용해야만 합니다. 유비는 유능하지 못하면서도 47년간 국운을 유지했는데 그것은 제갈공명에게 의뢰했기 때문입니다.

신은 지금 실로 개탄할 따름입니다. 현명한 사람은 쓰이지 못하고 무능하고 간악한 사람이 득실거리니 이것이 전하의 병인(病因)입니다. ……

지금 탕평(蕩平)이란 이름은 있어도 그 실속은 없습니다. ……

지금 풍속이 변하고 기강이 문란해지고 있습니다. 국가의 경비가 부족하여 양역(良役)이 고질이 되었습니다. 국사가 이 지경에 이른 것은 전하가 조종(祖宗) 때만 못한 탓이고 신하도 그때만 못한 탓입니다. ……

전하, 헛되이 남용되는 비용을 점검하신 후 절약해야 하겠습니다. ……

전하께서는 영기(英氣)가 넘치지만 큰지식은 부족하오이다. ……

부마(駙馬-임금의 사위)들의 집도 크게 짓지 마소서. 그러면 국민들도 검소해질 것입니다.

지위나 신분을 막론하고 사치하는 풍습을 중지시켜야 하겠습니다……

사치는 나라를 망치게 합니다.

옛날 진(晋)나라 무제(武帝)는 꿩의 머리털로 외투를 만들었으며 당나라 현종(玄宗)은 비단과 주옥(珠玉)으로 옷을 만들었다 합니다. 그래서 후일 모조리 사치스러운 것이라 하여 불질렀다고 하옵니다. …….
예로부터 임금들은 처음에는 부지런하고 검소했지만 나중에는 게을러지고 사치한다는 것을 교훈으로 삼아야 할 것입니다.
전하께서 분발하시더라도 시일이 지나면 요사스러운 일들이 틈타고 들어올 것이니 이것을 항시 경계하시기 바랍니다.

박문수는 반대파들이 헛점을 노리든 말든 임금이 곤혹스러워 하고 듣기 싫어하거나 말거나 자신이 옳다고 여겨지면 목숨이 위협받거나 불이익이 닥치는 것도 가리지 않고 거침없이 직언하였다.

청나라에 가서 외교 수완을 떨치다

　함경도 북쪽지방은 만주와의 국경이 접한 곳이다.
　국경이 접했기에 자주 충돌하는 경우가 발생하였다.
　청나라 군사들이나 백성들이 우리 국경을 침범한 후 부녀자를 겁탈하고 가축이나 사람을 잡아가는 사례가 많았다.
　우리나라 북쪽지방의 사람들은 고구려 후예들로서 저항 기질이 강한 편이다.
　다혈질이라서 성격도 급하다.
　그무렵 김춘부(金春夫)라는 농부가 있었다.
　그는 어느날 소몰고 밭갈이를 하고 있었다.
　그날 그의 어린딸, 14세난 옥희(玉姬)가 아버지의 점심을 머리에 이고 들판으로 걸어갔다.
　들판에는 탐스럽게 자라는 보리들이 바람이 불 때마다 가볍게 물

걸치는 모습이 장관을 이루었다.
 평화스러운 농촌의 목가 속에 종달새가 구름밭을 누비고 있다.
 옥희가 보리밭 사이를 지나가고 있을 때이다.
 "파그닥, 파그닥……"
 바로 그때에 말발굽 소리가 요란스럽게 들렸다.
 고개를 돌려 주위를 살피니 뒤가 터진 창옷을 걸치고 머리를 길게 땋아내린 청나라 장사꾼 두 명이 급히 다가왔다.
 "우해해, 고것 참 예쁘구나!"
 "고것 잡아가면 비싸게 팔 수 있겠다 해."
 청나라 장사꾼들은 갑자기 말에서 내려 옥희를 덥석 안았다.
 "으아앗, 사람 살려어!"
 옥희가 머리에 인 함지가 쏟아지면서 밥그릇 오지그릇이 모조리 박살이 났다.
 "우헤헤 고것 참 생선처럼 팔딱거린다 해."
 "우리 따라 가면 호강한다. 이히히……"
 옥희는 끌려가면서 죽을 힘을 다해 소리를 쳤다.
 "사람 살려어……"
 그 소리를 듣고 옥희의 아버지가 쇠스랑을 들고 달려왔다.
 "이 뙤놈들, 어서 내딸 내놔라."
 청나라 장사꾼에게 달려들면서 쇠스랑을 휘두르자 쇠스랑이 말엉덩이에 맞았다.
 놀란 말이 '히이힝' 울면서 뛰어올랐다.
 그 바람에 청나라 장삿꾼 한 놈이 말에서 떨어졌다.
 "에잇, 이 도둑놈!"
 김춘부가 쓰러진 놈에게 다가가서 먹살을 잡았다.
 두 사람이 엎치락 뒤치락 싸우던 끝에 김춘부가 박치기를 하니 청나라 장사꾼들은 두개골이 깨어져 척 늘어졌다.
"이놈, 어서 내딸을 내놓아!"
김춘부가 다시 쇠스랑을 잡고 남은 한 놈에게 달려들었다.
"에잇!"
순간 놈의 팔이 허공을 가른 후 비수 한자루가 김춘부의 목덜미에 박혔다.
김춘부는 쓰러진채 피를 흘리며 죽어갔다.
"아버지……아버지!"
옥희가 몸부림치자 청나라 장사꾼들의 주먹이 명치를 후려치니 그대로 축 늘어지면서 잠잠해졌다.
옥희의 오빠는 18살이었다.
이름은 옥남(玉男)인데 담력이 대단하고 힘이 세었다.
동생이 잡혀가고, 청나라 장사꾼에게 아버지가 죽임을 당했다는 소식을 듣고 이를 갈면서 복수하기로 결심했다.
옥남이는 비수를 품고 국경을 넘었다.
수소문 하던 끝에 동생을 잡아간 청나라 장사꾼의 집을 알아내었다.
어둠 속에서 이곳저곳 헤메며 동생이 갇힌 곳을 알아내고자 주위를 살폈다.
"아아, 살려줘어……"
"우해해 띵호와 띵호와……"
옥남이는 소리나는 곳으로 다가가서 비수를 들고 가만히 문짝을 밀쳤다.
바로 그때에 촛불을 켜놓은 방안에서 무지막지한 청나라 장사꾼의 벌거벗은 몸뚱아리가 옥희의 연약한 몸을 짓누르고 있었다.
"에잇, 더러운 뙈놈의 새끼!"

극도로 화가난 옥남이 놈의 댕기꼬리를 잡아챘다.
거대한 놈의 몸체가 옥녀의 몸에서 떨어졌다.
옥녀는 반항하다가 놈에게 짓밟힌채 실신한 상태였다. 아랫도리가 피로 벌겋게 물들어 있었다.
옥남이는 비수를 놈의 심장에 힘껏 찔러넣었다.
"으으윽!"
놈은 고목나무가 쓰러지듯 더운피를 뿜으며 쓰러진다.
옥남이는 곧 비수를 빼어 피를 닦은 후 품에 넣고 옥녀를 들쳐업었다.
방문을 막 나설 때였다.
한떼의 무장한 군사들이 앞을 가로막았다.
옥남이는 그들과 맨손으로 용감히 대결했으나 결국 그들에게 잡혔다.
옥남이와 옥녀는 결국 청나라 감영의 옥에 갇히게 되었다.
국경 일대에는 이러한 사건이 드물지 않게 발생한다.
이럴 때 사신을 보내어 문제를 풀어나가야 한다.
조선에서는 사건에 대한 보고를 받고 즉각 어전 회의를 소집하였다.
"경들은 들으시오. 국경에서 또 다시 분규가 생겼소. 이미 들으셨을 줄 아오마는 살변과 겁탈 사건이 생겼소. 급히 사신을 청나라에 파견하여 문제를 수습해야 하겠는데 누가 소임을 잘 해낼 것인지 말해 보시오."
"전하, 신의 생각으로는 학식과 경륜이 뛰어나고 뱃심이 두둑하며 저력이 있는 영성군 박문수가 가장 합당한 인물이 아닌가 여겨집니다."
영의정 이광좌의 제언에 너도 나도 동조하였다.

그때 박문수를 아끼는 친한 벗이 이렇게 상주하였다.
"전하, 박문수는 요즈음 건강이 좋지 않사옵니다. 사신길은 험난하며 반년이 걸리는 곳이라서 그의 건강이 염려됩니다. 더구나 그에게는 언제 세상을 떠날지 모르는 노모가 계십니다. 그점을 참조하소서."
"그렇다면 누가 그일을 대신할 수 있겠소?"
또 다시 여러 사람이 거론되었다.
그날 묵묵히 침묵을 지키던 박문수는 집으로 돌아가서 어머니에게 아뢰었다.
박문수는 꼭 아침 저녁으로 어머니에게 문후를 여쭈었고, 그날 있었던 일에 대해서 재미있게 말씀드린다.
"어머님, 소자 지금 돌아왔사옵니다."
"오냐, 그래 오늘은 별다른 일이 없었느냐?"
"예, 오늘 진주부사(陳奏副使)에 소자가 거론되었습니다. 하오나 소자는 어머님이 염려스러워 대답하지 못했습니다."
"무어야? 국사에 매인 몸이 사사로운 사정에 의해 몸을 사리다니…… 이 어미가 언제 그렇게 나약하라고 가르쳤는가. 내가 조의(朝衣)를 가져올 것이니 어서 사신으로 가시게."
"어머님, 사신길은 여러달이 걸리옵니다. 연로하신 어머님을 두고 소자가 차마 떠나기가 망설여집니다."
"인명은 하늘에 달린 것이다. 아들이 돌아오기 전에 이 어미는 절대로 죽지 않을 것이야. 어서 준비를 하게."
박문수는 노모의 말에 고무되어 사신으로 떠나기로 결심했다.

다음날 박문수는 노모가 손수 건네주는 조복을 입고 입궐하였다. 그날도 역시 사신을 보내는데 적임자를 거론하고 있었다.

박문수는 어전에 나가서 이렇게 상주하였다.

"전하, 신은 전날에 암행어사와 감사가 되었었지만 국사에 큰 도움이 되지 못했습니다. …… 지금 전하께서는 국경 분규로 인해 어려운 때입니다. 신으로서도 늙은 어머니를 떠나서 먼길을 간다는 것은 차마 어려운 일입니다. 하오나 신하된 자로서 어찌 주어진 소임을 마다고 하겠습니까? 신의 어머니가 손수 이 조복을 주시며 가라고 하셨습니다. 신을 보내주소서."

"경은 들으시오. 과인은 경의 어머니가 어질다는 것을 전부터 듣고 알았소. 경은 특히 전에 영남 일대에서 공을 많이 세웠소. 이제 또다시 외국으로 나가게 되니 미안한 느낌이 없지 않소."

"전하, 옛날 송나라와 원호(元昊)가 교류할 때 신의를 서로 지켰습니다. 신도 그 일익을 담당할 것이오니 청나라로 보내는 자문(咨文)과 서신을 갖고 성의껏 임무를 수행하겠습니다."

"과인은 경을 믿노라."

영조는 이러한 내용의 비답을 내렸다.

정사(正使)에는 오명균(吳命均) 부사(副使)에 박문수를 보내기로 했다.

영조 10년 7월

찌는듯한 무더위가 계속되는 중에 박문수는 어머니를 비롯하여 집안 식구들과 작별의 인사를 나누었다.

대략 6개월이나 걸리는 사신의 길을 떠나게 되었다.

떠나기에 앞서 박문수는 임금을 배알하는 자리에서 이렇게 말하였다.

"전하, 옛말에 이르기를 적선지가 필유여경(積善之家必有餘慶)이라고 하였습니다. 사람을 함부로 억압하지 마시고 호생지덕(好生之德)으로 예우하며 기근이나 재해를 만나 살기 어려울 때에는 은혜로서 보존해 주셔야 합니다. 항상 백성을 친자식처럼 아껴 주셔야 민심이 따르옵니다."
 "경의 말은 과연 옳소. 그중에서도 백성을 아끼고 보호해야 한다는 말은 더욱 들을만 하오."
 왕은 먼길 떠나는 신하에게 친히 술을 권하면서 다시 이렇게 옥음을 내린다.
 "경의 병이 완쾌되지 못한 상태에서 먼길을 보내니 정말 민망할 따름이오. 경이 국사를 담당하는데 경의 어머니도 어려운 일을 피하지 않으니 참으로 가상하오. 그래, 어머니와 헤어지는 감회가 얼마나 크겠소. 과인이 각별히 정원에 명령하여 자주 탐문하고 병이 있으면 약을 내리도록 하겠으니 과히 염려마오."
 "전하, 신이 나라를 위해 떠나지만 어머니를 이별하는 정회는 달래기 어렵습니다. 하오나 전하께서 특별한 은혜를 베푸시니 황공할 뿐이옵니다."
 박문수는 술을 받아마신 후 다시 허리를 굽혀 예의를 표하였다.
 국경을 넘으면서 박문수의 심경은 여러모로 착잡하였다.
 요동(遼東)의 넓은 벌판을 지나서 마지막으로 넘게 되는 험준한 고갯길, 그곳은 연산관(連山關)이다.
 연산관에서 다시 요양(遼陽)으로 통하자면 지금의 수치 단위로 1천 m 이상의 험준한 재를 두 번이나 넘어야 한다.
 그 고개 중에 하나가 바로 청석령(靑石嶺)이다.
 지난날 병자호란 때 소현세자 및 봉림대군(鳳林大君－훗날 *孝宗*) 일행이 청나라에 볼모로 잡혀가던 길이다.
 당시의 봉림대군은 당시 찬비를 맞으면서 추운 겨울에 패전국의

청나라에 가서 외교 수완을 떨치다

왕자로서의 비통한 심정을 읊었다.

'음우호풍곡'(陰雨胡風曲)이라고 시제(詩題)가 붙은, 당시에 숱한 사람을 울렸던 그 시는 오늘날까지 전해져 오고 있다.

청석령 지났느냐 옥하관(玉河館)이 어드메뇨
호풍(胡風)도 차디찰사 궂은 비는 무삼일고.
뉘라서 내 행색 그려 님 계신데 보이고저.

위에서 옥하관은 조선 사신들이 머물던 북경에 있는 숙소이다.

당시 볼모나 포로가 되어 잡혀가던 중에 우리 조선 사람은 추위와 굶주림에 죽는 자도 많았다.

당시의 비참한 정경과 상황을 눈에 떠올리면서 박문수는 나름대로 새로운 각오를 했다.

'나라가 힘이 없으면 침략을 당한다. 난리가 나면 입이나 붓으로는 막을 수 없다. 평소부터 강력한 힘을 길러야 한다. 만약 내게 기회가 주어진다면 기필코 병력 증강에 최선을 다하리라!'

청나라 황제를 인견한 후 박문수는 정사인 오명균보다 적극적이고 강력한 주장을 하여 결국 소기의 뜻을 관철시켰다.

그리고 그동안 누적 되었던 문제들도 일괄적으로 타결하였다.

영조는 박문수가 출국한 후 특명을 내렸다.

5일에 한 번씩 박문수 어머니에게 문안하도록 명령하고 호조(戶曹)에 쌀과 콩을 박문수네 집에 갖다주라고 했다.

박문수는 청나라에서 곳곳을 살핀 후 12월이 되어서야 압록강을 건너왔다.

임무를 충실히 수행했음은 물론이다.

그무렵 박문수는 몸에 종기가 나서 고생하였다.

박문수보다 앞서 돌아온 군관(軍官)에게 임금이 차비 문밖에서 불러 하문하셨다.
"들자니 영성군이 종기로 고생한다는데 지금은 어떠한가?"
"예예, 지금은 거의 아물었을 줄 아옵니다."
"너희들은 영성군의 집에 들려서 왔느냐?"
"전하, 직접 대궐 안으로 들어 왔사옵니다."
"오냐. 그렇다면 곧 영성군의 집으로 가서 그의 노모에게 일러라. 영성군이 국사를 수행하고 무사히 돌아온다고."
"전하, 분부대로 즉시 따르겠습니다."
군교들은 곧 서둘러 박문수의 집으로 가서 그말을 전했다.

영조 10년이었다. 그무렵 박문수와 친분이 있는 박사수(朴師洙)란 사람이 평안감사로 있었다.
그런데 평안도 용강(龍岡)에서 조찬경(趙贊敬)이란 사람이 계모(繼母)와 싸운 후 그 계모가 전실의 자식에게 맞았다고 소장(訴狀)을 올렸다.
조찬경의 계모는 나이 많은 사람에게 시집와서 전실 자식을 키우며 살았다.
그런데 남편이 별다른 유언없이 죽은 후 전실 자식과 번번이 뜻이 안맞아 다투었다.
그러던 중에 계모 김씨는 이웃 마을에 사는 최막석(崔莫石)이란 사람과 서로 정을 통하고 아들까지 낳았다.
그후부터 조찬경은 계모와 계모가 낳은 자식과 자주 다투었다.
"이젠 이집을 나가시오. 새서방이 생겼으면 그리로 가지 왜 여기 있소."
"이놈이 무슨 소릴 하느냐. 내가 널 어려서부터 길렀는데 누굴

나가라고 하느냐?"

"새영감 생겼으면 나가야 하잖소"

"무엇이야, 나갈려면 네가 나가라."

"나는 이집 주인인데 왜 내가 나가라는 거요?"

"나보고 나가라고 할려면 네 아버지와 살면서 장만한 토지를 가지고 나가겠다."

"토지를 내놓으라고? 토지는 우리 아버지가 장만했으니 내것이요. 당신은 권한이 없소."

"이런 나쁜놈, 그 말투가 무어야"

"새 영감 생겼으니 이젠 남이지 않소."

"못나가겠다. 재산을 내놓기 전에."

그들은 툭하면 싸우고 욕지거리를 했다.

그러던 터에 계모 김씨는 조찬경에게 맞았다고 관가에 고발한 것이다.

박사수는 그사건을 처리하는 문제에 대해 고심하던 끝에 조정에 이런 내용의 장계를 올렸다.

전하, 신 평안감사 박사수는 삼가 엎드려 전하게 올리옵니다. 듣자니 윤리(倫理)에 비추어 보자면 모자간에 친모와 계모는 차별이 없는 줄 압니다. 본도에 사는 용강의 조찬경은 아버지가 사망한 후 지난해 10월부터 계모 김씨와 자주 싸웠다고 합니다. 그러던 중에 금년 정월에 계모를 때렸다고 합니다. 당연히 어머니를 구타한 죄로 다스리려 하다가 그 죄질(罪質)이 보통의 경우와 달라 처리하기에 곤란한 점이 있었습니다.

중종(中宗)때 사건 처리를 참조하면 친모나 계모가 다른 사람에게 개가 하거나 간통한 사실이 있으면 고소하라고 했습니다.

지금의 경우 조찬경의 계모는 막석이와 간통하여 아들을 낳았으니 모자지간의 사이가 끊어진 것으로 압니다. 어찌 처리해야 좋을지 하교(下敎)를 바랍니다.

영조는 우선 형조판서 윤양래(尹陽來)를 불렀다.
"경은 우선 이 장계 내용을 읽고 대신들을 불러 함께 의논하도록 하오."
그 문제에 대해, 형조판서는 이렇게 아뢰었다.
"전하, 조찬경의 계모가 간통하여 아들을 두 명이나 낳았다니 이미 모자관계가 적용되지 않다고 봅니다. 다만 구타한 사실에 대해서만 다스리면 될 것입니다."
우의정 김흥경(金興敬)은 이렇게 자신의 의사를 밝혔다.
"전하, 중종 때 수교(受敎)에는 계모의 경우 관(官)에 그 사유를 말하라고 했습니다. 그것으로 보면 계모와 생모를 구분한 것 같습니다. 조찬경의 경우 먼저 계모라는 것을 구신(具申)하지 않았으니 모자지간은 그대로 유지된다고 봅니다. 그러니 아들이 어머니를 구타한 죄로 다스려야 하겠습니다. 정상(情狀)을 참작하여 관대하게 다스리시면 훗날 폐단이 따를 것입니다."
공조판서 김취로(金取魯)의 주장이었다.
좌참찬(左參贊) 이정제(李廷濟)의 지론은 강경하였다.
"수교 중에는 계모라는 것은 좌우지간 윤상(倫常)은 그대로 있는 것이니 엄중히 법대로 다스려야 합니다."
부응교(副應敎)와 김상성(金尙星)의 공통된 지론은 이러했다.
"조찬경의 계모는 이미 간음을 하여 자식까지 낳았으니 어머니의 자격을 스스로 상실한 것입니다. 어머니가 간음했기에 모자지도를 스스로 끊은 것입니다. 그런 사실을 관에 고하지 않고 계모를 때렸다고 윤상(倫常)을 범한 죄로 다스리기는 어렵다고 보겠습니다."
 병조판서 윤유(尹游)는 이렇게 말했다.
 "조찬경의 아비가 김씨를 후취로 맞아들일 때 육례(六禮)를 갖추고 그집으로 들어왔다면 모자지간의 윤상으로 다스려야 합니다."
 그래서 조정에서는 평안감사에게 조회한 결과 김씨는 후취로서 육례를 갖추고 그집으로 들어온 것을 알게 되었다.
 영조는 다시 신하들을 불러놓고 이렇게 허두를 꺼냈다.
 "과인은 이번 문제에 대해 이렇게 생각하는 바이오. 김씨가 비록 음란죄를 저질렀지만 아직 간부를 따라가지 않고 찬경의 집에 그대로 남아 있으니 모자지간이라고 할 수 있오. 그러니 경들은 냉철한 판단을 내려주시오."
 그러자 또다시 저마다의 주장이 팽팽하게 맞섰다.
 사건이 판결이 나지 않아 여러날을 두고 갑론을박이 계속되었다.
 그러다가 영조는 조찬경을 멀리 정배보내고 김씨는 간음죄로 교수(絞首)형에 처했다.
 그 판결에 대해 잘못 판결을 내렸다는 불평불만이 많이 따랐다.
 그때 영조는 이렇게 탄식하였다.
 "아아, 영성군이 이때 곁에 없는 것이 참으로 아쉽구나!"
 그무렵 박문수는 청나라의 사신으로 갔다가 압록강을 건너오고 있었다.
 영조는 늘 어려운 문제가 생기면 언제나 박문수를 가장 먼저 떠올렸다.

 영조 11년 1월 3일.
 그때 박문수의 나이 45세이다.
 12월에 압록강을 건너서 그때야 돌아와서 임금께 복명하였다.

먼저 정사 서명균이 아뢰었다.

"전하, 신 서명균 문후 여쭈옵니다. 이번에 청나라로 가서 원만하게 그들과의 문제를 타결하고 왔습니다."

"오, 참으로 수고가 많았소. 이번에는 영성군이 말하오."

"예, 전하…… 청나라 황제는 자신이 성인(聖人)이라고 자칭합니다. 그러나 정치적으로 가혹스러운 짓을 자행할 때가 있었습니다. 전조 때의 옛 신하들을 수백 명이나 죽였답니다. 또 오성어사(五星御史)를 두어 조정의 신하들을 감시한다 하옵니다. 그 때문에 신하들이 눈치를 살피면서 숨도 제대로 못쉬고 있습니다. 그밖에 세금을 지나치게 걷는 사례가 많아 백성들의 원성이 길에 넘칩니다. 나이 60이 되어서도 태자를 세우지 않고 있습니다. 그들이 세력이 오래갈 것 같지 아니합니다……. 그러나 그것이 우리에게는 근심이 되기도 합니다. 지금 우리의 서북 쪽은 지방 수령들이 국방에 소홀하니 참으로 개탄스럽습니다……."

"경의 말을 잘 들었소. 그밖에는 따로 할 말이 없소?"

"예, 지난 정묘호란(丁卯胡亂)때 고 병사(故兵使) 정봉수(鄭鳳壽)와 의병장(義兵將) 이립(李立)이 용골산성(龍骨山城)에 들어가서 배신자 장사준(張士俊)을 죽인 후 수천에 불과한 군사로 수만 명의 오랑캐와 접전하여 물리친 바 있습니다. 그로 인하여 나라가 편안해졌습니다. 당시 명나라에서도 크게 치하하는 뜻으로 음직(陰職)과 함께 은패표문(銀牌票文)을 내렸는데, 그것을 애써 구해 가지고 왔습니다. 전하께 보이기 위해서 갖고 왔습니다. 자, 여기 이것을 보시옵소서."

"허어, 어디 봅시다."

임금이 그것을 받아본 후 이렇게 기뻐 비답을 내렸다.

"이것은 명나라 독부(督府)의 도장이 분명하구나. 정말 기쁘도다. 즉시 정봉수와 이립을 위해 제사 지내고 남이흥(南以興)의 충민사(忠愍祠)에도 제사 지내고 그 후손에게도 벼슬을 내리게 하리라."

임금은 오명균과 박문수 일행이 무사히 임무를 끝내고 돌아온데 대해 매우 기쁜 표정이 역력했다.

영조 11년 1월 21일.
영빈이씨(暎嬪李氏)가 원자(元子)를 낳았다.
영조는 너무나 기뻐하였다.
"왕가의 혈맥이 끊어질 듯 하다가 이제야 계승 되었으니 열성조를 대할 면목이 섰도다!"
얼마 후 영조는 중신들을 불러 원자의 호(號)를 정하고자 했다.
그 기쁜 자리에서도 또 다시 노론과 소론의 의견이 맞서 양보할 줄 모른다.
그때 박문수가 나서며 상주하였다.
"전하, 당론(黨論)에 치우치는 경향은 나라를 망치는 원인입니다 …… 전하께서는 지금까지 탕평책(蕩平策)을 쓴다하여도 이광좌(李光佐=小論) 민진원(閔鎭遠=老論)이 서로 머리를 맞대고 국사를 논의하지 않으니 이래서야 어찌 나라꼴이 되겠습니까 통촉 하소서."

영빈이씨의 몸에서 태어난 왕자, 그는 온통 세상의 축복을 받으며 세상에 태어났다.
그러나 훗날 뒤주 안에 갇혀 죽어야 하는 비극의 주인공 사도세자(思悼世子)가 될 줄이야 그 누가 짐작이나 했으리요!
국가에 경사가 있고 모두들 축복의 분위기에 젖었을 때 곳곳에 잔치가 벌어졌다. 어느덧 봄이 찾아올 무렵이었다.

박문수도 모처럼 성안의 명승지에서 꽃구경을 하고 임금과 친한 벗들과 술잔을 나누며 즐겁게 놀았다.

박문수는 필운대(弼雲臺)를 바라보면서 이렇게 시 한 수를 지었다. 필운대는 지금의 경복궁, 사직공원 쪽에 위치해 있다.

그대는 노래하고 나는 휘파람 부노라
필운대에서 노는데 오얏꽃 복사꽃이 아름답구나.
그속에서 이처럼 즐거우니
해마다 태평한 술에 오래 취하리

君歌我嘯上雲臺
李白桃紅萬樹開
如此風光如此樂
每年長醉太平盃

사도세자의 탄생과 성장

 영조는 왕자의 탄생이 한없이 기뻤다.
 그러면서도 마음 한구석에는 일말의 불안감도 있었다.
 자신이 무수리 최씨의 몸에서 태어난 데다 왕자마저 서출(庶出)이었기 때문이다.
 영조는 그러한 중에서도 영빈과 왕자가 있는 처소로 자주 드나들었다.
 그무렵 박문수는 왕자의 탄생 및 양육 문제에 관해 깊이 생각하던 끝에 임금에게 나아가 이렇게 주청했다.
 "전하, 지금 이나라의 솔토지민은 모두가 왕자마마의 탄생을 경축하고 있사옵니다. 하온데 왕자마마를 양육하는 문제에 대해 신이 주달하고자 하옵니다."
 "오오, 영성군, 어서 말하오."

"예예, 왕자마마의 양육을 중전마마께 맡기심이 좋을 것 같습니다."

"생모가 있는데 무엇 때문에 중전이 양육해야 한다는 것인지 까닭을 모르겠구려."

"예, 왕자를 낳으신 분은 영빈이지만 장차 종묘사직을 튼튼히 하고 성군(聖君)이 되게 하려면 양육에 각별히 힘써야 할 것입니다. 그러니 인품이 후덕하고 원만하신 중전마마께서 양육 하신다면 전조에서 있었던 폐단도 미리 막으실 수가 있겠습니다. 지난날 장희빈의 몸에서 경종이 태어났을 때 인현왕후께서 원만하게 양육시켰던 예도 있습니다."

'시앗을 보면 돌부처도 돌아눕는다'는 말이 있다.

박문수는 중전 서씨의 몸에서 자식이 태어나지 않는 상태에서 영조가 왕자를 생산한 영빈 이씨를 지나치게 총애하게 되면 중전이 소외감을 느낄 것을 염려한 것이다.

그리고 중전과 영빈이씨 사이에 알력과 불화가 생길 우려도 있다.

그러니 중전의 위상도 세우는 한편 영빈이씨는 생모이니 어차피 대우를 받을 수 있다고 보았다.

박문수의 주청을 듣고난 영조는 잠시 생각에 잠겼다가 이렇게 대답했다.

"영성군의 의견이 타당한 것 같소. 과인이 이번에 탄생한 왕자를 세자로 봉할 의향이 있소. 그러니 중궁전으로 옮겨 법도와 학문에 힘쓰도록 하겠소."

"전하, 황공하옵니다."

박문수는 예를 갖추고 다시 이렇게 주달하였다.

"전하, 왕자마마가 태어났으니 경축하는 뜻에서 죄상이 나쁜 흉악범을 제외하고 대사면을 하시고 신문고(申聞鼓) 제도를 다시 활용시켜 백성들의 고충을 덜어 주시옵소서"

"영성군의 말대로 하겠소. 이제는 과인이 병조판서에게 부탁할 차례요. 경은 이나라 곳곳에 국방 태세를 더욱 강화시켜 주시오."

"전하, 성지(聖旨)를 받들어 최선을 다하겠나이다. 특히나 초야에 묻힌 무인(武人)들을 발굴하여 신분에 관계없이 능력에 따라 적재적소에 알맞은 직무를 맡기고자 최선을 다하고 있사옵니다. 심려치 마소서."

"과인은 영성군만 대하면 언제나 마음이 든든하다오."

"전하, 황공하옵니다."

영조는 모처럼 흐뭇한 기분에 젖어 너털웃음을 터뜨린다.

영조 12년 3월 15일.

영빈이씨 몸에서 태어난 선(愃)이 세자로 책봉되었다.

영특한 세자는 그무렵 한창 재롱을 부릴 때라서 그의 성장을 바라보는 영조를 비롯한 대부분의 벼슬아치들이 세자의 알현의식(儀式)에 참가하여 경축하였다.

영조는 그동안 탕평책을 써서 당파싸움의 폐해를 막고자 애썼다. 성경현전(聖經賢傳)을 두루 보급시키는 한편 신문고 제도를 부활시키고 호된 형벌을 금지시켰다.

백성들의 생활도 그무렵 한결 개선되고 있었다.

세자가 점점 성장할 무렵 영조는 세자를 중전의 품에서 벗어나게 하여 동궁(東宮)으로 옮기도록 했다.

중전 서씨는 세자를 지나치게 애지중지 하였기에 영조는 세자에게 자립심을 키워주려는 의도에서였다.

지나치게 어린 나이에 동궁으로 옮겨진 세자는 너무나 쓸쓸하였다.
　동궁은 전에 세자로 봉해졌던 경의군(敬義君)이 일찍 세상을 떠난 후 비어 있었다.
　동궁은 저승전(儲承殿)으로도 호칭되는 곳이다.
　저승전 주위에는 공부하는 낙선당(樂善堂), 덕성각(德成閣), 시민당(時敏堂), 문밖에는 춘방(春坊)과 계방(桂坊)이 있었다.
　세자는 동궁으로 옮긴 후 '저승전'이란 호칭이 매우 꺼림칙스러웠다.
　그리고 그곳에서 지내다가 일찍 죽었다는 전세자에 대한 이야기를 듣고 어쩐지 으시시 했다.
　세자는 무조건 감싸주기만 하던 중전 서씨의 보살핌과 사랑이 그리웠다.
　지나치게 법도와 예절만 강요하는 주위 사람들이 귀찮게 여겨졌다.
　"아바마마께서는 왜 이런 곳으로 나를 보내셨을까? 나는 이곳이 정말 싫구나. 마치 무슨 요기(妖氣)가 서려나는 것 같다!"
　세자는 건너편에 보이는 취선당(就善堂)을 보고서도 비슷한 기분을 느꼈다.
　어느날 세자는 나이 많은 상궁에게 자신이 평소 궁금스럽던 문제에 대해 물었다.
　처음에는 대답을 회피하던 노상궁도 끈덕지게 추궁하듯 묻는 세자를 물리칠 수가 없었다.
　"저기 취선당이라는 곳은 누가 언제 지었으며 현재 누가 살고 있느냐?"
　"세자 저하, 그것은 말씀드릴 수 없사옵니다. 황공하옵니다."
　"무어라고? 무엇 때문에 감추려 하느냐? 어서 고하여라."

"……, 황공하오나 그것은 아뢰기 어렵사옵니다."
"어허, 어서 고하라고 하지 않느냐?"
드디어 노상궁이 입을 열었다.
"세자저하…… 저곳은 숙종대왕 때 희빈장씨가 거처하던 곳인데 지금은 비어 있습니다."
"무어야? 저렇게 호화롭게 지어 놓고 비워둔 까닭이 무엇이냐?"
세자는 어린나이에도 매우 영특하였다.
상궁으로서 말하기 미묘한 문제에 대해서 기어코 알고자 하였다.
"세자저하, 취선당은 숙종대왕께서 희빈 장씨를 총애하실 때 지은 집입니다. 그런데 그후 크나큰 죄를 짓고 사약을 받았습니다. 후일에 경종대왕의 어대비(魚大妃)께서 기거 하셨는데……"
"그래서 어찌 되었느냐?"
"…… 예예, 어대비께서는 한스럽게 그곳에서 살다가 자진하셨습니다…… 그후부터 지금까지 비어 있습니다……."
"으음, 한이 서리고 저주받은 곳 같아 으시시하구나. 꼭 내게도 화가 미칠 것 같다! …… 그런데 아바마마께서는 무엇 때문에……."
세자는 말을 하다가 중간에 끊었다.
그리고 얼마후 다른 상궁을 찾아가서 궁금한 사항에 대해 꼬치꼬치 캐물었다.
세자가 상궁 최씨에게서 들은 내력은 대충 이런 것이었다.
취선당은 희빈 장씨가 사약을 받고 온갖 저주를 하며 피를 토하고 죽은 곳이다. 그후 사인에 의혹이 많은 경종의 계비인 어대비가 한스러운 생애를 자살로 마감한 곳이다.
희빈 장씨가 피를 토하며 죽은 그곳은 바로 지금 세자의 음식을 장만하는 소주방이라는 것을 전해듣고 세자는 심한 충격을 받았다.

세자는 그후 자꾸만 악몽에 시달렸고 까닭모를 공포와 불안감에 휩싸였다.

잠자리에 들면 피를 뒤집어쓴 악귀들이 저주하는 환영에 사로잡혔다.

어린 세자는 자꾸만 주위가 무서웠고 부왕이 원망스럽고 두려웠다.

어린 나이에 어른들의 무섭고 끔찍한 행위를 알게된 후 심한 충격을 받았다.

그의 성격 형성에 큰 영향을 받게 된다.

영욕으로 얼룩진 나날

영조 11년 7월.
박문수의 어머니 정경부인(貞敬夫人) 이씨가 노환으로 서거하였다.
30대 초에 홀몸이 되어 온갖 고생을 하면서도 오로지 어린 자식들을 위해 헌신 하면서 매사에 귀감을 보였던 분이었다.
누구나 부모의 상을 당하면 애통해 하지만 박문수의 경우는 그 도가 남다르게 깊었다.
박문수는 여러날을 식음을 전폐하고 애통해 했다.
영조는 각별히 유사(有司)에 명령을 내려 부의를 하사하였다.
박문수는 근신하는 자세로 2년간 거의 두문불출하였다.
영조는 가끔 주위의 신하들에게 박문수의 안부에 대하여 물었다.
"아직도 복상 중인 영성군은 요즈음 어떻게 지내는가? 그는 보통 사람보다 갑절 이상 소견이 크니 경들은 이따금 어려운 문제가 생기면 찾아가서 자문을 하라."

이리하여 박문수는 상복을 입은 중에도 국사에 대한 자문에 응하였다.

영조 13 년, 박문수의 나이 47 세.
그해 9 월에 상복을 벗었다.
영조는 공조참판(工曹參判) 대사헌(大司憲)에 이어 그해 윤구월(閏九月) 5 일 약방부제조(藥房副提調)를 맡게 하였다.
이어서 윤구월 20 일에는 마침내 병조판서(兵曹判書)를 제수하였다.
"전하, 두렵고 황공하와 신이 감히 감당치 못할까 염려 되옵니다."
"경은 일찍부터 재주와 견식이 남보다 뛰어나고 인망(人望)이 높았소. 명문을 자랑하지 않고 훈신이 되어서도 늘 검소 하였소. 과인은 대신들의 자문을 받아 결정한 일이니 더이상 사양하지 마오."
"전하, 신이 비록 부족하오나 최선을 다하여 임무에 충실하겠습니다."
박문수가 병조판서가 되었다는 소문을 듣고 무관(武官)들이나 군사들이 모두들 기뻐하였다.
박문수는 철저히 병력 증강 및 개혁을 단행하였다.
병조판서는 지금의 국방부 장관 자리에 해당한다.
박문수는 사신으로 다녀오면서 나라의 국력이 증강 되어야 적병의 침입을 막을 수 있다는 것을 절감하였다.
"전하, 앞으로는 무과(武科) 과거제도를 더욱 보강하고 장병들의 전투력과 사기를 높여야 하겠습니다. 그러자면 병조에 대한 지원을 늘리는 한편 필요없는 경비를 절감해야 옳을 것이옵니다."
 그때 영의정 이광좌가 반대하였다.
 "전하, 박문수는 임금에게나 대신에게도 조심성이 없이 과격한 말을 하니 그의 언행을 문책하소서."
 "전하, 영상대감은 말의 옳고 그름을 따지지 않고 무조건 반대만 합니다."
 "전하, 박문수는 신이 겨우 말을하기 시작하면 열 마디를 더하니 주의를 주소서."
 갑자기 박문수는 생각을 바꾸어 우스개 소리를 늘어놓았다.
 "으하하……"
 "와하하……"
 임금과 영의정 이광좌를 비롯하여 한꺼번에 웃음을 터뜨렸다.
 능청스러운 표정으로 익살을 부리니 어색하던 분위기가 이내 부드럽게 바뀌었다.

 영조 14년에 접어들었다.
 박문수는 곳곳에 만연된 부정부패를 과감히 개혁하였다.
 그러나 기득권층의 반발이 매우 거세었다.
 그들은 세력을 합하여 온갖 수단과 방법을 가리지 않고 박문수를 비난하고 모함하였다.
 6월에 접어들면서 안동에 있는 김상헌(金尙憲)의 사당을 그곳 유생(儒生)들이 파괴하는 사건이 있었다.
 사당 증축을 내세워 그곳 선비들이 많은 폐단을 유발시키는 사례가 많았다.
 박문수가 그런 것을 지적하였다.
 사헌부(司憲府)에 속한 박문수의 반대파가 박문수를 논핵하였다.

박문수는 이렇게 탄식하였다.

"아아, 바른말 바른일을 하기가 이렇게도 힘드는구나! 그러나 나는 기어이 정의에 입각하여 관철하리라."

박문수는 어떠한 불이익이나 고난이 닥치더라도 자신의 뜻을 펴고자 이렇게 상소를 하였다.

전하, 경상(卿相)의 지위에 있거나, 그 아들이 이름을 날리면 그 근처의 부호들이 피역(避役)하기 위하여 사당을 중장합니다. 그러면 지방관에게 청하여 굉장한 사우(祠宇)를 짓게 됩니다. 그러면 간사한 백성 중에 군역(軍役)을 피하기 위하여 한 서원(書院)에 수백 명씩 모여들어 군포(軍布)를 내지 않습니다. 그들은 서원을 유지한다는 명목으로 돈을 징수하고 쌀을 거두어 들입니다. 그들은 마치 세금을 거두는 관리처럼 행동합니다.

그들은 서원을 빙자하여 술을 마시고 포식하며 농민들을 괴롭힙니다.

박문수가 김상헌의 사당을 중수하는 것을 반대한 데는 그와같은 폐단 때문이었다.

그러한 폐단으로 인해 오히려 당사자의 명예를 모독한다고 여겼던 것이다.

김상헌은 병자호란 때 청나라에 잡혀가서도 끝까지 절의를 굽히지 않았던 인물이다.

그의 후손 김창흡(金昌翕)도 사당이나 서원에 얽힌 폐단에 대해 풍자의 뜻이 담긴 시를 지은 바 있다.

퇴계 선생이 처음 백운사(白雲祠)를 지은 것은
나라를 발전시키고 백성들을 새롭게 하려 함이었다.
술과 고기가 가득한데 글 소리는 끊어져
도도히 폐단이 늘어나니 후세 사람이 알리라.

退陶初筆白雲祠
治國新民謂在斯
洒肉淋漓縉誦絶
滔滔百樂後人知

박문수가 상소를 올리자 안동 일대의 유생들, 조정의 반대파들이 일제히 비난하는 내용의 상소를 올렸다.
박문수는 이미 비장한 각오를 했기에 8월에 접어들어 다시 상소하였다.

서원이 글 읽고 공부하는 곳이 아닌, 술 먹고 놀면서 인근 백성들을 괴롭히는 곳으로 전락했으니 당연히 폐지시켜야 마땅하겠습니다.

이때 지평(持平) 조중직(趙重稷) 등을 비롯하여 안동, 양평 등의 유생들의 상소가 빗발쳤다.
한결같이 박문수를 비난하면서 죄를 주라는 내용이었다.
박문수를 무고하게 비난하는 소리는 그칠 줄 몰랐다.
중구난방으로 떠들어댔다.
평소에 직언과 비판을 서슴치 않았던 박문수에게 계속 집중 공격이 퍼부어졌다.

박문수는 상대하기조차 싫어서 사직을 표하고 집안에서 두문불출하였다.
박문수가 여러날 입궐하지 않으니 좌의정 송인명(宋寅明)이 임금에게 이렇게 상주하였다.
"전하, 병조판서는 국방을 도맡아 병권을 좌지우지 하는 막중한 자리입니다. 한 시도 비워둘 수 없으니 병조판서를 바꾸심이 옳을 줄 아옵니다."
임금은 드디어 박문수의 사직을 받아들였다.

박문수는 곧 초라한 행색으로 말을 타고 낙향하였다.
그동안 박문수가 특별히 선발하여 훈련시키던 무사들도 의욕을 잃고 뿔뿔이 벼슬을 내놓고 사방으로 흩어졌다.
영조는 변덕이 많았다.
급히 사람을 보내어 박문수를 다시 모셔 오라고 했다.
그러나 박문수는 이미 보이지 않았다.
박문수가 병조판서가 되었다가 사직하기 까지에는 다른 문제들도 있었다.
그는 곳곳의 군사 경비에 대해 감사한 후 이렇게 보고하였다.
"전하, 병조(兵曹)에서 일 년간 쓰는 비용은 포(布) 3290동(1同은 54필)입니다. 그런데 현재 2540 필 밖에 되지 않습니다. …… 지방에서 받아들이는 포(布)는 아전이 서울에 들여와서 집에 쌓아두고 수결(手決)한 후 판서가 검인을 받도록 합니다. 이러기에 수결의 진위를 구별하기 어렵거니와 회계가 복잡해서 알 수 없습니다. 그밖에 검수하는 사람도 자주 바뀌어 아전들이 부자가 되는 경우가 많습니다……"
박문수는 이러한 폐단을 막기 위하여 물품들을 일일이 점검하고 아전배들이 간여치 못하게 했다.
 그리고 각곳에서 보내오는 포들을 모아 일일이 날짜와 장소를 써 넣었다.
 그리고 철저하게 기록 장부를 2부 만들어 일부는 자신이 보관하고 일부는 해당 관리에게 맡겨 두었다.
 경제에 밝아서 아전배들이 농간을 부리는 것을 철저하게 경계하였다.
 이러한 과정에서 미움을 많이 받았다.
 좌의정을 비롯한 대신들이 박문수가 멋대로 귀향했다는 것을 트집잡았다.
 "전하, 박문수는 나라의 기강을 어지럽혔으니 급히 나포해 올리도록 어명을 내려 주시기 바랍니다."
 그말에 동조하는 무리들이 늘어났다.
 그때 이조판서 조현명을 이렇게 상소를 하였다.

　전하, 박문수는 나라의 선비로서 이제 잡혀오게 되었습니다. …… 어려운 시기에 임금과 헤어지니 한심스러운 일입니다. 그러나 예로부터 중신이 마음대로 시골로 내려갔다 하여도 잡아다가 문초하는 경우는 없습니다.
　신하가 왕에게 예를 어기었다 해도 우마(牛馬)처럼 강제로 잡아 맬 수는 없습니다. 신하를 바르게 대접해야 합니다.

 조현명의 상소로 인해 잡아 올리라는 어명이 거두어졌다.
 시골에 내려가 있는 박문수를 임금은 여러번 불렀다.
 그러나 박문수는 한사코 상경하기를 거부하였다.
 10월에 동지정사(冬至正使)를 제수했으나 응하지 않았다.

영조는 계속 불렀으나 박문수가 오지 않으니 매우 진노하였다.
"임금이 그토록 불러도 응하지 않으니 참으로 해괴 하도다. 헌부(憲府)를 시켜 잡아들여 엄히 다스리라."
그때 우의정 송인명이 나서서 아뢰었다.
"전하, 국가의 중신을 그런 일로 잡아 올려 가두는 것은 민망스러운 일입니다."
영조는 박문수에게 제수했던 벼슬을 거두겠다고 성을 내었다.
영조 15년이 되었다.
노론과 소론의 당쟁이 다시 재연되었다.
우참찬(右參贊) 박사수(朴師洙)와 영의정 이광좌가 사사건건 맞서 조정이 불안스러웠다.
노론의 민형수(閔亨洙)가 소론의 이광좌를 배척하여 싸움이 치열해졌다.

함경도 관찰사

영조 15년 5월.

낙향하여 지내는 박문수에게 임금의 친필이 전달되었다.

함경도 관찰사(咸鏡道觀察使)로 소명하니 서둘러 상경하라는 내용이었다.

그무렵 함경도 일대에는 도적떼가 들끓었고 그들이 세력을 규합하여 조정으로 쳐들어 올 것이라는 풍설이 나돌았다.

그곳의 사태를 제대로 파악하고 수습하는데 있어서 박문수가 가장 합당한 인물로 중론이 모아졌다.

박문수는 거듭 임금이 부르자 고민하던 끝에 오랫만에 상경하여 임금을 배알하였다.

"경은 들으시오. 이미 교지를 내려서 잘 알고 있으리라 믿소. 이제 경에게 중임을 맡길 것이니 떠나기에 앞서 좋은 의견이 있으면 기탄없이 말하오."

"전하, 과격한 언동으로 어심을 어지럽게 한 신하를 다시 불러주시니 성은에 감격합니다. 하오나 또다시 직언을 해야 하겠습니다. 함경도 일대에 민심이 동요하는 원인을 먼저 알아서 대책을 강구해야 하겠습니다. 그곳에 유능한 인재를 보내시어 특히 무사(武士)들의 사기를 높여주고 무예 수련에 힘쓸 수 있도록 정책적인 배려가 따라야 하겠습니다. 병조의 금포(錦布) 50동을 얻어 무사들에게 상을 주는데 사용하소서."

"영성군은 모든 감정을 풀고 그 일을 맡아 주기 바라오."

"전하, 황공하오나 신은 신병도 있거니와 아직 부족함이 많습니다. 그러니 다른 적임자를 보내소서."

"경은 전에 연경(燕京)으로 갈 때 생모의 명을 따랐듯이 임금에게도 충성을 다하기 바라오."

박문수는 거듭 사양하면서 어전을 물러났다.

그러나 영조는 계속 교지를 내려 박문수에게 부임할 것을 종용하였다.

그해 6월 박문수는 함경도 관찰사로 부임하고자 현지를 향해 떠났다.

박문수는 그곳에 가서 우선 흉년이 들어 굶주린 백성들을 구하고자 조정에 도움을 청하는 장계를 올렸다.

영남에 저장된 곡식을 빨리 보내 달라고 하면서 백성들의 실생활을 모르고 탁상공론만 하는 조정의 대신들을 비판하는 내용도 있었다.

또 다시 박문수를 잡아다가 죄주자고 여론이 시끌시끌 하였다.

그러나 영조는 이렇게 거절하였다.

"박문수는 오로지 곤경에 처한 백성을 시급히 구제하려는 것인데

벌을 주자는 주장은 옳지 못하다. 다시 거론치 말라."
　박문수는 다시 함경도 일대의 백성들 사정과 개혁해야 할 사항을 임금께 적어 올렸다.

　　전하…… 이곳의 관속들이 값비싼 약재나 토산물, 짐승가죽 등을 청국에 보낸다고 빙자하여 자신들이 가로채니 백성들의 원성이 높아가고 있습니다……
　　전에 1필을 바치던 것이 점점 늘어나 지금은 20필로 늘어났습니다. 다른 물품들도 점점 높여서 바치라고 하는 실정입니다. 이러니 백성들이 사방으로 흩어집니다.
　　장차 10년 안에 육진의 백성들이 모두 흩어질까 염려스럽습니다.
　　영남 일대의 저장미와 관서 일대의 곡식 1만 5천석을 이곳으로 보내주시길 간청 하나이다……

　결국 박문수의 간청이 받아들여져 함경도 일대의 백성들이 구제받게 되었다.
　그즈음 그 일대에 사는 주민들은 엉뚱한 일로 고충을 당하고 있었다.
　전에는 그렇지 않았는데 갑자기 개구리들이 너무나 시끄럽게 울어대기 때문이었다.
　낮으로는 일터로 나가서 진종일 일하고 밤에 자려고 할 때 개구리가 너무 심하게 울어대니 시끄러워 잠을 잘 수가 없었다.
　"아이구, 저놈의 개구리들 때문에 시끄러워 못살겠다."
　"전에는 안그랬는데 요즘 와서 개구리들이 저렇게 극성스럽게 떼지어 울어대니 괴변이군."

"제길, 무슨 난리가 터질려나."
 얼마나 개구리가 시끄럽게 울어대는지 엉뚱한 일로 인해 민심이 동요하였다.
 처음 한동안은 그럭저럭 지냈으나 날이 갈수록 심해지자 인심이 점점 흉흉해졌다.
 자꾸만 소문이 퍼져나가자 감영(監營)에까지 들어갔다.
 그 고을 이방 최삼(崔三)이 어느날 박문수에게 이렇게 보고했다.
"사또 전에 아뢰옵니다."
"무슨 일이냐?"
"예, 요즈음 부용루 일대에 개구리가 너무 심하게 울어댄다고 주민들이 고충을 호소하고 있습니다. 그일로 인해 민심이 날로 흉흉해지고 있습니다."
"개구리가 심하게 운다는 것으로 민심까지 흉흉할 까닭이 있겠느냐. 그것도 때 되면 울고 철 지나면 그만 아니냐?"
 박문수는 처음에는 가볍게 넘겼다.
 그러나 자꾸만 그런 보고가 들어왔다.
 감영의 아전들이 거듭 아뢰었다.
 어느날 박문수는 밤에 직접 큰 연못이 있는 그곳으로 가보기로 작정하였다.
 전에 암행어사 시절처럼 변장을 하고 혼자서 부용루 주위로 가서 개구리가 우는 상태와 주민들의 동정을 살폈다.
"개굴 개굴 개굴……"
"꽈릭 꽈릭 꽈릭……"
"깨골 깨골 깨골……"
 도대체 얼마나 많은 개구리가 울어대는지 창대같이 쏟아지는 소낙비보다 요란하였다.

세상이 떠나갈 것 같았다.
"참으로 지나치게 심하구나. 무슨 까닭일까?"
부용루 주위를 배회하면서 깊은 생각에 빠져 있었다.
박문수는 민가를 기웃거리며 동정을 살폈다.
밤이 깊었는데도 주민들은 너무 시끄러워 잠들지 못하고 큰길가로 몰려나왔다.
"이거 무슨 난리가 날려나?"
"시끄러워 도무지 못자겠네."
"무슨 수가 없을까?"
"내일 관가로 몰려가 진정해 보세."
"그런다고 별다른 수가 생기나……"
박문수는 그곳 주민의 동정과 개구리가 지나치게 우는 것을 직접 살핀 후 깊은 상념에 빠져 감영으로 돌아왔다.
그날 밤이었다. 박문수는 쉽게 잠을 이루지 못했다.
다시 개구리가 몹시 울어대는 용연(龍淵)을 찾아갔다.
개구리가 역시 지나칠 정도로 요란스럽게 울어댔다.
근심에 잠겨 용연 주위를 서성거리고 있을 때이다.
저만치서 어떤 물체하나가 다가왔다.
달밤인 데도 그는 삿갓을 쓰고 있었다.
박문수가 먼저 말을 걸었다.
"이인(異人)께서는 또 곤궁에 처한 이몸에게 도움 말씀 있으시면 들려 주시오."
"이번에 개구리가 저렇게 심히 울어대는 것은 유언비어가 난무하고 인심이 흉흉한 탓이오. 미물이지만 불길한 일들이 일어나기 전에 미리 예방하라는 것이오. 그리고 내년에 큰 가뭄이 닥쳐올 것이니 거기에 대비 하라는 것이오."

"그러면 유언비어는 어떻게 막으면 좋겠습니까?"

"우선 민심을 수습하는 방문을 써붙이는 것이 급선무요. 그리고 개구리 울음을 멀잖아 그치게 하겠다는 내용도 첨부하셔야 합니다."

"참으로 고맙소이다. 그런데 개구리 울음을 어찌 막으실 것입니까?"

"내일 이 부적을 자정에 와서 용연에 던지십시오. 그리고 유언비어를 퍼뜨리는 괴수를 잡는 문제는 다시 알려드릴 것입니다."

박문수는 이인과 헤어진 후 곧 그의 말을 따르기로 했다.

가뭄에 대비해 저수지 공사를 하도록 했으며 부적도 자정에 용연 속으로 던져 넣었다.

그리고 다음과 같은 방을 써서 내걸었다.

백성들에게 이르노라. 요즈음 개구리가 심히 울어댄다고 민심이 흉흉해지고 유언비어가 난무하는데 대해 헛말을 믿지 말라.
곧 개구리 울음이 멎게할 것이며 헛말을 퍼뜨리는 장본인을 잡아 그 죄를 다스릴 것이다.
그리고 장차 가뭄이 올 때를 대비하여 예방하는 공사를 벌일 것이다.
그냥 부역이 아니고 관곡으로 품삯을 쳐줄 것이니 적극 참가하기 바라노라.

박문수는 거듭 조정에 장계를 올려 자신의 가뭄 예방 계획을 아뢰었다. 그곳 백성들은 가뭄 대책을 예방할 수 있는 데다가 곡식으로 품삯까지 주니 너도나도 자발적으로 참가하였다.

박문수에게 대한 칭송과 신뢰가 점점 높아갔다.

박문수는 유언비어를 퍼뜨려 민심을 동요시키는 무리를 색출하기에 힘썼다.
 이빈(李濱)이라는 자가 문제의 주동자였다.
 "모두들 듣거라. 이곳의 서북 양쪽 사이에 철옹성(鐵甕城)이 있다. 그곳 지방은 물산이 풍부한 데다 살기 좋은 곳이다. 나를 따르라. 그곳에 들어가서 힘을 키운 후 썩은 조정을 뒤엎어버리자."
 "와아와아"
 "이빈 장군 만세!"
 이렇게 하여 점점 민심이 소란해졌다.
 함경도 일대는 도적들까지 그 수하로 들어가서 나날이 세력이 막강해졌다.
 박문수는 그를 잡고자 방을 붙였다.

　　함경도 일대의 백성들에게 이르노라.
　　최근에 이빈이란 흉적이 민심을 어지럽히니 그를 잡아오는 자 포상을 하겠노라.
　　　　　　　　　　　　　　　함경관찰사 박문수

 그러나 이빈은 워낙 신출귀몰 하였다.
 철옹성 부근에 근거지를 두고 동에 번쩍 서에 번쩍 하면서 관아를 습격하거나 부호들의 재물을 털어갔다.
 그는 변장을 잘하여 좀처럼 붙잡히지 않았다.
 그러던 어느날이다.
 박문수가 관아 밖으로 나가서 달을 바라보고 있었다.
 그때 삿갓 쓴 이인이 성큼성큼 다가와서 인사를 했다.
 "안녕 하시오? 관찰사 나으리."
 "아니, 이게 누구시오. 전에 나를 도와주신 은인이 아니시오."

"이번에 도적의 괴수 이빈으로 인해 매우 심려가 크실 것입니다. 그래서 그놈을 잡아 드리겠습니다. 내일 저녁쯤 구름재(雲嶺)밑에 있는 주막으로 나오시면 이빈을 잡아 넘기겠습니다. 나오실 때 군사 몇명과 군마차 한 대를 이끌고 오시면 호송하는 데 쓰일 것입니다."

다음날 박문수는 촌백성의 옷차림으로 5~6명의 군사만 이끌고 약속한 장소로 나갔다.

그때까지 삿갓 쓴 이인도 수상스러운 자도 보이지 않았다.

"너희들은 주막 뒤편의 숲그늘에 숨어 있다가 내가 신호를 보내거던 곧 달려오너라."

지시를 내린 후 박문수는 주막에서 혼자서 천천히 술을 마시고 있었다.

해가 뉘엿뉘엿 넘어갈 무렵이었다.

갑자기 요란한 말발굽 소리가 들리면서 우락부락 하게 생긴 이십여 명의 사내들이 말에서 내리더니 주막으로 들어 왔다.

눈이 애꾸인 자, 이마에 칼자국이 난 자, 한결같이 인상이 험악하였다.

그들이 왁자지껄 떠들며 자리에 앉자 그곳에서 술마시던 자들이 자리에서 일어나 슬그머니 피하였다.

그들 패거리 중에 한두 놈이 대장인 듯한 자에게 무어라고 귓속말로 속닥거리자 고개를 끄덕인다.

조금 후 이렇게 명령을 내린다.

"여봐라. 저기 저놈이 수상하다. 당장 잡아서 이리로 끌고 오너라."

대장(?)이 명령하니 곧 대여섯 놈이 몰려와 박문수를 포위했다.

강제로 이끌어 당길 때 박문수가 몸을 낚아채니 두세 놈이 엉덩방아를 찧으며 비명을 질렀다.
 그러자 나머지 놈들이 일제히 박문수에게 창과 칼을 겨누었다.
 박문수는 명령한 자의 앞으로 끌려갔다.
 "너는 아무리 보아도 수상하다. 네 신분을 밝히지 않으면 무사하지 못하리라."
 박문수는 그자의 태도와 정체를 파악 하고자 일부러 저자세로 했다.
 "뉘신지 모르나 이몸은 땅이나 파먹는 농투성이오."
 "이놈, 어디라고 감추려 드느냐. 네 놈은 갓끈 맨 자욱이 있는데다가 손이 너무 곱다. 아무래도 수상하다. 얘들아, 이놈을 묶어 철옹산성으로 끌고가자. 문초하면 곧 정체가 밝혀질 것이다."
 박문수는 순순히 묶인채 그들에게 이끌려 말이 매인 쪽으로 갔다.
 말에는 어디서 약탈한 것인지 귀중품으로 짐작되는 짐짝이 가득 실려 있었다.
 빈몸으로 있는 말을 가리키며,
 "자, 저놈을 태워 철옹산성으로 가자. 관의 끄나풀 같으니 잡아다 족쳐야겠다."
 박문수를 강제로 말에 태우려던 자가 갑자기 '억'비명을 지르며 그 자리에 털썩 주저 앉는다.
 그자의 오금 밑에 매의 깃처럼 생긴 비수가 날아와 꽂힌 것이다.
 "누, 누구냐?."
 "웬놈이냐?"
 이십여 명의 무장한 괴한들이 저마다 병장기를 꼬나쥐고 주위를 살피며 호통을 쳤다.
 바로 그때에 주막집 마당 한켠에 선 오동나무 위에서 어떤 물체가 비조처럼 날렵하게 땅으로 내려섰다.
　삿갓쓴 이인이었다.
　"이놈들, 어서 저분께 잘못을 빌고 모두들 무릎을 꿇어라."
　자기들 앞에 나타난 자가 혼자인 데다가 겉보기에 맨몸이라는 것을 알자 무장한 자들이 저마다 창과 칼을 겨누면서 야유를 했다.
　"허허, 웬 천둥 벌거숭이냐?"
　"이놈이 미친놈이군."
　"우리가 누군줄 알기나 하느냐?"
　저마다 당장 요절을 낼듯 험악하게 소리를 쳤다.
　"나는 저 이빈이란 놈을 잡으러 왔다. 네놈들은 인생이 가련해서 용서할 테니 어서들 돌아가거라."
　"무엇이? 감히 우리 대장님을 네까짓 게 입에 올려?"
　"공격해라."
　저마다 창칼을 휘두르며 일제히 삿갓쓴 이인에게 집중 공격을 퍼부었다.
　그러나 이인은 마치 물찬 제비처럼 날렵한 동작으로 피를 탐하여 울부짖는 살인 병기 사이를 헤치면서 절묘한 천하 제일의 초식을 펼치기 시작했다.
　삿갓 쓴 이인이 때로는 봄바람에 살랑대는 꽃잎처럼, 또는 천하를 삼킬 듯 몰려오는 성난 파도, 바위도 날려버릴 듯 몰아치는 태풍처럼 변화무쌍한 무예로서 순식간에 무장한 괴한들 이십여 명을 땅바닥에 눕혀버렸다.
　이상한 이인은 오로지 맨몸으로 일지선(一指禪)의 무공으로 괴한들을 모조리 쓰러뜨렸다.
　이인이 구사한 무예는 우리나라의 고래로부터 전래되는 신선도(神仙道)에 속한 무예의 일종이다.

졸개들이 모두 쓰러지자 대장이란 자가 말에 올라서 달아나기 시작했다.
다음 순간 이인의 소매가 한번 들썩이자 매의 깃처럼 생긴 비수가 날아가 말의 꽁무니에 박혔다.
"히이힝!"
놀란 말이 비명을 지르며 날뛰자 이빈은 말에서 떨어져 땅에서 어기적 어기적 기었다.
박문수는 이인의 귀신같은 솜씨에 잠시 넋을 잃고 바라보았다.
이인이 박문수에게 다가와서 정중히 인사를 올리며 말했다.
"자아, 이제 이몸은 이만 돌아가겠소이다. 저 숲속에 숨겨둔 군사들을 시켜 쓰러진 자들을 모조리 단단히 결박시켜 호송해야 할 것입니다."
"이인은 한 번도 아니고 내 생명을 여러번 구해 주셨소. 그 절묘한 무예를 우리의 무사들에게 가르쳐 주시오."
"말씀은 고맙소. 그러나 소인은 세속을 떠난 몸입니다. 다만 관찰사님과 인연이 남아 대선사님의 명령을 받고 임무를 수행할 뿐이오. 만약 이몸이 세속에 나가서 천하 제일의 무예를 가르친다면 그로 인하여 썩은 선비들이 모함하려 들 것이오. 그러면 관찰사께서 필설의 화를 입게 되니 그것이 딱하오. 앞으로 더욱 애국애민 하는 마음으로 오로지 정의롭게 사시오. 세상 사람들이 몰라 주어도 하늘이 알고, 땅이 알고 우리가 알고 있소……"
"고맙소이다. 그 말씀 한 시도 잊지 않겠소."
박문수는 곧 숲을 향해 신호를 보냈다. 군사 오륙 명이 나타나자 그들에게 명령했다.
"너희들은 저기 쓰러진 자들을 모조리 단단히 결박지워 병영으로 호송하라. 곧 법대로 처리할 것이다."

군사들이 곧 바쁘게 명령에 따라서 움직였다.
모조리 그들을 군용 마차에 태운 후 호송시키기에 앞서 주위를 둘러 보았다.
이인의 모습은 어디로 갔는지 보이지 않았다.
"아아, 참으로 이인이로다! 나는 항시 이인이 일깨워 준대로 명심하고 살리라. 비록 누가 알아주지 않아도 좋다. 의롭게 살면 하늘이 알고, 땅이 알고 또한 아는 이는 아는 법이다!"
박문수는 새로운 용기를 얻고 자신에게 거듭 맹세하였다.
"하늘은 저 이인을 내게 보내어 항시 나를 일깨워 준다. 나는 평생 하늘의 뜻을 거슬리지 않고 어떠한 박해와 수난이 닥쳐와도 오로지 신념을 지니고 정도(正道)를 가리라. 언제나 벼슬길에 처음 나설 때의 그 순수성을 잃지 않고 살리라."
박문수는 힘껏 주먹을 그러쥐었다.
감영으로 돌아온 박문수는 곧 임금에게 장계를 올렸다.
왕의 비답을 받은 후 박문수는 이빈의 죄상을 준엄하게 질책했다.
그러나 뉘우칠 줄 모르는 그를 처형한 후 효시경중(梟示警衆) 시켰다.
효시경중은 대역죄인의 목을 벤 후 그목을 장대에 꿰어 여러 사람에게 경계를 시키는 것이다.
그일이 있은 후 민심이 서서히 안정되었다.
그 무렵 함경도 일대, 육진에 기근이 매우 심했다.
박문수는 몇차례 거듭 장계를 올려 곡식을 보내달라고 간곡히 청하였다.
그러나 현지 실정을 외면, 또는 몰라서 반대하는 의견을 쫓아 임금이 응하지 않았다.

그동안 박문수와 임금사이에 이런 내용의 글이 오고갔다.

임금 : …… 어제 영성군 박문수가 곡식을 청했다. 그동안 몇차례 보냈기에 이제는 더 보내지 않겠노라.
박문수 : 전하 이제부터는 소량의 곡식도 보내지 말라고 하신다니 이것은 나라가 망하는 길입니다. 예기(禮記)에 이르기를 '제사 음식은 말(斗)로 한정하지 않는다'고 했습니다. 하물며 굶주림으로 죽어가는 백성이 늘어나는 판국에 어찌 보고만 계실 것입니까……?
임금 : 백성들이 곡식을 안보낸다고 원망한다면 그것은 임금의 마음을 이해 못하는 탓이로다. 임금이 만약 재물을 헛된 일에 낭비한다면 모르되, 저축하고 아끼고자 하는데 원망해서 되겠는가?
박문수 : 신이 아뢰는 바는 유사의 책임이니, 염려되는 바는 행여나 곡식이 끊어져 백성들이 죽게될까 두렵습니다. 신이 허락받고자 하는 것은 저장된 나라의 곡식을 흉년에 사용하자는 것입니다……. 지금 육진 일대는 기근이 심하여 빈민들이 허덕이는 판에 세금까지 과중하니 처자들까지 뿔뿔이 흩어지거나 굶어 죽는 자가 늘어나고 있습니다. 이들을 진휼해야 하겠습니다.

박문수는 끝까지 임금과 팽팽하게 맞서면서 백성들을 구하는데 앞장을 섰다.
마침내 임금도 뜻을 굽혀 박문수는 함경도 일대의 백성들을 굶주림에서 구제하였다.
박문수에게 남녀노소가 직접 찾아와 눈물을 흘리며 사정을 호소하였기에 함께 눈물을 흘린 후 온갖 불이익을 각오하고 임금과 줄다리기를 했던 것이다.

 박문수는 각 도에 저축된 곡식이 보내지자 그것을 골고루 나누어 주고 면포 15동(同)을 풀어 식구들 숫자에 따라 분배하였다.

 육진에 속한 백성들은 그로 인하여 뿔뿔이 흩어져 유리걸객 하다가 다시 돌아와 가족들끼리 살게 되었다.

 그들은 한결같이 박문수의 은덕을 칭송하였다.

박문수와 금패령(禁牌嶺)에 관한 전설

　박문수는 자신을 모함하는 반대 세력들이 오랑캐, 또는 하수인을 시켜 자신의 목숨을 노린다는 사실을 알았다.
　그러면서도 그는 개혁의 고삐를 조금도 늦추지 않았다.
　"기득권층의 세력이 정말 막강하구나. 그렇다고 내가 물러설 수는 없다. 내가 물러서면 죄없는 백성들만 전보다 오히려 죽어날 것이다. 어떠한 시련과 고통이 따를지라도, 설사 죽음이 따를지라도 나는 힘없고 선량한 백성의 편에서 과감히 싸우리라."
　박문수는 초라한 옷차림으로 신분을 감추고 곳곳을 살피고 딱한 처지에 놓인 백성들의 사정을 듣고 해결해 주었다.
　대부분 지방의 세력가들은 부당하게 힘없는 백성들을 괴롭혔고 재산을 빼앗기 일쑤였다.
　그무렵 함경도 풍산(豊山)의 큰 고개에 그곳 세력가들이 장사꾼들에게 부당하게 통행세를 받는다고 소문이 났다.

그들은 오랑캐 졸개들과 결탁하여 국경으로 드나드는 인삼장수, 피륙장수 등의 재물을 약탈한다는 것이다.
그곳은 국경을 넘는 지름길이기에 장사꾼들은 위험을 무릅쓰고 지나다녔다.
박문수는 일반 군사들을 풀어 지키기 보다 그곳 권력자들이 과연 부당하게 오랑캐들과 결탁하고 있는가를 알고자 봇짐장수 처럼 차리고 혼자서 고개를 넘었다.
산고개를 넘다가 잠시 쉬고 있을 때이다.
갑자기 서낭당 뒤에서 큰소리가 들려왔다.
"거기 보따리를 어서 놓고 가거라. 안그러면 오늘 네 제삿날이 된다."
주위를 둘러 보았으나 아무도 보이지 않았다.
박문수가 맞받아 소리쳤다.
"이것은 귀중품이다. 웬놈이 남의 재물을 노리느냐?"
그 소리에 화적패 서너 놈이 서낭당 뒤에서 모습을 나타냈다.
그들은 각자 철퇴, 장검, 쇠도리깨 등을 들고 있었다.
짐승의 껍질을 몸에 걸친 그들은 보기만 해도 무시무시 하였다.
박문수는 본능적으로 방어자세를 취했다.
"어랍쇼, 꼭 붓장수처럼 생긴 놈이 우리가 누군 줄 알고?"
"이히히……정말 웃기는 놈이군!"
박문수는 그들의 정체를 파악하고자 그들에게 물었다.
"너희들은 무엇 때문에 무고한 사람을 해치려 하느냐? 네놈들 정체가 무엇이냐?"
"이놈, 진작 보따리 내놓으라고 할 때 내놓을 것이지……"
그때 쇠도리깨를 든 자가 눈짓을 하니 두 놈이 동시에 달려들었다.

박문수는 머리 위를 덮쳐오는 철퇴를 옆으로 흘리면서 허리를 뒤틀며 뒤꿈치로 놈의 옆구리를 후린 후 다시 정립직안(正立直眼)의 자세에서 광마이권(狂馬異卷) 자세로 덮쳐오는 놈의 명치혈을 향해 일지선을 구사했다.

동시에 두 놈이 비틀거리면서 쓰러지자 남은 두 놈들이 분기탱천하여 무서운 협공을 퍼부었다.

박문수는 맨손으로 그들의 공격을 막느라고 고전하였다.

다급한 김에 피신할 곳을 찾아 주위를 둘러보았다.

"으윽!"

바로 그때에 박문수는 어깨에 심한 충격을 받으면서 그자리에 주저 앉았다.

그순간 다시 철퇴가 머리위로 날아 들었다.

본능적으로 머리를 숙이니 아슬아슬하게 철퇴가 빗나갔다.

박문수는 혼신의 힘을 다하여 언덕 아래로 몸을 날렸다.

그리고는 곧 의식을 잃어버렸다.

"아앗! 저기 사람이 있다!"

"죽었나 보다"

아낙네 몇이 산나물을 뜯으러 산을 올랐다가 언덕 아래 쓰러져 있는 사람을 발견하였다.

그러나 누가 선뜻 먼저 나서서 다가가기를 꺼렸다.

"살았는지 죽었는지 모르니 우리 다가가서 확인하는 게 어때?"

아낙네 하나가 말을 꺼내자 나머지 두 명도 천천히 다가갔다.

인정이 많고 마음씨 고운 박서방 댁은 아이를 낳은지 오래지 않았다.

그녀는 아들을 낳았으나 얼마 전 아이가 시름시름 앓다가 죽어버렸다.
 시름은 달래고자 이웃 아낙네들을 따라 나물 뜯으러 나섰던 것이다.
 "거지 차림이잖아."
 "그냥 가는 게 좋겠어."
 아낙네 둘이 발길을 돌리려 했다.
 그러나 인정 많은 박서방 댁은 조심스럽게 다가가서 맥을 짚었다.
 맥박이 가늘게 뛰고 있었다.
 "아아, 살아 있어요. 우리 힘을 합쳐 살려내도록 해야겠어요."
 그러나 들은체 만체 아낙네 두 명은 먼저 산아래로 내려가고 있었다.
 "아아, 이를 어쩌나? 산 사람을 차마 어찌 그냥 팽개치고 간담."
 박서방 댁은 인정이 많고 마음씨가 착했다.
 조금만 간호하면 살릴 수 있을 것 같은 사람을 못본채 그냥 갈 수가 없었다.
 그런데 당장 치료할 방법이 생각나지 않았다.
 다급한 김에 박서방 댁은 마침 퉁퉁 불어서 겉으로 흐르는 젖을 나그네의 입에 바짝 갖다대었다.
 젖이 흘러 나그네의 입속으로 들어간지 얼마후 서서히 깨어나기 시작했다.
 "으음, 여……여기가 어디오?"
 "예예, 이곳은 외딴 산봉우립니다. 나물 뜯으러 왔다가 쓰러져 있는 것을 보고 그냥 갈 수가 없어……"
 나그네가 천천히 몸을 일으키더니 혼자 앉았다.

"어마나!"

박서방 댁은 그제서야 가슴이 노출된 것을 의식하고 앞섶을 가렸다.

"생명을 구해 주셔서 너무나 고맙습니다."

"아닙니다. 전 아무 것도 도와 드린 것이 없어요…… 그런데 걸을 수 있겠는지요?"

"조금만 부축해주면 가능할 것 같습니다……"

나그네가 몸을 일으키다가 얼굴을 찌푸렸다.

겨우 천천히 몇걸음을 걸었다. 매우 힘든 표정이었다.

"저런…… 제가 부축해 드릴께요."

박서방 댁은 보기가 딱하여 나그네를 부축을 했다.

"저랑 우선 마을로 내려 가시는 것이 좋을 것 같습니다……"

"…… 도와 주십시오……"

두 사람이 조심스럽게 부축한 상태에서 산길을 내려왔다.

마을 입구에 거의 내려왔을 때이다.

저만치서 어떤 사내가 성난 멧돼지처럼 씩씩거리며 달려왔다. 아낙네들 두 명도 따라왔다.

"이…… 이 화냥년……"

"아니…… 여보!"

사내는 불시에 아낙네의 머릿채를 사납게 나꿔채더니 사정없이 뺨을 후려친다.

뺨을 얻어맞은지 조금후 그 여인이 사내에게 매달리며 애원하였다.

"여보, 오해하지 마세요."

"시끄러워 입닥쳐!"

사내가 사정없이 주먹질을 하였다.

정신을 잃었다가 겨우 깨어난 사람은 바로 함경감사 박문수이다.

박문수는 자신의 몸을 가누기조차 어려운 상태에서도 그냥 보고만 있을 수 없어 한마디 했다.

"여보시오. 보아하니 저 여인의 남편 같은데 무엇인가 오해하신 것 같소."

"아니, 남의 여편네를 겁탈하고도 뻔뻔스럽게……"

"여보시오 말을 삼가시오."

"무어야? 이새끼, 어디 내손에 죽어 보아라."

성난 사내가 박문수에게 달려들어 매질을 가하기 시작한다.

평소 같으면 박문수도 보통사람 열 명은 상대할 실력자이다.

그러나 몸이 불편하여 운신조차 어려웠다.

그대로 고스란히 매를 맞고 있었다.

바로 그때 여인이 일어나서 사내의 앞을 가로막았다.

"여보, 제발 이러지 마세요 오해예요."

"저리 비켜 이년!"

다시 사내가 사납게 밀치자 여인의 몸체가 힘없이 나뒹그러진다.

성난 사내는 다시 박문수를 노려보더니 참나무 몽둥이를 들고 아예 물고를 내려는 듯 달려들었다.

그동안 흩어진 진기(眞氣)를 모으던 박문수는 다소 기운을 차린 상태이다.

사내가 몽둥이를 휘두르며 달려들자 몸을 비틀어 몽둥이를 피함과 동시에 일지선으로 사내의 명치혈을 찔렀다.

사내는 힘없이 땅바닥에 주저 앉았다.

그는 흡사 얼음판에 자빠진 쇠눈알처럼 동자를 흐린채 멍하니 바라보았다.

박문수는 진기가 모인 상태이기에 기운을 차릴 수 있었다.

사내를 보고 엄중히 꾸짖었다.

"너는 착한 네 아내를 의심하여 주먹질을 했고 파김치가 된 상태에 처한 나에게도 행패를 부렸다. 내가 너를 혼낼 것이로되 네 착한 아내에게 신세를 져서 그만 불문에 붙인다. 다시는 네 아내를 의심치 마라."

사내는 같이 나물 뜯다가 먼저 내려간 두 아낙네가 고자질 하는 말을 듣고 오해를 했던 것이다.

어느새 구경꾼들이 많이 몰려들었다.

그때 말탄 군교 서넛이 말을 타고 지나치다가,

"물러나라. 게서 무엇들 하느냐?"

군교 하나가 장검을 뽑아들며 호통을 친다.

박문수와 그곳의 구경꾼 모두 그쪽으로 시선을 모았다.

"물러서라. 물러서지 못해."

말을 탄채 곁으로 다가와서 채찍을 치켜들던 자가 갑자기 얼굴이 사색이 된채 땅바닥에 넙죽 엎드렸다.

"가……감사또께서 어인 일로……?"

나머지 군교들도 일제히 땅바닥에 엎드렸다.

그들은 박문수 영문에 소속된 군교들이었다.

"너희들 수고가 많구나. 내가 잠시 이 백성들의 생활 실태에 대해 알아 보고 있는 중이다. 어서들 물러가라."

"소인들이 탄 말에 대신 오르심이 어떨런지요?"

"아니다. 그냥 가거라."

그들은 박문수의 명령하에 일제히 신속하게 움직이고 따랐다.

그자리에 있던 박서방과 그의 아내, 구경꾼들도 코가 땅에 닿도록 엎드려 싹싹 빌고 있었다.

"……가……감사또께서는 제……제발 용서해 주소서……소인

놈이 해태 눈깔이라서 알아뵙지 못했습니다……"
"……제발 목숨만 살려 주소서……"
박문수는 측은한 표정으로 잠시 바라보다가 이렇게 말했다.
"너희들은 어서 집으로 돌아가거라. 뒷일은 내가 알아서 처리 하겠다."
군교들과 구경꾼들, 박서방 내외도 일제히 식은땀을 흘리며 돌아갔다.
박서방 내외는 감사또에게 크나큰 죄를 저질렀기에 지레 겁을 먹었다.
"이제 곧 우리는 관가에 잡혀가 죽게 되겠구나……!"
불안에 떨고 있는데 사흘째 되는날 관가에서 출두하라는 호출장이 왔다.
"아이고 이제는 죽었구나!"
박서방 내외는 집장 사령을 따라서 관아로 갔다.
너무나 공포에 질려 이미 혼비백산한 상태였다.
동헌에 앉아있는 감사또, 그는 바로 사흘전 자신이 봉변을 주었던 분이었기에 사시나무 떨듯 하였다.
"두 사람은 고개를 들고 나를 보라."
박서방 내외는 공포감에 질린채 명령을 거역할 수 없어 고개를 들었다.
"안심하라. 너희 내외를 부른 것은 벌을 주거나 꾸짖으려는 것이 아니다. 내가 저 아낙에게 신세를 졌기에 보답하고자 한다. 소원이 무엇인지 어서 말하라."
"소원이 따로 없습니다. 그저 죽을 목숨 살려만 주옵소서."
"허허……내가 이미 말했지 않으냐? 어서 소원을 말하라. 네 생활이 몹시 빈궁한 것 같구나?"

"예예……하오면 감히 말씀 여쭙겠습니다. 소인에겐 문전옥답이 있었사온데 이지방 세력가들이 소인에게 돈 몇푼을 빌려준 후 땅을 강제로 빼앗았습니다. 그 땅을 다시 찾고 싶습니다……."

"그렇게 억울한 일을 당했다면 왜 관가에 고발하지 않았느냐?"

"예, 전의 감사또께서 오히려 고발하는 사람은 죄인으로 몰기에 포기한 것입니다. 소인 말고도 억울하게 전답을 빼앗기고도 벙어리 냉가슴 앓듯 하는 사람들이 많습니다. 불평하다가는 쥐도 새도 모르게 죽게 됩니다."

"으음, 알겠으니 안심하고 우선 돌아가 있거라."

박문수는 곧 명령을 내려 억울한 사람들의 피해 상황을 알아오게 하고 그들의 재산을 되찾아 주기에 최선을 다했다.

꼭 죽을 줄 알았던 박서방 내외는 두고 두고 박문수의 덕을 칭송하였다.

박문수는 군사들을 구름재에 매복시켰다.

산도둑도 모조리 잡았다.

그러나 오랑캐 세력과 결탁한 악명높은 세도가들은 박문수에게 더욱 적개심을 품고 이를 갈면서 해치고자 온갖 모략과 음모를 꾸미고 있었다.

그런데 훗날 박문수가 나쁜 패거리에게 해를 당하고 박서방 부인을 만났던 고개는 금패령(禁牌嶺)이라고 불리우게 된다.

패(牌)를 가진 사람, 즉 벼슬아치는 그 고개를 넘지 말라고 나라에서 금패(禁牌)를 세웠다고 전해진다.

모함을 받고 벼슬길을 물러나다

박문수는 송사(訟事)가 들어오면 공정하고 신속하게 처리하였다.
숨은 인재들을 불러 모으고 무사(武士)들에게 무예를 연마시켰다.
신분의 귀천을 가리지 않고 소질이 있으면 선발하여 숙식을 제공하고 달마다 시험을 보게 하였다.
장교와 무사, 포수(砲手)들을 시험한 후 성적이 우수한 자에겐 포상을 했다.
직접 무예 연마하는 것을 감독하고 장려하니 사기가 날로 향상되었다.
실력도 부쩍부쩍 늘어났다.
박문수가 처음 그곳에 부임했을 때는 육진(六鎭) 삼수갑산(三水甲山)과 그 일대는 수령들이 자신의 직무를 망각하고 기생들을 끼고 주색에만 빠져 민사(民事)는 팽개쳐버린 상태였다.

그러니 그 폐단이 심했다.

박문수가 몸소 나서서 온갖 폐단을 개혁하고자 했다.

그러니 기득권 층의 반발도 매우 심했다.

성천강(城川江)은 함흥에서 길게 내려와 연안을 끼고 흐른다.

그 주위에 수천 호의 민가들이 살고 있었다.

기유년(己酉年, 1729년) 홍수 때 그들의 토지와 촌락이 물에 잠기어 모래밭으로 변해버렸다.

성천 강변 주위에 제방이 무너졌기에 박문수는 직접 나서서 제방 쌓는 일을 주야로 독려하였다.

마침내 2600여척(尺)에 이르는 돌제방을 증축시켰는데 마치 큰 성(城)을 연상시켰다.

이제는 홍수가 나도 염려할 일이 사라져서 모두들 안심하고 생업에 종사할 수 있었다.

함흥은 북녘의 큰 기점이 된다.

그런데 그동안 감시 감독을 잘못하여 진영이 매우 엉성하고 허술하였다.

"허허, 이것참 큰일이로다. 지방의 수령이나 방백들은 백성들에게 무리한 세금을 거두어 밤낮 주색에만 빠져 직무에 태만하니······ 그러다가 조정의 권력자에게 뇌물을 바치고 내직으로 영전될 생각만 하다니······ 이대로 두었다가는 만약 외적이 침범하면 또 다시 치욕을 당하고 나라가 망한다. 내가 기필코 개혁시켜야 한다."

박문수는 각 병영에 명령을 내려 장정들을 선발하였다.

새로 뽑은 보군(步軍) 5,970명을 기존의 군사에게 편입시켜 장포마군(壯砲馬軍)이라고 명령하였다.

추가로 1,324명을 선발하여 무학마보(武學馬步)라고 했으며 이들을 10월에서 다음해 2월까지 교대로 경계 강화를 하도록 했다.

분방(分防)이 끝난 후 5일에 한 번씩 조련을 시켰다.

조련을 시키고 시험을 한후 그 결과에 따라서 포상하였다.

필요 없는 군비의 낭비를 없애고 무기를 새로 개발하거나 보수하니 각도에 비하여 군세가 월등히 우수하였다.

처음에는 군사들이 그냥 놀면서 허물어진 성을 보수하거나 녹슨 병기들을 수리하지도 않았다.

성문의 사대문(四大門) 위에 만들어 놓은, 대포(大砲)를 쏘는 누각(樓閣)이 기울어져도 그냥 방관했었다.

박문수는 군영을 새로 만들고 성루(城樓)도 170여 간이나 중수(重修)하고 단청까지 하였다.

봉수(烽燧)와 파발도 개국초에는 엄밀하게 만들어졌다.

그러나 오랜 시일이 지나는 동안 기강이 헤이해졌고 봉수군과 파발군은 위급할 때 인근의 주민에게 의뢰하는 상태였다.

박문수는 자기 수하에 소속된 장령 및 군사들을 불러 일일이 개혁에 대해 지시하였다.

"군장들은 들으시오. 봉수군과 파발군의 임무는 유사시에 아주 중요한 것이오. 이제부터 봉수군은 인근의 충실한 장정 백 명을 뽑아서 쓰시오. 이들을 앞으로 봉무사(烽武士)로 부를 것이오. 이들 중에 갑관 1명, 무사 4명을 20번으로 나누고 백 명 중 갑관을 선발하시오. 갑관중에서 다시 초관(哨官)을 선발하오. 특히 봉화군은 늘 봉대에 머무르게 하고 그들을 최대한 지원 하시오. 파발군은 튼튼하고 말 잘타고 잘 뛰는 자를 선발하여 쓸 것이며 파발장(將)은 향오중(鄕伍中)에서 6명을 특별히 선발하시오. 유사시에 신속히 쓰려는 것이오."

박문수는 여러모로 북방 경계에 필요한 제도를 개혁하는데 노심초사 했다.

감사로 재직 중에 임금이 형조판서(刑曹判書)로 임명했고, 이어서 대사헌(大司憲)으로 제수한 후 내직으로 불렀다.

그러나 함경도 일대에 흉년이 든 데다 병력 증강에 적합한 인물이 박문수 외에는 없었기에 그냥 유임하게 되었다.

박문수는 영전의 기회가 와도 오로지 나라를 위해 민족을 위해 봉사하기를 원했던 것이다.

박문수의 뜻을 전해들은 영조는 이렇게 비답을 내렸다.

"북녘은 일찍이, 태조의 고향이다. 그런 곳을 영성군이 잘 다스리고 있으니 근심될 것이 없도다. 더욱 직무에 충실하기를 바라노라."

10월이 되자 박문수는 다시 굶주린 북녘의 백성들을 구제하고자 임금에게 장계를 보내고 다방면으로 애를 썼다.

박문수는 병영내에 있는 은(銀), 그리고 은광을 개발하여 은을 캔 후 그 은으로 영남 영해에 남아있는 군량미를 사서 구휼하자고 장계를 올렸다.

그런데 군량미를 함경도까지 갖고 오자면 시일이 오래 걸린다.

그러기에 가까운 곳에 비축된 곡식을 우선 보내고 나중에 영남에서 오는 쌀로 대신 채우게 해달라고 품했다.

그밖에 관서지방에서 세금으로 받아놓은 곡식이나 콩, 잡곡 등을 모아서 굶주린 사람들을 구제하였다.

이때 밭곡식 1천석, 영남의 곡식 1만석, 그리고 다시 본도에서 포목(布木)으로 바꾼 관서의 면포 백동(100同), 도내에서 거둔 곡식, 등을 풀어서 백성들을 구제하였다.

구제하는 과정에서도 공평하게 일을 처리하였다.

몸소 여러곳을 둘러본 후 박문수는 무엇을 생각했는지 도연포(都連浦)의 옛날 목장자리에 이르러 괭이를 들고 이곳저곳을 파헤쳤다.

그리고 물이 솟아나면 손가락에 찍어 맛을 보았다.

"으음, 이곳에는 천연 소금이 나는 곳이로구나. 소금을 굽도록 하여 산채 나물을 많이 뜯어다가 굶주린 백성들에게 밥과 함께 먹이면 좋겠다!"

그곳은 박무수가 짐작한대로 소금이 나는 곳이었다.

백성들은 소금과 산채나물, 쌀이 지급되니 굶어죽는 사례를 면할 수 있었다.

함경감사가 직접 나서서 진휼하니 백성들이 구제 되었다.

백성들을 구하고도 1만량의 별비전, 그밖에 모금한 1,600냥은 나라의 공부(公簿)에 기록한 후 만약의 사태에 대비케 하였다.

그리고 부정하게 백성들을 쥐어짜서 축재한 탐관오리들은 철저히 그 비행을 파헤쳐 치죄 하였다.

"우리 관찰사님은 천하 제일의 목민관이지비."

"왜 앙이겠슴, 그분이 아니면 우린 벌써 굶어 죽었지비."

"그뿐인가, 벼슬아치에게 빼앗긴 재산도 되찾아 주시고 일을 공정하게 처리 하시니 우리가 살판났어."

"탐관오리 놈들 혼이 났지비."

"그런데 그놈들이 우리 관찰사님을 눈위에 혹처럼 여기면서 해코저 한다지비."

"그러기만 해봐라. 그냥 안있을 테니까……"

백성들은 모이면 박문수를 칭송하였다.

그러나 박문수에게 당하는 기득권층은 박문수에게 앙갚음을 하고자 호시탐탐 기회를 노렸다.

"관찰사면 다냐, 이거야."
"이거 참 눈꼴 시어서 못보겠네."
"이대로 당하기만 할꺼야?"
"아니야, 그냥 둘 수가 없어 절대로……"
"무슨 좋은 수라도 있나?"
"염려마, 지깐놈도 어디 죽어보라지……"
 박문수로 인해 자신들의 비행이 들추어지고 불이익을 당하자 기득권 층은 음모를 꾸미기 시작했다.
 "여보게, 관찰사 놈을 자객을 시켜 없애버리세. 만약 실패하면 역적질을 도모한다고 하면 되는 거야. 지금 무사들을 훈련시키는 것을 지적하면 조정에서 곧이 들을 걸."
 이렇게 비열한 음모가 꾸며지고 있었다.

 영조 17년. 박문수의 나이 57세.
 박문수는 자나깨나 굶주린 백성을 구제하고자 노심초사 하였다.
 그러는 한편 북방의 변경에 대한 수비를 철저히 하도록 감시하고 무사들을 열심히 조련시켰다.
 또한 전에 암행어사 시절에 혼자 변장을 하고 여러곳을 떠돌았던 것처럼 농부 차림으로 혼자서 잘 다녔다.
 무사들이 조련하는 것을 독려한 후 밤늦은 시간에 혼자 돌아오고 있었다.
 달이 낮처럼 밝은 밤이었다.
 외딴 길목으로 접어들 때 갑자기 살기가 느껴져 몸을 숙였다.
 "쉬쉭!"
 "슈숙!"
 무엇인가 번쩍 빛나면서 머리 위를 스쳐 가더니 나무에 가서 박했다.
　세 자루의 비수였다.
　그때 맞은편 나무 위에서 다섯 명의 괴한이 땅으로 뛰어내렸다.
　그들의 몸놀림으로 미루어 보건데 무예의 고수로 짐작되었다.
　그들은 각자 장검이나 창, 철퇴를 들고 박문수에게 천천히 다가왔다.
　"웬놈이냐?"
　박문수가 경계 자세를 취하며 소리쳤다.
　"흐흐흐……!"
　"히히히……!"
　"네놈도 오늘이 마지막이다."
　박문수는 급히 나뭇가지를 꺾어들면서 다시 호통을 쳤다.
　"이놈들, 무엇 때문에 나를 노리느냐? 나와 무슨 원한이 있느냐?"
　"흐흐흐…… 웬 잔소리가 많아. 우린 널 죽이는 게 목적이다."
　그말 끝에 한 놈이 신호를 보내자 그들은 일시에 마치 굶주린 맹수가 먹이를 덮치듯 박문수에게 공격을 가했다.
　박문수는 황급히 나무 뒤로 몸을 숨겼다.
　첫번 공격이 실패로 끝나자 그들은 선불맞은 맹수처럼 씩씩거리며 사납게 돌진하였다.
　박문수는 나무에 기대어 작대기만한 나뭇가지로 겨우 공격을 막았다.
　그러나 무예의 고수들을 다섯 명씩이나 상대할 수 없었다.
　겨우 몇차례의 공격은 피했으나 결국 나뭇가지마저 놓치고 말았다. "흐흐흐…… 이젠 네놈도 끝장이다. 어서 무릎을 꿇어라."
　"이놈들, 내 어찌 무릎을 꿇겠느냐. 죽일 테면 죽여라."

"오냐 각오해라."
 두목인 듯한 사내가 장검을 추켜들고 다가섰다.
 달빛을 받아 칼날이 번쩍거렸다.
 사내의 칼이 내려쳐지는 순간이었다.
"쨍그렁!"
 쇠가 맞부딪치는 소리가 나면서 사내가 칼을 떨구었다.
 그와 동시에 어디서 나타났는지 달밤인데도 삿갓쓴 이인이 나타나 박문수를 보호하며 자객들에게 호통을 쳤다.
"이놈들, 이분이 뉘신 줄 아느냐. 하늘이 내신 분이다. 순순히 돌아가면 용서해주마."
"아니, 이건 어디서 굴러먹던 개뼉다귀야?"
"우헤헤헤……"
"흐흐흐……"
 자객들은 징그럽고 음산하게 기분 나쁜 웃음을 흘리며 저마다 공격 자세를 취했다. 그때 이인이 박문수를 보고 말했다.
"관찰사는 잠시 나무 밑에 앉아 구경만 하시지요."
 그말이 떨어지기가 무섭게 괴한들이 짐승같은 소리를 내지르며 집중 공격을 퍼부었다.
 장검이 날고 쇠도리깨가 허공을 가르며 울었다.
 그순간 이인은 나무 위로 훌쩍 치솟아 올라서 아래를 내려다보며 다시 호통을 쳤다.
"이놈들, 순순히 물러가지 못할까?"
 그말이 떨어지기가 부섭게 괴한이 손에서 무엇인가 날았다.
 불가사리처럼 생긴 쇳덩이에 맹독을 묻힌 일종의 암기였다.
"째재쟁!"
"후두둑!"

이인은 어느새 품에서 쇠부채를 꺼내들고 날아오는 암기를 쳐서 떨어뜨렸다.

다음 순간 가볍게 내려서면서 춤을 추는 듯한 동작으로 괴한들의 어깨를 밟으며 줄타기를 하듯 순식간에 밟고 지나갔다. 괴한들은 무예가 상당한 경지에 달했지만 눈깜짝할 사이에 모조리 칼이나 창, 무기들을 떨구고 땅바닥에 쓰러졌다.

그들은 모조리 견정혈(肩井穴)에 심한 타격을 받고 기절한 것이다.

"관찰사님, 여기 뒷처리는 소인이 할 것이니 어서 가시지요."

"이인은 나를 이번 뿐만 아니고 여러번 구하였소. 그 까닭이 무엇이오?"

"관찰사님은 하늘의 뜻에 합당한 인물이오. 소인은 대선사의 가르침을 따라서 관찰사님을 보호하려는 것이오. 앞으로 더욱 국가와 민족을 위해 힘써 주시면 더 바랄 게 없겠습니다."

"그렇다면 한 가지만 묻겠소. 저자들이 무엇 때문에 나를 노렸는지요?"

"예, 저놈들은 장사꾼으로 가장한 오랑캐의 첩자들이오. 관찰사 때문에 불이익을 당한 자들이 저들과 내통하여 관찰사를 없애려 했던 것이오. 저중에 한놈은 조선 사람인데 흉악한 무리들의 앞잡이지오. 좌우지간 이곳 일은 소인이 처리할 테니 서둘러 관아로 가셔서 경계령을 내리셔야 합니다. 저놈들이 관찰사의 목을 베어다 바치면 곧 흉악한 무리들이 반란을 일으켜 병영을 들이치고자 했던 것이오…… 앞으로 관찰사는 한동안 시련이 따를 것입니다. 지금처럼 눈앞에 드러나는 적은 문제 없습니다. 그러나 흉악한 자들의 필설에 걸려들면 수난이 따릅니다. 원래 드러난 칼은 무섭지 않으나 숨겨진 칼이 무서운 법입니다."

모함을 받고 벼슬길을 물러나다

"상황이 그러하다니 서둘러 병영으로 가겠소. 이번의 은혜에 보답하기 위해서라도 신명을 바쳐 더욱 봉사할 것이니 지켜봐 주시오."

박문수는 인사도 제대로 못한 상태에서 급히 병영으로 돌아왔다. 만약의 사태에 대비하여 성문을 굳게 지키고 경계령을 내렸다.

그 무렵 이미 조정에는 박문수를 모함하는 내용의 상소가 빗발쳤다.

오랑캐들과 내통한 함경도 일대의 기득권 층이 온갖 비리와 횡포를 부리다가 박문수로 인하여 불이익을 당한데 대해 연합 세력을 구축하였다.

그들은 자객을 내세웠다가 실패하자 이번에는 박문수를 모함하는 상소를 올린 것이다.

그 내용들을 요약하면 이런 것이었다.

함경도 관찰사 박문수는 지나치게 직권을 남용하여 그 폐단이 심합니다. 더구나 그는 부정한 방법으로 축재하는 한편 군사들을 조련 시킵니다.
겉으로는 외적의 침입에 대비 한다고 하지만 장차 역적질을 할 것이 분명합니다.
그는 어리석은 백성들의 환심을 산후 장차 반란을 일으킬 것이 옵니다. 하오니 그를 잡아다 죄주고 관직을 삭탈하셔야 마땅할 것입니다……

처음 한두 번 상소가 올라올 때는 근거 없는 낭설이라고 일축하였다.

그러나 상소가 거듭 올라오자 영조는 의심이 일어났다.

어전 회의가 열렸는데 그 결과 우선 그를 파직시키고 서울로 불러올려 사실 여부를 가리기로 했다.

　박문수는 자신에 관한 불미스러운 헛소문에 시달리던 끝에 스스로 관찰사 직책에서 물러나기로 작정하였다.

　영조 17년 4월.

　박문수는 그동안 정들었던 임지에서 벼슬에서 물러나기로 했다.

　박문수가 서울로 간다는 소문이 퍼지자 그곳 백성들이 구름처럼 몰려왔다.

　"감사또, 소인들을 두고 가시다니오."

　"저희들은 죽을 목숨인데 감사또 덕분에 재생지은을 입었습니다."

　"이제 가시면 못된 수령 방백들이 다시 오히려 전보다 더 저희들을 괴롭힐 것입니다."

　백성들은 땅바닥에 엎드려 눈물을 흘리며 슬퍼했다.

　"여러분, 내가 가더라도 다시 못된 자들이 여러분을 괴롭히지 못하도록 조치를 취할 것이니 염려들 마오."

　박문수는 간곡하게 그들을 위로하고 달래었다.

대하 역사소설
암행어사 박문수 ②

초판발행/1996년 4월 25일
재판인쇄/1996년 5월 20일
재판발행/1996년 6월 5일
저　자/김　　　선
펴낸이/이　홍　연
펴낸곳/이화문화출판사

등록번호/1-1314(1994. 10. 7)
주　소/서울시 종로구 내자동 145
전　화/722-7418, 739-0589, 732-7096
FAX/722-7419

*잘못된 책은 바꾸어 드립니다.　　값 6,000원